BUENOS AIRES
LA NOVELA

PEDRO ORGAMBIDE

BUENOS AIRES
LA NOVELA

© Pedro Orgambide, 2001
© De esta edición:
Aguilar, Altea, Taurus, Alfaguara, S. A., 2001
Beazley 3860, (1437) Buenos Aires
www.alfaguara.com.ar

- Santillana S. A.
  Torrelaguna 60 28043, Madrid, España
- Aguilar, Altea, Taurus, Alfaguara, S. A. de C. V.
  Avda. Universidad 767, Col. del Valle, 03100, México
- Ediciones Santillana S. A.
  Calle 80, 1023, Bogotá, Colombia
- Aguilar Chilena de Ediciones Ltda.
  Dr. Aníbal Ariztía 1444, Providencia, Santiago de Chile, Chile
- Ediciones Santillana S. A.
  Javier de Viana 2350. 11200, Montevideo, Uruguay
- Santillana de Ediciones S. A.
  Avenida Arce 2333, Barrio de Salinas, La Paz, Bolivia
- Santillana S. A.
  Prócer Carlos Argüello 288, Asunción, Paraguay
- Santillana S. A.
  Avda. San Felipe 731 - Jesús María, Lima, Perú

ISBN: 950-511-683-7
Hecho el depósito que indica la ley 11.723

Diseño de cubierta: Martín Mazzoncini
Fotografía de interiores: archivo Santillana

Impreso en la Argentina. *Printed in Argentina*
Primera edición: abril de 2001

Todos los derechos reservados.
Esta publicación no puede ser
reproducida, en todo ni en parte,
ni registrada en o transmitida por
un sistema de recuperación de
información, en ninguna forma
ni por ningún medio, sea mecánico,
fotoquímico, electrónico, magnético,
electroóptico, por fotocopia,
o cualquier otro, sin el permiso previo
por escrito de la editorial.

Índice

Santa María del Buen Aire y el cronista
que toca su vihuela junto al río 9
Indios conversos, negros cimarrones
y brujas en el aire 15
Los González 25
De malévolos, vagamundos y gauderios 31
De la ilusión del teatro 41
Donde se cuenta qué ocurrió en Buenos Aires
cuando llegaron los ingleses 49
El Infierno y el Cielo en Buenos Aires 61
Esplendor y derrota de un caballero inglés 71
Del Diario de Natividad Palmer
y otras confidencias 91
Balada de la joven viuda 101
Minué para Manuelita Rosas y Roberto Palmer .. 107
Instrucciones para cambiar de divisa
en Buenos Aires 119
De linajes y prontuarios 125
Crónica de los días aciagos 137

La doble vida de Marcelo Peña y su querido hijo .. 145
Gina en Buenos Aires 153
El Porteñito 161
Un baúl de libros peligrosos 169
Vals del Centenario 179
Milonga del barrio Once 187
Tango que me hiciste mal 197
El escarpín de baile y la alpargata 203
Crónica de los años locos 213
Don Hipólito y las patéticas miserabilidades
   de la Historia 225
El regreso de Martín Tobler 233
El golpe 245
La muerte del caudillo 251
El adiós de Paulina Renzi 259
Réquiem para Carlos Gardel 269
Días como traiciones 279
Bailongo del 40 291
17 de Octubre de 1945 299
Días peronistas 307
Buenos Aires sin Eva 321
Esperando el avión negro 329
La ciudad del miedo 343
Los sobrevivientes 361
Epílogo 377

Santa María del Buen Aire y el cronista que toca su vihuela junto al río

Cuando Francisco González Iriarte, natural de Segovia, llegó a estas tierras de Indias, creyó enloquecer: el mar era dulce y tenía el color de la tierra y ésta se extendía, desmesurada, como un mar ilusorio. Nada parecía ser lo que era en este mundo. "El agua ya era aquí dulce, pero el mar tan grande que no podía convencerme de que fuese río", escribía Francisco, el joven bachiller que había llegado al Río de la Plata con don Pedro de Mendoza. Oficiaba de copista y andaba con sus papeles y sus plumas, que guardaba en un cofre y defendía con su espada. Se lo vio navegar en una pequeña embarcación por los riachuelos de lo que hoy es la Boca, hasta recalar, pasando los bancos de arena y los pajonales, a la altura del ahora Parque Lezama. Claro que entonces el Parque no tenía ese nombre, porque ninguna cosa tenía nombre español en esta parte del mundo que don Pedro de Mendoza bautizó como Santa María del Buen Aire, el 2 de febrero de 1536. Aquel día las palabras comenzaban a nombrar la Ciudad que era apenas un caserío, un asiento militar y una capilla. Nada que se pareciera a España; sólo el delirio de grandeza de sus nombres. Ni oro ni plata; sólo esos paños de seda que el Adelantado había traído en su nave, soñando, quizá, con encontrar un nuevo Cuzco de calles empedradas. Pero una Ciudad comienza con un sueño, como bien sabía Francisco González Iriarte. La realidad, mezquina, apenas mostraba un muro de tierra que pretendía defender las casas de las acechanzas del afuera, de esa llanura semejante al mar. De allí llegaban las voces inquietantes y el rugido del puma. Los extramuros eran todas las tierras a conquistar. Del muro hacia adentro, Santa María del Buen Aire ya tenía, desde su nacimiento, pretensión de Babel. Se oía hablar el español, el portugués, el inglés, el alemán; había allí capitanes de los tercios de Italia, navegantes flamencos. Pero no había labriegos ni albañiles. Había, sí, algunas mujeres. Y caballos. Y yeguas.

Lo que la historia no registra en su inventario de armas, herramientas y utensilios de Santa María del Buen Aire, es una vihuela, propiedad del bachiller Francisco González Iriarte, que mucho tuvo que ver con aquellos azarosos años del comienzo de la Ciudad. Francisco unía a su afición por escribir, la de cantar canciones de su tierra, sobre todo en las noches de luna. Un soldado opinó que era ésa afición de afeminados, de árabes y judíos que entonan sus desdichas en versos plañideros. Francisco González Iriarte trató de persuadir con buenas razones al soldado, pero éste se rió de él y lo desafió a pelear fuera del muro.

Era una hermosa noche, en la que daba pena matar o morir. Más joven, más hábil con la espada, el bachiller, el cronista, el cantor, el ofendido, atacó al torpe que retrocedió entre insultos y mandobles desesperados. Pudo matarlo. Prefirió herirlo, perdonarle la vida. "No ofendas al cantor", le dijo bajo la Cruz del Sur.

Francisco supo entonces que las palabras, las que se escriben y las que se cantan, no son inocentes. Despiertan pasiones y malentendidos, amores, odios, envidias, celos, ofensas. Ellas iban hacia él en el ir y venir de la memoria: una calle, el perfume de un rosal, la página de un libro, el muro de un convento. Por un instante él estaba allí y un momento después desaparecía el espejismo. Una noche de luna grande vio a una mujer cobriza que surgió desde la maleza como un puma. No había oído sus pasos ni había visto nunca una mujer así, tan hermosa, "con un pequeño paño delante de sus partes", escribió después. Desnuda o casi desnuda, la mujer permanecía en la orilla del río, observándolo. El cronista, el cantor, supo que no tenía palabras para ella. Y cuando intentó acercarse la mujer desapareció.

Aquellas hembras (según escribieron otros cronistas, no él) fueron las culpables de lo que ocurrió en la Ciudad edificada por los hombres que llegaron del mar. Al principio, los habitantes del lugar (todavía las palabras del español no los llamaban por su nombre: querandíes) se mostraron amistosos con los recién llegados. Les trajeron pescado y carne y saludaron a los hombres blancos de pelos en la cara.

Pero esos hombres les codiciaban sus mujeres, las perseguían y acosaban y las hacían suyas como si fueran parte del botín que les habían prometido. "No las trataron como personas de razón sino como animales", escribió Francisco González Iriarte, cronista heterodoxo, converso del Nuevo Mundo. El vio caer a un centinela, con una flecha clavada en el pecho; vio al soldado que una vez se burló de sus canciones desmoronarse con la cabeza destrozada; miró el cadáver de Diego Mendoza, el hermano del Adelantado, que había caído en una refriega con los querandíes. "Malditas hembras", oyó que murmuraba un conquistador, porque siempre había que odiar a alguien, sobre todo a las víctimas. Pero él no podía o no quería hacerlo. En cambio, registró, minucioso, como buen copista, los padecimientos de su gente. Los hombres y mujeres de Santa María del Buen Aire quedaron sitiados por los querandíes, prisioneros detrás del muro de tierra. Día tras día padecieron el hambre. Sacrificaron los caballos y las yeguas. Comieron ratas y el cuero de los zapatos. El Buen Aire se enrareció. Ulrich Schmidl, un soldado bávaro que

Buenos Aires. La novela

había llegado en la expedición de don Pedro de Mendoza, dijo que el día de Corpus Cristi un hombre se comió a su hermano. Schmidl sería otro de los cronistas, alguien que contaría la historia de los ilusos. Entretanto, Isabel de Guevara daba su testimonio de esos días aciagos : "Y como la armada llegase al puerto de Buenos Aires con mil e quinientos hombres y les faltase el bastecimiento, fue tamaña la hambre, que al cabo de tres meses murieron los mil. Esta hambre fue tamaña, que ni la de Jerusalén se le puede igualar ni con otra ninguna se puede comparar. Vinieron los hombres en tanta flaqueza que todos los trabajos cargaban de las pobres mujeres, ansí en lavarles las ropas como en curarles, hacerles de comer lo poco que tenían, alimpiarlos, hacer centinela, rondar los fuegos, armar las ballestas y cuando algunas veces los indios les venían a dar guerra, dar alarma por el campo a voces, sargenteando y poniendo en orden los soldados. Porque en ese tiempo –como las mujeres nos sustentamos con poca comida– no habíamos caído en tanta flaqueza como los hombres".

Sin embargo, ni los vencidos ni las mujeres escribieron la historia de ese tiempo. Cuando terminó el cerco, cuando los indios abandonaron Santa María del Buen Aire, Juan de Ayolas fue mandado al Norte en busca de alimento. Regresó con pescado y maíz. Francisco continuó tocando su vihuela.

Y cuando Domingo Martínez de Irala, el nuevo jefe, nombrado teniente gobernador por Ayolas, decidió despoblar Santa María del Buen Aire para fundar Santa María de la Asunción, en el Paraguay, el joven Francisco González Iriarte prendió fuego a su manuscrito y vio arder sus palabras mientras tomaba la vihuela y se dirigía hacia el río, donde la mujer cobriza lo esperaba para comenzar otra historia.

Indios conversos, negros cimarrones y brujas en el aire

La Ciudad había quedado despoblada. Yaví, la india, entró en ella de la mano del hombre, y fue como si la fundaran por segunda vez. Francisco González Iriarte, despojado de títulos y honores y hasta de la camisa, entró a la vez como ese perro cimarrón que olfateaba entre los vestigios de la Ciudad. Durante semanas, durante meses, el hombre había merodeado en torno a la primera Buenos Aires, de la que era un desertor. Por su parte, Yaví había dejado de pertenecer a la tribu a la que no quería ni podía regresar. Pero sabía manejar el arco y la flecha como el más hábil de los querandíes, y le enseñó ese arte a su compañero.

Entraron los dos, conquistadores de la nada, en un pueblo abandonado. Por eso Francisco tardó en comprender el significado de esa nota que había dejado Irala en una mesa semidestruida antes de abandonar Buenos Aires. No es que no entendiera los signos, los vocablos, la escritura. Pero le faltaba la música de las palabras. Leyó, por fin: "Por cuanto yo, Domingo Martínez de Irala, teniente de gobernador por el muy magnífico señor Juan de Ayolas, gobernador y capitán general de estas provincias del Río de la Plata, por suma he determinado llevar la gente que estaba en el puerto de Buenos Aires para juntar con la que está arriba, en el Paraguay...". Dejó de leer. Le dijo a Yaví que los suyos no regresarían, que estaban solos en la Ciudad como Eva y Adán en el Paraíso. Trató de explicarle a la mujer esa historia de los cristianos viejos. A ella le causó mucha gracia el episodio de la manzana y le mordió la boca y luego la curó con su saliva. El aire sonaba como música en las flautas de caña. Entonces la mujer y el hombre se echaron en la tierra para continuar el canto de la especie.

Otros fueron por la ruta del oro hacia el Perú, otros fueron detrás de la quimera. Entonces Buenos Aires fue fundada por segunda vez el 11 de junio de 1580, por don Juan de Garay, quien repartió solares y tierras de labranza a sus vecinos. Hubo personas principales y también un cabildo e iglesia para honrar al Señor de todo lo creado.

Buenos Aires. La novela

No obstante, merodeaban la Ciudad algunos indios y negros cimarrones, gente alzada contra la autoridad. "Hay que enseñarles la obediencia", opinó un sacerdote, aunque otros optaron por la elocuencia de la espada y el arcabuz y marcharon campo afuera en pequeñas partidas de soldados.

Se supo entonces que un negro cimarrón, Ramón, el hereje, se aprestaba a invadir Buenos Aires al mando de una improvisada montonera. Fue ésa la primera señal que tuvo la Ciudad de los muchos levantamientos que a lo largo de los años, de los siglos, despertarían el temor frente a la gente de afuera. Insistió el sacerdote en prevenir males mayores y propuso que se realizaran en Buenos Aires algunos autos sacramentales para fortalecer la fe de los vecinos. Uno de los primeros en asistir fue un joven indígena, acostumbrado a otros ritos, otras celebraciones. Aquella ceremonia le pareció demasiado triste.

Tuvo miedo. Vio, sin entender, las escalofriantes escenas del Fin del Mundo.

¿Qué fin era ése?

¿Había un principio y un fin más allá de sus dioses?

El joven indígena estaba confundido, pero de todos modos aceptó las palabras del blanco, del sacerdote que se inclinaba hacia él y le daba el bautismo.

Se convirtió sin fe a la nueva fe y eso lo atormentó durante meses. Pidió la confesión.

–Olvídate de tus dioses, hijo... ¿Sabes lo que son?... ¡Aire, aire!... ¡Nada!

–¿Nada? ¿Qué es nada? –preguntó el joven cobrizo, tratando de comprender el pensamiento de los blancos.

Abjuró del dios de la guerra, por el que habían muerto su padre y sus hermanos y todos los varones de su casta menos él, el menor, el más débil. Comenzó a rezar las oraciones del cristiano.

Entonces el cielo se oscureció y el dios de la lluvia se enfureció con truenos y relámpagos.

Y llovió y llovió y eran torrentes.

—¡Ni que fuera el Diluvio, mi Dios! —exclamó el sacerdote.

Pero el joven sabía que era la furia de uno de sus dioses que golpeaba en la puerta de la iglesia, como si la quisiera derrumbar y hundir en el lodo. Esa noche, el indio, el converso, cambió de fe y de nombre.

Al indígena le pareció que Domingo era un bonito nombre: "Domingo", dijo y lo repitió varias veces en español, en ese nuevo idioma que había aprendido con los hombres de la Iglesia. Tomó los hábitos. Durante cinco años vivió en castidad. El padre Domingo solía comenzar sus sermones recordando las palabras del Maestro: "Dale señal al oprimido de que lo prefiero entre todos mis hijos. Dale fiesta a sus ojos y alegría a su corazón".

El padre Domingo congregó a los indígenas, a sus hermanos, cerca del atrio de la iglesia, para que vieran los milagros de ese Señor que era Dios y era todos los dioses. Las crónicas recuerdan que Domingo dirigió la ceremonia y que los indígenas lloraron de emoción al ver el Paraíso Perdido. "Y así muchos de ellos tuvieron lágrimas y mucho sentimiento en especial cuando Adán fue desterrado y puesto en el mundo."

—Es difícil nacer —dijo el sacerdote a sus hermanos.

Buenos Aires. La novela

La morada de Adán y Eva estaba tan adornada "que bien parecía paraíso de tierra, con diversos árboles con frutas y flores de ellas naturales y de ellas contrahechas de plumas; en los árboles mucha diversidad de aves desde búhos y otras aves de rapiña hasta pajaritos pequeños". Y tanto trinaban, que parecían ángeles de escándalo.
Eso es lo que le contó el padre Domingo a su superior.
–Son criaturas de Dios, reverendo. Y ese ruido es música allá arriba... –trató de explicar.
–¿Cómo lo sabes?
–Lo sé, reverendo. Él me lo dijo.
–¡Domingo! ¿Cómo te atreves a decir que hablaste con Él?
–Hablé con Él, reverendo. Como estoy hablando con usted. Y dijo: "Dale señal al oprimido de que lo prefiero entre todos mis hijos. Dale fiesta a sus ojos y alegría a su corazón".
Las palabras de Domingo llegaron a oídos del obispo. Tuvo que pedir perdón y vivir en penitencia, como sirviente en el convento.

Hubo otro indio converso en Buenos Aires que tuvo nombre de cristiano: se llamó Juan de Castilla. Por pedido de su protector, el recién adoptado quedó en casa del gobernador. Ése fue su lujo, su deslumbramiento, su condena.
Quiso ser otro, se avergonzó de su desnudez. Los espejos repitieron el rostro de un joven cobrizo de ojos muy brillantes, como encendidos por la fiebre. Gustó el vino,

tocó los paños, la seda, las sábanas de una señora a quien sirvió con vehemencia a lo largo de un año.

Disfrutó de la música de su nuevo idioma. Como cualquier hijo de las tierras que están del otro lado del mar, sintió que las palabras del español eran su forma de ser blanco.

Poco sutil, el soldado Patiño quiso sacarlo de su error y lo mandó a juntar el estiércol de las caballerizas.

Dicen las malas lenguas que esa noche el indio olvidó las buenas maneras aprendidas en la casa del gobernador. Con un cuchillo cercenó la cabeza del soldado y huyó al desierto para encontrar su verdadera patria.

Ramón, el hereje, el negro cimarrón, continuó su asedio a Buenos Aires durante varios años. Ya viejo, fue apresado por la partida. Estuvo en un calabozo largo tiempo y, por fin, al ver que desvariaba y se volvía inofensivo, lo recluyeron en una quinta, bajo el cuidado de un cura. El hereje no era de temer: se demoraba en la contemplación de los crepúsculos.

"Sus palabras eran las que herían, señor", recuerda el cura. En cualquier momento y sin que viniera al caso, el hereje solía discutir las potestades del Cielo y del Infierno, de la Culpa y el Castigo.

—Avergonzaba oírlo —confiesa el sacerdote.

Ahora el hereje rotura la tierra, planta unos bulbos y presiente que pronto estará allí, mezclado con los jugos elementales. No teme ese momento, tan inevitable como el haber nacido. Sabe que sucederá y espera. Nadie recla-

Buenos Aires. La novela

mará por él, por su linaje; nadie será heredero de una fortuna que no tiene.

—Tenía muchos papeles con charlatanería de paganos —cuenta el cura—. Nadie los quemó. Pude hacerlo. La Iglesia no tiene nada que ocultar.

Beatífico, el negro Ramón sonríe a su guardián. Ya no es el mismo. Hace tiempo que dejó de ser el jefe de las insurrecciones. Son pocos los que recuerdan sus encerronas, fugas, corridas por los techos, efímeros refugios en conventos y casas de putas.

—Está mansito el hombre —certifica el guardián.

Y el negro Ramón sonríe porque sigue soñando con la revolución que otros llaman locura. La prudencia y el azar se unieron para torcer su destino. Se presume que pudo ser un guerrero, un jefe de amotinados, un estratega. Pero su realidad fue otra: la del condenado a soñar una revolución perdida. Años más tarde, algunos negros indómitos se declararon sus adictos. Unos murieron en la cárcel y otros fueron despenados por su obstinación.

Ese hombre que canta en la orilla del Río de la Plata es el nieto de Yaví y de Francisco González y une en su lengua el idioma cantarín de los querandíes y el español que antes cantara el árabe, el cristiano, el judío. No sabe pero intuye la plegaria del desierto, la oración; el canto sagrado que la vihuela dulcifica. Es hombre de a caballo, hijo de Remigio González, un lenguaraz que sirvió de intérprete a los hombres que vinieron con Juan de Garay. "Con la carabela avisé a Vuestra Alteza cómo había sabido que había cierta cantidad de ganado caballuno, cerca de Buenos Aires, precedido de unas yeguas que quedaron en el tiempo de don Pedro", escribió Garay. El que canta, Arpegio González, tendrá numerosa descendencia y más años que Matusalén. Será soldado, fiel a su Dios y su Rey, y también incipiente ganadero, uno de los primeros en afincarse en la Ciudad de Buenos Aires. Pero cometerá el pecado de amancebarse con la negra Zenobia.

Arpegio González la llamaba a Zenobia "Madre de la Noche"; la llamaba así por sus pechos oscuros, por las piernas que acariciaba en las noches después de la oración; él la llamaba con infinidad de nombres, bellos y obscenos, y ella se le entregaba, dócil, como corresponde a una manceba. Zenobia había llegado del África junto con otras piezas de ébano y él la había comprado a buen precio. Entonces Zenobia era niña, pero sus brazos eran fuertes y tenía todos los dientes. Arpegio González caminaba por el jardín de su casa entregado a la molicie de la noche, a un perfume de fruta, a un penetrante olor de hojas y verano. Fue así como la vio: Zenobia, con el cuerpo desnudo, canturreaba palabras ininteligibles y se balanceaba lentamente. Arpegio González observó esos movimientos, mientras oía la voz de la africana. Ella continuó con su ceremonia hasta que el hombre la retuvo en sus brazos. Hizo un movimiento de animal furtivo. El hombre temió que se le escapara. Fue en busca de Zenobia entre las hojas húmedas. La encontró jadeando y riendo junto a las matas altas. Descubrió sus pechos firmes, sus piernas, su vientre redondo, cálido, las caderas escapándose de las manos. Se echaron juntos, reconociéndose por el olor, por

Buenos Aires. La novela

el roce de la piel, por la lengua. A esa hora corrían los caballos salvajes por las tierras que se extendían más allá de Buenos Aires y danzaban las víboras en celo.

Las beatas de Buenos Aires vieron salir un pájaro blanco de la boca de Zenobia. Para algunos fue el alma de Satanás que huía, temerosa ante la presencia de Cristo. Para otros, fue sólo una gaviota al final del verano. Para el Inquisidor, una clara señal de la corrupción de esta parte del mundo. Para conjurar el maleficio, el Inquisidor utilizó palabras bellas y sonoras, nombres para ahuyentar pestes y brujerías. Entretanto, otras voces, palabras de los negros: Zembú Semsemayá, Xangú, Octáu, Papalé, invadían los poblados de América; dioses, pájaros, plumas, máscaras, danzas que se metían en la piel, en el cuerpo de los esclavos, en las manos de las cesteras, en los ojos y los pechos de las bailarinas de candombe que avergonzaban el pudor colonial.

Las señoras de Buenos Aires temían a las brujas y el Inquisidor leía el *Malleus Maleficarum* que agrandaba aún más ese temor: "Pueden estas brujas lanzar los niños al agua delante de los mismos ojos de los padres, sin que nadie lo note; pueden tornar de pronto espantadizo al caballo bajo la silla; pueden emprender vuelos, bien corporalmente, bien en contrafigura y trasladarse así por los aires de un lugar a otro".

—Tu sangre se ha vuelto contra tu sangre, Arpegio González y tú no serás nunca, porque así lo quiere el Santo Oficio, ni corregidor, ni alcalde, ni juez. No tendrás oficio público o de honra. Ni abogado ni médico, ni sangrador ni boticario. No podrás comerciar oro, plata, corales, perlas, chamelote, paño fino. Y no andarás a caballo.

Tales fueron esas últimas palabras (las mismas que condenaban al judío), que enfurecieron a Arpegio González, hombre de a caballo. Lo cierto es que esa noche el Inquisidor apareció muerto a orillas del Río de la Plata. Sin una herida.

Alguien dijo que había visto volar una bruja sobre el cielo de Buenos Aires.

Los González

El día que voló una bruja sobre el cielo de Buenos Aires fue el día que desapareció Zenobia. Pasadas cinco semanas de nostalgia y abstinencia, don Arpegio se acollaró con una china de los ranchos. Ecléctico, un año más tarde se casó con una portuguesa.

Fueron muchas las mujeres de don Arpegio, a quien Dios le dio salud e ímpetus para sus correrías. Y dejó hijos, nietos y entenados a la Ciudad de Buenos Aires. Gonzalo, Diego, Ramón, Belisario, Juan de la Cruz, Ernesto, Santiago. Poco se sabe de ellos, y quizá poco hay que saber, sólo que vivieron y murieron como buenos cristianos.

Ya por entonces se decía en Buenos Aires: "Dime cuánto tienes y te diré quién eres". A mediados del siglo XVII, los González tenían regular fortuna, eran alguien en la Ciudad. Entre los bienes que dejó don Arpegio, además de su campo, se contaban los siguientes:

Una "ropa y saya de terciopelo de la espada
   y otra raja de Florencia, color cielo con franjas
   y pasamanos de oro", valuadas en $350
Una alfombra turca tasada en $350
Una grande alcaraz en $200
Una colcha rica de la India, labrada de amarillo,
   cuajada de figuras $250
Dos esclavos grandes, más uno de seis años
   y otro sin determinar la edad,
   tasados en conjunto en $1.000
Cien fanegas de harina tasadas en $125
Un negro de 20 años, casado y su mujer,
   de la misma edad, cada uno de ellos $500
Una muleque de 16 años, tasada en $450
Un muleque de 12 años en $350

Uno de los González, descendiente de Arpegio, entrado ya el siglo XVIII, prescindió de nombre y apellido. Se lo conoció solo por su arte: El Payador. Pudo ser el primero, aunque esas minucias de la cronología carecían entonces de importancia. Así como no tenía nombre, al parecer tampoco le importaba el tiempo. Siempre era joven: a lo sumo, parecía tener la edad de Cristo.

Fue aquel payador quien empezó a contar la historia de Santa María del Buen Aire, para molestia de sus parientes que nada querían saber de ese forajido que no se afincaba en el poblado sino que encontraba diversión y alimento en las afueras, junto a las negras de los ranchos.

"Ése no es un González, es un cualquiera", afirmaban sus parientes. Uno dijo que El Payador embrujaba a las mujeres con sus versos y su música y las condenaba a la perdición. Otro aseguró que tenía tratos con el diablo. Este infundio perduró durante años y quizá fue el origen de su leyenda.

Se decía que el cantor había sostenido una payada con el demonio, a quien había vencido a orillas del Río de la Plata. Hubo quien dio más detalles: antes de aparecer con figura de hombre, el diablo se arrojó en forma de serpiente desde lo alto de un ombú, como una brillante lluvia de escamas. El Payador lo esperó a pie firme, una mano en su guitarra y otra en el cuchillo.

El demonio, vestido de hombre, de gauderio, dijo que le andaba codiciando el alma. Le ofreció el oro del mundo y el gobierno de Santa María del Buen Aire, que el demonio llamó "la veleidosa".

El hombre rechazó la oferta. Aceptó, en cambio, jugar su suerte y la de su ciudad en los versos de una payada.

De dónde vengo no sé,
adónde iré no sé cuándo.
Aquel que todo lo ve
sabrá por qué estoy cantando.

*Aguas dulces de este mar
que en estas costas son río
que corren, como el soñar,
por los campos del olvido.*

*No sé si podré cantar
lo que es y lo que ha sido
la vida de esta ciudad
donde tanto se ha perdido.*

*Si digo hoy, ya es ayer
el tiempo pasa volando
y es muy poco mi saber
para saber lo que canto.*

Algunos dicen que la payada duró tres noches; otros afirman que fueron tres siglos y no falta quien asegura que la payada continúa todavía.

Lo cierto es que el demonio aquella vez perdió la partida frente a un hombre de Buenos Aires, que no ostentaba nombre ni apellido, a quienes unos llamaban Juan sin Ropa y otros, simplemente, El Payador.

Entretanto, la mala fama cayó para los González, a quienes a lo largo del siglo XVIII se los acusó de abigeato. El primero en soportar esa acusación fue Matías, hombre tímido, incapaz de matar una mosca, contador y confiden-

Buenos Aires. La novela

te del señor Olivera. Pesaba sobre él la sospecha de haber matado a su protector para quedarse con su ganado. Prudente, se refugió en la otra orilla del río, en la costa oriental, en Colonia de Sacramento.

Allí don Matías González conoció a una hermosa portuguesa, Lucrecia de Souza, con la que se casó y tuvo un hijo: Bartolomé.

Don Matías no pudo disfrutar de su criatura. Murió asesinado en un confuso pleito por un asunto de mujeres.

A Bartolomé lo crió su madre, mujer muy fina, acostumbrada a la lectura, que murió cuando él tenía quince años.

Poco tiempo más tarde, Bartolomé decidió afincarse en esta orilla del Río de la Plata. Como su padre, se dedicó a la ganadería y como él, debió soportar la maledicencia, o al menos, el juicio apresurado de la gente.

Bartolomé González de Souza, que transportaba ganado en pie a la Banda Oriental y al Brasil, fue acusado de contrabandista. Nada respondió ante esas acusaciones. Se decía también que estaba rodeado de malévolos, vagamundos y gauderios. Bartolomé no lo desmentía. Pero tampoco hacía alarde de su fuerza y su astucia. Sentado en su cabeza de vaca, frente a su casa de paredes de adobe y techo de paja, en las afueras de Buenos Aires, oía a sus paisanos, fueran criollos, españoles, indios o mestizos.

Fue reclutando a los desertores de la Ciudad. Se lo veía matear con ellos en el crepúsculo. Una negra que había traído del Brasil acariciaba su molicie con una pantalla de palma.

Pedro Orgambide

Juan Sin Ropa o El Payador fue el primero en contar la historia:

> *Buenos Aires, tierra hermosa*
> *la de esta orilla del Plata*
> *que se recuesta en el río*
> *y se refleja en el agua.*
> *El que la vio no la olvida*
> *en esas siestas tan largas*
> *cuando desnuda despeina*
> *su cabellera dorada.*
> *Pero en la noche ella es negra*
> *bajo la luna muy blanca,*
> *y acaricia la molicie*
> *con su pantalla de palma.*
> *Buenos Aires se despierta*
> *entre mestiza y mulata*
> *en las manos de un gauderio*
> *con su cuerpo de guitarra.*
> *Buenos Aires, tierra hermosa*
> *la de esta orilla del Plata,*
> *el que la vio no la olvida:*
> *no hay olvido si alguien canta.*

De malévolos, vagamundos y gauderios

Señores: voy a cantar
la vida de los gauderios
abajo de aquestas talas
y mirando el firmamento.
Y si me pongo a contar
las cosas que sucedieron
no será por molestar
sino para dar remedio.
Habrá mucho que aventar
en las mudanzas del tiempo.

Pedro Orgambide

El arte es poder hablar
donde siempre hubo silencio.

Entre la Ciudad y la Tierra Adentro se extiende una zona ambigua, una tierra de nadie, una patria sin ley de la que Bartolomé González de Souza es el monarca o el caudillo. Nadie lo culpa si a veces exagera sus ademanes de guaso, de gauderio. Podría vivir en cualquier ciudad, no sólo en Buenos Aires, sino en aquellas de la Península, ya que su madre, la portuguesa, lo instruyó en el conocimiento y en las argucias de esa gente. Conoce las leyes de Indias, aunque hace gala de analfabeto.

"Mandamos que los vagamundos que, según las leyes, de estos nuestros reinos han de ser castigados con penas de azotes, de aquí en adelante la dicha pena sea a que sirvan por la primera vez en las nuestras galeras cuatro años y sea traído a la vergüenza públicamente, siendo el tal vagamundo mayor de veinte años; y por segunda vez le sean dados cien azotes y sirva en nuestras galeras por ocho años; y por la tercera vez le sean dados cien azotes y sirva perpetuamente en las dichas galeras..." Bartolomé González de Souza se indigna porque el hombre nació para ser libre, para andar por el mundo y comer los frutos de la tierra. Que la Ciudad se amuralle, si ése es su deseo. Pero que no trate de imponerle su ley. Desde su casa, desde su campo, mira a Buenos Aires, mientras la negra Melisa se recuesta a sus pies. Un aire de tormenta llega desde la costa.

Buenos Aires. La novela

El hijo de Melisa y Bartolomé nació el día en que arribaron al Río de la Plata los sacerdotes que venían del Paraguay. Habían colocado la imagen de la santísima Virgen en una balsa, junto a las de san José, san Francisco Javier y san Antonio de Padua. Entonaban el *Ave Maris Stella*, que acompañaban con sus pífanos y tamboriles. La negra Melisa creyó oír las voces de las deidades africanas, mientras daba a luz al primogénito. Fue un día de gloria, que los hombres de Bartolomé festejaron matando varias vacas y un toro que descuartizaron y ensartaron en los palos de los asadores. Comieron hasta hartarse y Bartolomé recordó la hambruna de la que le habían hablado sus mayores. Los tiempos habían cambiado y ahora la Ciudad y su suburbio soñaban con futuras opulencias y linajes, un delirio de grandeza que le duraría por siglos.

Después de comer, los hombres, adormilados, se recostaron sobre pieles de buey o de tigre, con las bocas entreabiertas. Así los vio el cura Cayetano, que se arrimó hasta la casa de Bartolomé. Le dijo que no era conveniente seguir viviendo como un vagamundo o un gauderio, cuando era un señor, con sus tierras y su hacienda.

—No puedes vivir fuera de la Ciudad ni de la Iglesia, Bartolomé. No es bueno —le dijo, y se comprometió a conseguir todas las indulgencias necesarias para que regresara al rebaño de los obedientes.

—Pero antes, debes abandonar a tu manceba.

—Es mi mujer, padre —protestó Bartolomé—. He nacido libre como las aves y así también vivirá mi hijo, con la bendición de Dios —dijo Bartolomé, dando por terminada la discusión.

Se fue el sacerdote. Se oscureció el cielo y empezó a llover. Parecía el Diluvio.

Entretanto, la Ciudad soñaba con Europa. Los desterrados y los hijos de los desterrados revivían a orillas del Río de la Plata, del Mar Dulce, la patria perdida. Ya entonces Buenos Aires era ciudad de la nostalgia. Con licencia del rey de España, había llegado un barco cargado de herramientas y paños finos, de espadas, de cintas, de especias de toda clase. Buenos Aires no tenía cerco ni muro como las ciudades de Europa; sólo un pequeño fuerte, circundado por un foso. Allí vivía el gobernador, con una guarnición compuesta por algo más de un centenar de hombres. Allí vivían algunas familias acomodadas, que comían en vajilla de plata y tenían sirvientes, negros de Guinea, mulatos, mestizos, indios y zambos que a veces huían de la Ciudad y se refugiaban en los campos de Bartolomé González de Souza. Por lo general, las casas estaban construidas con barro y techadas con cañas y paja. Tenían grandes patios y fondos que daban a las huertas de legumbres y naranjos. La hambruna era cosa del pasado. La gente de Buenos Aires tenía alimento en abundancia: carne de vaca y de ternero, de carnero y de venado, liebres, gallinas, patos, gansos silvestres, perdices, pichones, tortugas, aves de caza. El ganado andaba en tropilla y también los avestruces. Con las plumas del avestruz los indios fabricaban sombrillas para el sol. Un sirviente llevaba una de estas sombrillas para dar sombra al señor Obispo, a quien a veces seguían los diez sacerdotes que oficiaban en la Catedral.

Buenos Aires. La novela

Se decía que una banda de malévolos, vagamundos y gauderios rondaba Buenos Aires. El gobernador temía que se apoderasen de sus mil doscientos caballos y se apresuró a culpar a Bartolomé González de Souza, quien se vistió con sus mejores ropas y subió a su caballo, llevando en ancas a su mujer y su hijo. Así se encaminó hacia el fuerte, en busca del gobernador.

Pasó frente a la guardia de la boca del Riachuelo, desde donde dos pequeños cañones apuntaban a un enemigo invisible. Al rato entró en la Ciudad "hostil y veleidosa", como le dijo al gobernador. "Soy súbdito de Su Majestad Católica, pero también soy hombre de esta tierra", discurrió. La noticia había corrido como reguero de pólvora, y cuentan que mientras Bartolomé hablaba, iban llegando desde las afueras cientos de gauderios, indios y mestizos.

Pero esta rebelión no consta en la historia escrita de la Ciudad. La Iglesia registra, en cambio, el casamiento de don Bartolomé González de Souza con doña Melisa Bandeira y el bautismo del hijo de ambos, con el nombre de Silvestre, por haber nacido el 31 de diciembre, día del santo de ese nombre.

Por aquel entonces hubo quienes blanquearon su piel en los papeles con las llamadas cédulas a sacar. Pero ése no fue el caso de Melisa, la madre de Silvestre, que solía llegar a Buenos Aires con su séquito de sirvientes. Orgullosa como una reina, se paseaba, majestuosa, bajo su sombrilla de plumas de avestruz.

Ya entonces, en muchas casas de Buenos Aires se hablaba de genealogías y abolengos. "El que más, el que menos, todos sueñan que son parientes del Rey", le decía Bartolomé González de Souza a su hijo mientras recorrían a caballo los dominios que, según decían, había usurpado con su banda de forajidos, malévolos, vagamundos y gauderios. Silvestre se crió entre ellos, aunque su padre soñaba para él otro destino. Como el primer González llegado del otro lado del mar, Bartolomé valoraba otras riquezas, como el sonido de un verso que acompaña la música. "Porque un verso sin música es como un molino sin agua", le decía, repitiendo un proverbio de Provenza que el primero de los González había traído al Río de la Plata. Por eso envió a Silvestre a la Ciudad, donde Juan Baltasar Maciel, un sacerdote muy erudito que se ocupaba de catequizar a los negros, solía dar clases a varios adolescentes de familias acomodadas. Obediente, Silvestre aprendió las letras y las declinaciones del latín y el sonido de otros idiomas de la Tierra que el sacerdote hablaba con fluidez. Para hacer dinero no se necesitaban esas habilidades, pensaban algunos. "Demasiado lujo para el hijo de un gauderio venido a más, para el hijo de una negra", porfiaban otros.

Todo tiene su precio en Buenos Aires. Un potrillo de dos o tres años cuesta medio peso; un caballo de servicio, dos pesos; una yegua, tres reales. Los únicos que no tienen precio son los caballos alzados, que andan en libertad por

Buenos Aires. La novela

la llanura. Silvestre siente atracción por la vida cimarrona del gauderio, semejante al caballo salvaje. Pero es el hijo de don Bartolomé, el heredero de una vaquería. Cada año, desde Buenos Aires zarpan seis u ocho buques cargados de cuero y de sebo, mientras la carne se tira en el campo para que se pudra. Lástima. Es mejor llevar ganado por tierra, venderlo al mejor postor. Es lo que hace don Bartolomé, lo que aprendió Silvestre antes de ir a Buenos Aires. Entre las cuatro paredes de una casa, entre los papeles y los libros, extraña la llanura que se parece al mar. Pero aprende. Y cuando el sacerdote Juan Baltasar Maciel termina de enseñarle todo lo que sabe, Silvestre intuye que todo saber es el comienzo de otro.

El Cabildo de Buenos Aires seguía empecinado en perseguir a los vaqueadores sin licencia y observaba con recelo a don Bartolomé. Vigilaba con discreción los movimientos de ese hombre sospechado de contrabandear reses en pie, tasajo y cecina.

Cierta vez, mientras cabalgaba con su hijo, Bartolomé cayó en la emboscada que le había tendido una patrulla de la Ciudad. Iba a rendirse, para no perjudicar a su muchacho. Quería ahorrarle las molestias de la guerra. Quería que se alejara de todo aquello y fuera cuanto antes a Buenos Aires. Pero Silvestre sacó el cuchillo que había atado a manera de lanza en un palo quemado, y embistió a la partida. Los gauderios, hombres de Bartolomé, lo siguieron y se fueron en montonera contra la patrulla. Nada pudieron hacer los hombres de la Ciudad contra esos guasos. Nada. Sólo volver con sus cabalgaduras a Buenos Aires, al fuerte de donde habían salido con la seguridad de vencer y al que regresaban como perros apaleados, con el rabo entre las piernas.

En la otra orilla, en la costa oriental del Río de la Plata, hubo inquietud al conocerse la noticia de que Colonia del Sacramento dejaba de ser el paso obligado para el comercio, la puerta abierta para los contrabandistas y los espías. Desde Buenos Aires, desde la capital del flamante Virreinato del Río de la Plata –según Real Cédula del 1° de agosto de 1776–, la influencia de la Ciudad y de su puerto iba a extenderse a los territorios de Cuyo y Potosí, de Santa Cruz de la Sierra y de Charcas, al Paraguay y Tucumán. Altas carretas como barcos navegaban el mar ilusorio de la Pampa, mientras en el puerto de Buenos Aires desembarcaban los esclavos.

    Silvestre González los vio en el Retiro. Vio al mercader que vendía a los esclavos según fueran sus cualidades y merecimientos:

    –Señores: sale un lote de dos negros fuertes, de veinte años, una mujer de quince y un niño bueno para los mandados. Sale otro de seis esclavos de Angola, de buen porte y salud...

    Vio a gente conocida, gente de su amistad, a sus vecinos, abriendo la boca de los negros, mirándoles los dientes. Miró con pena y con rabia a las "personas de calidad" que tasaban a los esclavos como a sus propios animales. Es cierto: los esclavos que llegaban a Buenos Aires gozaban de un trato más benévolo que los que desembarcaban en Bra-

Buenos Aires. La novela

sil. De todos modos, se trataba de una cuestión de principios: eran hombres, no mercancías que podían venderse al mejor postor. Así lo pensaba y así se lo dijo a Juan Baltasar Maciel: "Sentí el deseo de azotar a los mercaderes, como Jesús en el templo". El sacerdote le perdonó la jactancia de esa comparación. Sin embargo no censuró a su joven amigo. También a él lo mortificaba la esclavitud. A él y a sus amigos, una misteriosa "secta ecléctica" que pretendía unir la fe, la "conciliación de la escolástica" con "los sistemas modernos" de la ciencia. Se trataba –le había explicado Maciel– de encontrar una forma de pensamiento que "sin adoptar sistema alguno por entero, tomara sólo de cada uno los principios más verdaderos y conducentes para el conocimiento de las causas y la explicación de los efectos". En todo caso, antes de actuar, como quería la impaciencia del joven Silvestre, era necesario reflexionar, "no irse de boca y andar a los tumbos como un charabón", como le habría dicho su padre, Bartolomé González de Souza, que se sentía algo extraño frente a los avances del progreso.

Buenos Aires, veleidosa,
sueña una patria perdida
mientras modula el idioma
de la gente de Castilla.

Buenos Aires, presumida,
no puede con su amargura
porque es mucha su tristura
de estar en tierras de Indias.

Pedro Orgambide

Porque la Ciudad había cambiado, es verdad. Sobre todo desde que, en 1777, Vértiz fuera designado virrey del Río de la Plata. Buenos Aires contaba ya con una imprenta y con faroles de aceite para iluminar las calles principales, con un hospital para mujeres, un hospicio para mendigos, con una Casa de Niños Expósitos y con el paseo de la Alameda. Sólo le faltaba un teatro.

De la ilusión del teatro

El teatro, como el contrabando, había llegado por el río, en una barcaza de cómicos que siguieron viaje hacia el Perú. Algunos recordaban las representaciones que los cómicos habían realizado en los patios de las viejas casonas y en los tinglados al aire libre. Pero sin duda las funciones más prestigiosas, las de mayor pompa oficial al menos, fueron las que se realizaron en la Ciudad de Buenos Aires en 1747, cuando se celebró la coronación del nuevo Rey de España y de las Indias, Señor Don Fernando VI. Se oían pífanos y tamboriles y muchas voces de vecinos y las de unos niños que cantaban en alabanza al Rey de España y de las Indias. Uno de los actores lloró de emoción antes de que llegara el cortejo a la Real Fortaleza, porque –decía– no había visto magnificencia igual ni en las cortes de Europa. En bandejas de plata relucían las monedas de oro con la efigie del Rey, acuñadas en el Perú. Entraron en la plaza, entre las flautas y tamboriles de los indios, cuatro cuadrillas de doce hombres cada una (una de españoles, otra de moros, otra de turcos y otra de indios) y todos iban muy bien vestidos, con ricas telas y brocatos. "Era de no creer –diría el actor más tarde–, como si Buenos Aires se hubiese transformado en el ombligo del mundo." Toda la Ciudad era el Teatro y no sólo ese improvisado tablado en que los actores esperaban representar las obras del ingenioso autor don Calderón de la Barca.

Tiempo después, unos cómicos que venían de la Nueva España pasaron por la finca de don Bartolomé González de Souza. Silvestre era un niño entonces, pero jamás olvidó ese día en que hubo canciones y recitados y pantomimas y en que los cómicos bailaron una danza parecida a la zarabanda. Desde entonces el teatro fue para él como un sueño. En la fonda La Estrella del Sur conoció a Francisco Velarde, hombre culto que había frecuentado los teatros de Europa. "Una ciudad sin teatro es una ciudad sin alma", le dijo. Tal vez Velarde exageraba, quizá saldaba cuentas con su vocación de juventud, cuando quiso ser actor.

Era ya un hombre maduro y comerciante cuando el virrey Vértiz asumió su cargo. Con él, Velarde conversó acerca del comercio y la política y también de ese arte al que eran aficionados los dos. Fue Francisco Velarde quien

Buenos Aires. La novela

le propuso a Vértiz la construcción de una Casa de Comedias, que daría diversión y prestigio a Buenos Aires.

Como suele ocurrir, no había dinero para levantar un teatro de cierta importancia. Velarde no se desanimó y con otros amigos, entre los que figuraba Silvestre, se propuso transformar en teatro un enorme galpón, al que llamaron, por pura modestia, La Ranchería. Lo construyeron con ladrillo, tirantes de madera y techo de paja. Estaba en lo que es hoy la esquina de Alsina y Perú. Allí se reunían los vagos y mal entretenidos de entonces, pero también las "personas de calidad", sobre todo las señoras, que se abanicaban, un poco por el calor y otro por las audacias que se hacían y decían sobre las tablas.

En la fonda La Estrella del Sur, Silvestre González conoció al escritor nativo Manuel José de Lavardén, que por aquel entonces escribía su tragedia *Siripo*. Hablaba de ella con Francisco Velarde, que era su protector y mecenas, y con Silvestre, un poco por deferencia a su amigo y otro por el interés que mostraba el joven ganadero por los asuntos del arte.

–Tengo entendido –decía Silvestre– que Buenos Aires tiene una vieja deuda con el teatro. Tuve oportunidad de leer un acta del Ayuntamiento de la Ciudad, en que se autorizaban "gastos de comedia"... ¿Quién los cobró, caballeros?... No recuerdo que se hayan utilizado para el teatro.

–Ni yo –comentó Velarde–. Pero así ocurre con los dineros públicos. No digo con Vértiz, que fue gran administrador... –dijo y se quedó pensando, mientras saboreaba el vino de San Juan.

—Lo de siempre, amigos —comentó Lavardén—. Para los gobernantes, la cultura viene sobrando.
—¡No sea pesimista! —lo reprendió Velarde.
—¿No? Hablo con conocimiento de causa. El teatro, sobre todo cuando educa al común, suele irritar a los que mandan.
—No es el caso de Vértiz...
—No hablo de él, amigo Velarde. Pero hace algunos años, en la Tierra Adentro, se representó una comedia que provocó un escándalo. Fue en Catamarca. Según sus autoridades, allí se hacía burla del teniente gobernador. Autor y actores tuvieron que huir antes de caer en el cepo.
—Me gustaría conocer a uno de esos actores —pensó Silvestre en voz alta.
—Puede conocerlo. Su hija es la actriz Eleonora Bárcena, de nuestra Casa de Comedias.

Silvestre pidió permiso para visitarlo en su casa, en las orillas de la Ciudad. El viejo accedió, porque además de actor había sido hombre de pelea, conocido de Bartolomé González de Souza. Precisamente, después de los lamentables sucesos de Catamarca, el viejo (que entonces era joven) encontró refugio en casa de don Bartolomé.
—¡Mire lo que son las cosas, muchacho! Venir a encontrar al hijo de un amigo cuando menos lo pensaba, cuando ya había corrido el telón sobre mi propia historia. ¿Pero qué actor no es vanidoso? Lo que ocurrió en Catamarca fue que de puro imprudentes, representamos en el teatro algunos vicios de esa sociedad. Lo de Catamarca

quizá fue un error, no lo sé. A veces uno en el teatro se siente Dios, hasta que le recuerdan que uno es nadie.
—El teatro puede enseñar...
—El teatro es ilusión, mi amigo.
Mientras conversaban, Eleonora preparó el chocolate y las confituras, como para visita de rico.

Desde ese día, Silvestre González fue a conversar con el viejo don Ricardo Bárcena, para oír sus historias y para ver a su hija. Al comienzo, ni él mismo se confesó lo que sentía. Pero al tomar un mate, al rozar la mano de Eleonora, supo que la deseaba. Se hizo costumbre ir a buscar a Eleonora para llevarla al teatro y para traerla después de la función. En esos viajes, las palabras primero y después las manos y las bocas, anticiparon el pacto de una mujer y un hombre que se entienden. No fue el amor, quizá, sino el relámpago en el que se queman los amantes. A orillas del Río de la Plata, iban en el carruaje como en un barco que no tiene prisa en llegar a destino.
Se acostumbró a Eleonora, a sus gestos, su risa, a cómo recitaba las loas de los autores criollos que servían de prólogo a las comedias y sainetes que se representaban en La Ranchería. Se aficionó a sus mohínes, a sus divertidas exageraciones de payasa. Y pensó que amar era eso (y a lo mejor lo era), estar con una mujer como con un amigo en la fonda La Estrella del Sur, hablando del teatro hasta la madrugada.
—Me siento como una hermana incestuosa —le decía ella.

—¡Cuídemela! —le pidió el viejo Bárcena antes de morir. No hizo ningún comentario acerca de los amores de su hija. No le reprochó nada ni hizo ningún reclamo de casamiento a Silvestre González, que esa noche le prometió cuidar de ella.

—Es una buena mujer, Silvestre; medio loca, como todos los artistas...

No lo dijo como disculpa, sino con orgullo.

—Lo sé, don Ricardo. Y quiero que sepa que me honraría ser su esposo.

Eleonora los miró como quien observa la escena de una obra de teatro. Le pareció absurdo que hablaran de ella, sobre su destino, como si no estuviera en ese cuarto, como si no fuera una mujer capaz de andar sola por la vida.

—No necesito tutores, padre —se animó a decir, sin temor a contrariar a un moribundo.

—Eleonora tiene la manía de la verdad —murmuró el viejo aquella noche, antes de soñar que entraba en un teatro vacío siguiendo el llamado de su madre.

Antes que nada, Eleonora era mujer de teatro. Un pasacalle, una comedia, un sainete, significaban tanto para ella como una tragedia de Lavardén. Su talento, dicen, era comparable al de Trinidad Guevara. Pero le faltó tiempo para demostrarlo. Por su edad, fue la inevitable dama joven. Y la novia de Silvestre González, que continuó con sus negocios y su afición por la política y el teatro. Se los

Buenos Aires. La novela

veía felices en la Alameda. Y se comentaba que, por las noches, se bañaban desnudos en el río.

Esa noche Silvestre debía pasar a buscarla por La Ranchería. Ella lo esperó leyendo unos versos. Fue la noche aciaga de 1792, cuando un cohete disparado desde una iglesia vecina cayó sobre el techo del teatro.

Eleonora Bárcena, ahogada por el humo, no pudo salir. Se desmayó y las llamas hicieron lo demás.

Cuando llegó Silvestre, La Ranchería estaba en llamas. Caían los tirantes de madera, los cortinados, los trajes y las pelucas de los cómicos, los papeles donde ardían las palabras imitando hasta el final el juego de la vida y de la muerte.

Canta El Payador:

> *Fue cosa de no creer*
> *lo que ocurrió aquella vez:*
> *el cielo fue quemazón*
> *desde los Altos al Bajo;*
> *era una desgracia ver*
> *lo que quedaba del teatro.*
>
> *Allí el Diablo perdió el poncho*
> *que era un poncho colorado.*
> *Lo vi montar en un potro*
> *cuando salía del teatro.*
> *¡La p...unta de Buenos Aires!*
> *Lo perseguí hasta el bañado*

Pedro Orgambide

*y áhi nomás me lo enlacé
que por algo soy un guaso.
Me dijo: —No es con usté
el pleito que estoy buscando.
Vine a cobrarle una deuda
a quien le dicen don Fausto.*

*—Ese hombre no está aquí
se equivocó de escenario...
si se ha perdido en el tiempo
venga otra vez a buscarlo.*

*El Diablo dijo que sí,
y no insistió en su porfía,
cuando dibujé en el suelo
la limpia Cruz de ceniza.*

*Entonces yo vi subir
un ángel al firmamento
que era el alma de la actriz
que iba leyendo sus versos.*

*El teatro sigue, señores,
con la vida de argumento.
Pongan todos atención,
que recién empieza el cuento.*

Donde se cuenta qué ocurrió en Buenos Aires cuando llegaron los ingleses

No hay culpa más grande que la de un hombre que sobrevive a su propia desdicha. Después de la muerte de Eleonora, a Silvestre le parecía que vivir era un lujo inmerecido. Seguía concurriendo a la fonda La Estrella del Sur, donde mitigaba su incurable tristeza oyendo a sus amigos, los actores. Mientras bebía una ginebra, oía el rumor de que su padre distraía el desconsuelo de su viudez en los quilombos de la costa. Una noche, al salir de La Estrella del Sur, lo encontró, borracho, tirado en una zanja. Lo levantó con toda la fuerza y la ternura de que era capaz. Nadie hubiera reconocido en ese hombre al caudillo del suburbio, protector y jefe de gauderios, don Bartolomé González de Souza. Gemía como un niño, murmurando el nombre de su mujer. La luna iluminaba su cara, el surco de las arrugas, los párpados cansados. "Quiero morir", dijo. Silvestre lo llevó hasta su casa. Al fin, ése era su dominio, el territorio del arrabal, que otros temían. Don Bartolomé González de Souza, rodeado de su gente, se disponía a morir como un hombre. Menospreció la llegada de un cura. Varias mujeres prepararon tazones de caldo y mate cocido para hacer más llevadera la espera de La Huesuda. Nadie lloró. Vieron que el viejo dormitaba y lo dejaron en paz. Algunos paisanos comenzaron a contar su leyenda. Otros siguieron mirando con rencor a Buenos Aires.

—Y usted, niño, ¿cuándo se viene por aquí?
—No lo sé, Don.
—Usted ya es hombre de la Ciudad —dictaminó el viejo, como haciendo un reproche.
—Del campo y la ciudad —rectificó Silvestre.
—Si usted lo dice, así será.
—¡Y así es porque lo digo yo! —se impacientó Silvestre y se dio cuenta de que levantaba la voz como su padre, como el caudillo, como el gaucho que se estaba muriendo.

Silvestre González, converso de la ciudad, concurrió a las tertulias donde hizo gala de su esmerada conversación y sus buenos modales. Nada quedaba en él de la brusquedad del guaso.

Buenos Aires. La novela

Galante, rápido en el retruécano, Silvestre González frecuentaba esos salones no sólo en busca de diversión sino también de las noticias que llegaban del otro lado del mar, sobre todo de la Francia, donde había triunfado la Revolución. No descuidaba por eso los negocios. Fue un estanciero en la ciudad, como tantos.

En una de esas tertulias conoció a la hermosa Lucía Santa Cruz Albamonte. Tocaba el piano y la guitarra y esta afición era uno de sus encantos; otro: el recitar poemas que copiaba en un álbum encuadernado en cuero de Rusia.

—Toca, niña, esa valsa para el caballero —la animaba su madre.

—¡Pero mamá, si apenas la sé! ¡No me haga usted pasar vergüenza!

—¡No sea imprudente, niña, y muestre lo que sabe!

Entonces Lucía se sentaba al piano. Los invitados a la tertulia hacían silencio, porque no todo era política y chismes en la vida.

—¡Ay, Dios Santo! —se quejaba la madre de Lucía—. Aquí el que no es político es poeta, cuando no las dos cosas juntas... ¡Así va el mundo, señor!

Se reía Silvestre, aunque seguía con atención las noticias que llegaban desde afuera. Alguien que venía de Francia contaba que Napoleón había sido proclamado emperador; otro que regresaba de Inglaterra informaba de la derrota de la Armada española en Trafalgar. Se vivían días de excitación en Buenos Aires. Hasta estas costas llegaban los ecos de la despiadada lucha de los imperios que se dividían el mundo. Pero la mamá de Lucía permanecía indiferente a esas tormentas que, por suerte, pasaban lejos de aquí. En cambio, miraba con atención los requiebres de Silvestre González hacia su hija.

"¡Ojalá que no sea tan diablo como su padre!", pensaba la mujer.

En la fonda La Estrella del Sur, Silvestre leía con voracidad los nuevos periódicos que salían en Buenos Aires: *El Telégrafo Mercantil*, de Francisco Antonio Cabello, y el *Semanario de Agricultura, Industria y Comercio*, de Hipólito Vieytes. Los viejos comerciantes, a quienes beneficiaba el monopolio, consideraban esas hojas como papeles subversivos. Se reía Silvestre de esos hombres temerosos frente al menor cambio. Seguía prefiriendo a los actores, a los pocos cómicos que paliaban su pobreza en los tablados callejeros. La ilusión del Teatro todavía estaba en él. Por eso fue uno de los animadores de la construcción del Gran Coliseo en el Hueco de las Ánimas, en la esquina de lo que es hoy Reconquista y Rivadavia. Y fue allí, en el Hueco de las Ánimas, donde Silvestre le pidió a la hermosa Lucía Santa Cruz Albamonte que fuera su mujer.

Ella accedió con un beso. De pronto, Silvestre González sintió la culpa de ser feliz, de traicionar de algún modo a Eleonora, que lo visitaba en sueños como si estuviese viva.

–No tengas miedo, Silvestre. Lo que dure estará bien –dijo Lucía, anticipándose a cualquier desventura.

Al día siguiente salieron a cabalgar por la Alameda. Se sentía dichoso al volver a ser, por un instante, el gaucho que hace suya la inmensidad de la pampa. Se embebía

Buenos Aires. La novela

de la luz y del aire del Río de la Plata hasta que, por fin, aminoraba la marcha y continuaba paseando con Lucía a la par de esas damas y esos caballeros elegantes de la Ciudad, jinetes de la Alameda.

Silvestre González y Lucía Santa Cruz Albamonte se casaron el 24 de junio de 1806. Fue un día azaroso, muy poco propicio para iniciar una luna de miel. Esa noche Sobremonte y su familia estaban en el teatro, cuando entró un hombre desorbitado y se acercó al Virrey. Murmuró algo en sus oídos. Sobremonte se levantó, nervioso, y abandonó el teatro. Buenos Aires no olvidaría esa noche. Un creciente rumor ganaba las calles de la Ciudad: se decía que unos barcos ingleses intentaban un desembarco a la altura de Quilmes.

Ocupado en su propio paraíso, Silvestre González tardó en darse cuenta de que esa noche comenzaba el infierno. Entre las sábanas tibias aún, oyó las voces de los que corrían hacia el Fuerte y se enteró así de lo sucedido. No dudó en sumarse a los voluntarios que iban a defender Buenos Aires.

–Tengo que dejarte, amor. Es lo peor que me podía pasar.

–Puedo esperar, querido –le respondió Lucía.

Silvestre fue hasta el patio del Fuerte donde los vecinos de Buenos Aires pedían armas para su defensa. Se encontró con Pedro Arzo, que partía con cuatrocientos milicianos y cien blandengues a dar batalla a los invasores. Don Pedro aceptó el ofrecimiento de Silvestre de convocar a la gente de sus campos. Sabía que Silvestre era hombre de coraje. Salieron los dos a todo galope desde Las Catalinas. Una luna roja, de desgracia, iluminaba el cielo de Buenos Aires.

Llegaron a los campos que habían sido de Bartolomé González de Souza. Allí Silvestre animó a los hombres, tal como lo hubiera hecho su padre en otros tiempos. Les habló, les dijo que unos colorados habían venido para arrebatar lo que era suyo, que valía la pena jugarse en la pueblada. Al rato, ya tenía su montonera, que marchó detrás de la columna de los milicianos.

Ellos estaban allí, a tiro de fusil, bajo la lluvia: los colorados, los ingleses, con sus banderas y sus cañones que se empantanaban en la orilla de Quilmes. Eran algo más de 1600 hombres dispuestos a conquistar la Ciudad. Silvestre propuso caerles encima en montonera, pero los militares lo disuadieron de su intento. El capitán de navío Santiago Liniers, jefe de la escuadrilla en Ensenada, miraba con su catalejo las naves de los ingleses y le ordenaba al sargento Tabares disparar el cañón. Fue allí, en la costa, donde lo encontró Silvestre y se puso a sus órdenes, al frente de sus gauchos. Nada dijo Liniers.

Los ingleses avanzaban penosamente en dos columnas bajo la lluvia. Desde un barranco, los milicianos de la Ciudad hicieron fuego con dos cañoncitos y un obús. "¡Déjeme entrar con los gauchos!", pidió otra vez Silvestre a Liniers; la petición le fue negada en medio de la fusilería de los ingleses que salían del barro. Silvestre montó a caballo y se fue con sus hombres hasta Puente de Gálvez, donde seguían los balazos. Tampoco allí quisieron escuchar su petición. Entonces solo, a lo indio, con diez gauchos, atacó la retaguardia de los ingleses. Murió la mitad de sus hombres, pero con los restantes hizo un estropicio a los colorados y regresó a la Ciudad para continuar con la defensa. Supo que ya no se peleaba, que Sobremonte había abandonado la Ciudad. Sintió por anticipado la humillación de los vencidos y se refugió en los brazos de su mujer, que continuaba esperándolo.

Amanecer junto a Lucía fue su consuelo. Después se dirigió a La Estrella del Sur para iniciar la resistencia. Supo que cuando Beresford entró en la Ciudad, los soldados que debían entregar sus armas las tiraron en la calle. En la fonda, la muchacha que servía recriminó a los hombres y los llamó cobardes. Si hubiera sido por ellas, las mujeres habrían echado a pedradas a los invasores, dijo. Silvestre le dio la razón y esa misma tarde rumbeó a caballo hacia San Fernando, a la chacra de don Martín de Pueyrredón. Allí se encontró con otros amigos, todos hombres de a caballo y nada mezquinos para los entreveros. Hombres de cuchillo, de lanza, algunos viejos y otros imberbes que debían aprender el manejo del fusil. Se sintió bien entre ellos: hombres del campo y del suburbio dispuestos a defender la Ciudad. Sólo uno, un comisario de campaña, de apelativo González ("uno nunca sabe los parientes que tiene", pensó Silvestre), se portó como un traidor. Le fue con el cuento a Beresford. Le dijo que había gente reunida en la chacra de Pueyrredón, "gente peligrosa, señor, amiga del gauchaje". El inglés mandó una columna de soldados hasta San Fernando.

Los amigos de Pueyrredón, entre ellos Silvestre, se trabaron en una pelea cuerpo a cuerpo que duró dos horas. Por fin, con algunas bajas, los ingleses abandonaron la lucha.

"Uno pelea como puede", decía un gaucho cantor, amigo de Silvestre González. Andaba ahora de cimarrón, perseguido por los ingleses. "Me desgracié con la patrulla", confesaba mientras tomaba su vino carlón. Noches atrás, una patrulla que comandaba el teniente Samson había pasado frente a una pulpería donde el gaucho entonaba sus versos. "Un soldado insolente me vino a interrumpir", contaba el hombre. Fue por eso que el paisano se le echó encima y le quitó la pistola. Intervino entonces el teniente Samson. "Lástima; lo tuve que matar con mi cuchillo", recordaba el hombre que conversaba con Silvestre González en esa noche de 1806.

Silvestre andaba por los extramuros vigilando los movimientos de los ingleses que se alejaban de la Ciudad, como el mismo Beresford que cabalgaba con su escolta hasta las quintas. "Un día de éstos le echamos el lazo", decía Silvestre. No quería hablar mucho, porque "las paredes oyen, paisano, y hay que cuidarse de los lengua de loro".

Se sabe (pero no hay quien lo certifique) que Silvestre González fue uno de los diez hombres elegidos por Martín Rodríguez para secuestrar a Beresford y su escolta. Como también se sabe, el secuestro no se produjo. La historia, que es imprevisible, toma otros rumbos.

Buenos Aires. La novela

Los baqueanos del río vieron cómo Liniers se internaba por el Delta rumbo a Montevideo en busca de armas y de gente. Muy hábil, el francés logró eludir el bloqueo de los ingleses y se apersonó al gobernador Ruiz Huidobro en busca de ayuda. Se los vio platicar durante toda una noche. Días más tarde, el francés regresaba a estas orillas con 700 hombres y varios cañones. La sudestada jugó a su favor y dejó varada la escuadra de los ingleses. En medio de la lluvia y la niebla, Liniers desembarcó en el Tigre. En San Fernando sumó a los húsares de Pueyrredón, a la caballería en la que andaba el joven Martín Güemes. Paisanos de a caballo, hombres de lanza y de cuchillo, entre los que estaba Silvestre González, se unieron a la tropa. Al llegar a los corrales de Miserere, se sumaron 600 reclutas de Álzaga. Prudente, Liniers acampó y le escribió a Beresford exigiendo su rendición. "La suerte de las armas es variable", decía, y no era necesario hacer sufrir más a la población de Buenos Aires. Por su parte, Beresford le respondió que se iba a defender "hasta el caso que me indique la prudencia, para evitar las calamidades que puedan recaer sobre este pueblo que nadie las sentirá más que yo".

Pero hay días en que las palabras sobran, y ése era uno de esos días.

Liniers, al frente de 3000 hombres, ordenó avanzar sobre Buenos Aires. Entre la lluvia y el barro, al anochecer, llegaron a Retiro.

Pedro Orgambide

Entonces El Payador, el que anda sin apuro por el tiempo, el que siempre tiene la edad de Cristo, el que cuenta la historia, improvisó estos versos:

*Señores: los vi llegar
a esos entrometidos,
con las banderas en alto
y metiendo mucho ruido.*

*Se asustaron las torcazas
y se callaron los grillos
al ver a los colorados
por las orillas del río.*

*Tuve ganas de pelear
y áhi nomás saqué el cuchillo
y a otros hombres fui a buscar
para encontrar mi destino.*

*Dicen que el miedo no es sonso
y tuve miedo, mi amigo,
pero lo pude domar
mientras sonaban los tiros.*

*Estuve en el entrevero
apenas llegué al Retiro
y peleé junto a un moreno
allá por Santo Domingo.*

Buenos Aires. La novela

*Aquello más que un convento
era un cuartel enemigo.
Me santigüé junto al negro
entre gritos y estampidos.*

*Le digo: era un infierno...
¡Las cosas que han sucedido!
Contarlo parece cuento...
¡Y más cuento el estar vivo!*

El Infierno y el Cielo en Buenos Aires

J. J. Palmer, joven oficial inglés, comprobó, una vez más, que el Infierno era el lugar común del Universo. Un malentendido lo había llevado allí, a esa calle de Buenos Aires, por donde había avanzado el coronel Pack; una calle despareja y sucia, en la que se levantaba, de pronto, la iglesia de Santo Domingo.

"El Cielo y el Infierno", pensó Palmer. De buena familia, emparentado con la nobleza, había traicionado a los suyos dedicándose al teatro y protagonizando peleas en las tabernas. Más hábil con los puños que con las armas, metido contra su voluntad en el ejército, era casi adolescente cuando llegó a Buenos Aires.

Mientras el general Cranfurd ordenaba destrozar las puertas a cañonazos, Palmer se dijo que esa calle le recordaba otra de Londres, no por su arquitectura sino por cierto olor vulgar, por las voces de sus habitantes (los oía vociferar en las azoteas mientras disparaban sus mosquetes) y esa similitud lo molestó tanto como la cobardía de sus soldados, la manera indigna de refugiarse en los portales, mientras los criollos les arrojaban piedras y balas e inmundicia. Descreyó del informe de su sargento mayor, que aseguraba haber visto mujeres y niños en las azoteas arrojando aceite y agua hirviendo a los invasores; desestimó el rumor de la turba que, según decían, se acercaba hasta allí armada de lanzas y cuchillos, las fábulas de regimientos africanos y de malones indios que se lanzarían contra los europeos.

Palmer pensó que el mundo, por absurdo que fuese, no podía mostrar su fealdad de una manera tan impúdica. Oyó, con alivio, los cañonazos de la artillería. Vio desmoronarse una columna, miró la puerta abierta de la iglesia. Aquel boquete, como un ojo absorto, parecía mirar esa fiesta de sangre. En ese instante el coronel Pack entraba en el templo y recuperaba la bandera del 71º. Palmer lo siguió. El olor del incienso se imponía al de la pólvora, se desparramaba sobre las heridas de los oficiales y los sacerdotes que vagaban aterrorizados por la iglesia. Palmer se reconcilió entonces con su espíritu, con los nervios demasiado exigidos, con el sudor, la fiebre, todas esas molestias que lo apartaban de su misión. Lo desanimó la figura del fraile que había perdido un brazo durante el bombardeo y que gemía

Buenos Aires. La novela

junto al altar; se impacientó por las noticias de afuera: todos los hombres del 88º habían caído en manos de Liniers. Imaginó un ángel que ascendía desde los suburbios de Londres, que invocaba, sobre el Támesis, la grandeza del Imperio y que descendía a orillas del Río de la Plata entre fanfarrias militares y cánticos de alabanza. La realidad lo reclamó con el retumbar de los cañones. El mayor Trotter salió del templo para enfrentar con su infantería a esas gentes oscuras, cubiertas de mantas, armadas con mosquetes.

La realidad fue mezquina: el mayor Trotter cayó muerto. A seis cuadras de allí, los ingleses del 45º todavía combatían. Pero para el joven Palmer la lucha había terminado.

Desertó en las cercanías del Retiro y buscó refugio en los ranchos de la costa. Entretanto, Beresford, que había llegado al Retiro, tuvo que replegarse con sus tropas hacia la Plaza Mayor.

En la mañana del 12 de agosto Liniers inició el ataque. Se peleó calle por calle y casa por casa. Se oían los estampidos en la Plaza Mayor. Los ingleses, atrincherados en la iglesia de La Merced, se batieron con furia en el atrio y en la calle. En la Recova se peleaba cuerpo a cuerpo. Los británicos se replegaron hacia el Fuerte. Beresford, que derrochó coraje en la pelea, fue el último en entrar. Debía rendirse. De lo contrario, nadie le garantizaba la vida. Desde el Fuerte, junto al pabellón español, subió la bandera de parlamento.

La negra Benita, criada en la casa de los González, no sólo estuvo tirando agua caliente a los colorados. Desde el techo les arrojó piedras, que acompañó de insultos y de risas para darse coraje. También su ama, doña Lucía, se portó con decencia, es decir, con valor. No se encerró como otras timoratas y menos les fue a dar chocolate y conversación a esos colorados, como hicieron otras señoras cuando los criollos fueron derrotados. Se supo que la negra Benita salía por las noches, amparada en la oscuridad, y que llevaba mensajes de don Silvestre a quienes deseaban resistir la invasión. Se dijo que Benita, junto a otro negro esclavo que ganó su libertad peleando contra los ingleses, fue quien se apoderó de un estandarte de los invasores y lo quemó en la plaza pública.

Palmer tiene suerte de entrar en ese rancho donde una criolla lo ve llegar y le da asilo. La criolla, a quien llaman Felisa, se apiada del muchacho, tan rubio y limpito. El inglés se baña en la costa. La mujer observa ese cuerpo de varón delgado y bien formado, con su pecho sin pelos y su atributo de hombre. Ella lo ve y lo desea con sólo mirarlo. Quema el uniforme del inglés y le busca ropa de criollo. A la noche se desnuda para él y al día siguiente, gracias a Felisa, el inglés anda de chiripá y botas de potro. Nadie pregunta por él en el Fuerte. Cuando los ingleses regresan a su patria, nadie lamenta su ausencia. Es así cómo J. J. Palmer ingresa en esta tierra por una equivocación de la historia, como quien dice.

Buenos Aires. La novela

Palmer deambuló por la ciudad. Vio a la gente gritando, jugando su dinero a mano de dos gallos que se destrozaban en la lucha; cerca del río escuchó de un ciego la insensata historia de un ejército de gauchos; en las inmediaciones del Retiro oyó a una alemana que había sido cautiva de un cacique; supo, por un negro, que otros negros habían muerto defendiendo la bandera de Buenos Aires; hacia la madrugada vio unos perros hambrientos. Cansado, confuso, se tiró en el catre de la Felisa. Esa noche soñó que era Shakespeare, que recordaba sus obras en una casa de locos. Lo despertó, feliz, el canto de una calandria.

Al mes, lo imprevisto se le hizo costumbre. No se sorprendió al toparse con unos indios que venían a vender sus miserias ni al oír los proyectos de las obras hidráulicas que un ingeniero italiano explicaba en su idioma a los parroquianos taciturnos de una pulpería. Nada lo sorprendió: ni la locura de los españoles, que veían crecer imaginarios árboles de oro en los baldíos, ni la ambición de los ingleses por vender telas de Manchester para las ropas de los gauchos, ni las metáforas de los poetas de Buenos Aires, pródigas en mitologías de griegos y latinos. Comprendió, por fin, que esos desvaríos, que en otro lugar del mundo serían tomados como síntoma de locura, significaban aquí el equilibrio, la mesura, el sentido común.

Poco a poco el inglés va descubriendo a la Felisa, sus gracias y sus encantamientos. La huele como a una planta, como a la enredadera que se enrieda en sus brazos. La descubre, la besa. Va buscando sus formas. Se van nombrando y conociendo, sin apuro. Él se ampara en sus pechos, en la melena negra que cae más allá de la cintura. Ella se trepa como a un árbol. Felisa le enseña sus recovecos de mujer, sus nombres. Él la sujeta con sus brazos y se desliza entre sus piernas. Así pasan las noches la Felisa y el gringo. Gimen los dos y ríen.

Alguien, de envidioso, se acerca al rancho y hace burla de ese joven alto, delgado como un junco y de ojos celestes. No repara en sus brazos ni en sus puños, acostumbrados a pelear. No puede saberlo, porque nadie ha boxeado aún en el Río de la Plata. Para pelear está el cuchillo, las boleadoras, los instrumentos que ponen distancia hasta que llega la derrota y la muerte.

Se burla el hombre y se acerca a Felisa, la insulta con lo que dice y con los ojos. Cuando intenta manotearla, recibe el puñetazo de Palmer y cae al suelo. Se levanta, esta vez con el cuchillo en la mano.

Va finteando en el aire, pega un salto y trata de clavar el arma en el cuerpo de Palmer, que lo esquiva y vuelve a golpearlo con sus puños.

—¡Colorao de porquería! —grita el hombre.

Palmer lo desarma y le aconseja:

—No vuelva por aquí, porque si vuelve lo mato.

Quiere vivir en paz, quiere vivir con Felisa, sobre todo ahora, que va a tener un hijo.

—Gringuito: tengo miedo...
—¿De qué, Felisa?
—De morirme, gringuito.
Palmer se acerca y ve que Felisa está temblando.
—Llamá a la curandera, gringuito.
—Mejor vamos al hospital.
—Como vos digas, gringuito. No me quiero morir.
La levanta en brazos.
La gente de los ranchos ve pasar a un hombre a caballo, abrazado a una mujer. Esa noche, Palmer, el desertor, comprende que la felicidad es ilusoria.
"Un año de dicha –piensa–. Es todo lo que tengo."
A punto de parir, Felisa entra en el hospital de mujeres.
—Quereme, gringuito –dice después de parir a una niña, poco antes de morir.

"¿Qué puedo hacer con vos, hijita, si apenas puedo conmigo?", se pregunta Palmer.
En el hospital de mujeres alguien menciona a Silvestre González y Lucía Santa Cruz Albamonte, benefactores de esa institución. Una hora después, el matrimonio y el inglés conversan en la galería.
—Nosotros carecemos de la felicidad de tener hijos –explica Lucía–. Podríamos hacernos cargo de la niña.
—Yo no la quiero regalar, señora.

—Ni yo la aceptaría así. Podemos cuidarla, adoptarla en cierto modo, pero siempre será su hija.

Duda el hombre, no sabe qué hacer, siente la desdicha de ser un extranjero, un nadie en tierra extraña.

—En cuanto a su situación legal, señor Palmer, puedo hablar con ciertos amigos –promete Silvestre González.

—Se lo agradezco, señor.

Llora la niña. Doña Lucía la toma en brazos mientras pregunta:

—¿Puedo?

—Claro que sí –responde Palmer. Sigue llorando, cree que no ha hecho otra cosa más que llorar desde que murió Felisa.

Es un día de diciembre, próximo a las fiestas. Quizá por eso bautizan a la hija del desertor como Natividad Palmer.

La historia toma caminos imprevistos, se hace de contradicciones y paradojas. No resulta extraño entonces que en el mes de diciembre de ese 1806, diez caciques llegaran al Cabildo de Buenos Aires y pidieran permiso para entrar. El Cabildo accedió y los caciques, por medio de un lenguaraz, hablaron con los "Hijos del Sol", que así llamaron a los cabildantes.

—Padres de la Patria –dijeron–, venimos personalmente a manifestaros nuestra gratitud por haber echado a esos colorados...

—Y como súbditos que somos, Padres, pero también guerreros, os ofrecemos nuestros servicios.

—Como Grandes Caciques, obedientes de nuestros Reyes, ponemos a vuestra disposición veinte mil de nuestros súbditos, todos gente de guerra y cada cual con cinco caballos.

Oían en silencio los cabildantes. La presencia de los Grandes Caciques en aquel recinto era un hecho insólito. Mientras el lenguaraz traducía en perfecto español el habla de sus jefes, los cabildantes sentían la presencia de la pampa, el olor de la toldería en la Ciudad. Veían sus lujos también: el collar y el violín de hueso, las vinchas y los ponchos tejidos en la ruca, el facón grande con su mango de plata.

—Nada os pedimos por lo que ofrecemos, Padres.

—Es en gratitud por habernos libertado de los colorados —reiteró el más viejo.

—Vigilaremos nuestras costas, Padres. Mandad sin recelos; ocupad la sinceridad de nuestros corazones.

Al terminar la arenga, no pocos de los cabildantes tenían lágrimas en los ojos. Poco sabían de los indios y de sus verdaderos sentimientos. La Ciudad crecía prescindiendo de sus creencias, sus ritos, sus palabras. Pero, por una vez al menos, ellas habían llegado al corazón de los hombres de la Ciudad.

Ese día la Ciudad
fue también un poco pampa
junto a ese barro que es mar
en el Río de la Plata.
Por eso pudo escuchar

*a los que siempre se callan,
a los que saben pelear
desnudos como sus lanzas.
Fue sólo un día, nomás,
pero con un día basta
para escuchar la verdad
entre tanta letra falsa.*

El señor Alcalde de Primer Voto fue el encargado de responderles:

—Hermanos —les dijo—. Los hemos oído con indecible gozo. Que el Altísimo os mantenga en iguales sentimientos para que de este modo seáis siempre felices.

Por un día, por unas horas, Buenos Aires y la Tierra Adentro estaban en paz. Un indio tocaba con alborozo su trutruca y en la iglesia de Santo Domingo echaban a vuelo las campanas.

Esplendor y derrota de un caballero inglés

Silvestre González y Lucía Santa Cruz Albamonte criaron como suya a Natividad, la hija de J. J. Palmer. Era una niña delicada y muy hermosa, aficionada desde pequeña a la lectura. Con su padre, que la visitaba con frecuencia, Natividad aprendió el idioma de Shakespeare.

Algunas noches, en la sobremesa de los González, Palmer contaba anécdotas divertidas de sus andanzas como actor en Inglaterra. Pero a veces le ganaba el humor sombrío y maldecía por su suerte y bebía hasta caer en el desprecio de sí mismo. En verdad, eso ocurría pocas veces, porque Palmer amaba la vida sana, al aire libre. Corría por la costa como otros lo hacían con sus caballos por la Alameda y sometía su cuerpo a duros ejercicios que despertaban la burla de los orilleros. Palmer, el desertor, no usaba cuchillo; le bastaban sus puños. Vivía en una fonda, cerca del río, como si estuviera condenado a partir.

Silvestre le presentó a Belgrano y a Moreno y éstos, a ciertos hacendados y comerciantes que contrataron sus servicios como traductor. Amaba el teatro y para él Buenos Aires era el Teatro del Mundo. Fue él uno de los que trabajó con mayor entusiasmo en Buenos Aires durante la proclamación de Fernando VII, en 1808. No fue un traidor ni un converso sino un hombre que amaba las grandes fiestas. En la calle Victoria colocó un arco muy vistoso con dos manos entrelazadas. A cada costado, paneles con versos alusivos. Ayudó a construir el escenario, los bastidores con loas al monarca, a colocar el retrato del rey Fernando iluminado por vasos de colores. Pudo ver en uno de los balcones a su amigo Silvestre y a Lucía, y a la negra Benita, que sostenía a Natividad en sus brazos. Pudo creer que era feliz. Una señora, como al descuido, dejó caer un abanico a sus pies. Alguien le dijo que se trataba de La Perichona.

No hay certeza (hay quienes aseguran que se trata de un infundio) del fugaz amorío entre La Perichona, la amante de Liniers –y luego su mujer–, y J. J. Palmer. Se sabe, sí, que Palmer asistió, por razones políticas, a ciertas reuniones que Liniers realizaba en su casa con un círculo íntimo de colaboradores (otros los llaman espías), entre los que fi-

Buenos Aires. La novela

guraba Palmer. Aquellas reuniones solían tener un corolario más o menos festivo. Terminada la charla, se servía abundante comida, en la que no faltaban patos, pavos y pescados, y vinos de San Juan y Mendoza, que los invitados bebían al límite del exceso. En ese momento solía llegar La Perichona.

La noche en que Palmer la conoció, ella vestía una chaqueta militar que había tomado prestada del vestuario de su amante. Era mujer de mundo y le gustaba demostrarlo. Solía escandalizar a los invitados, casi todos apegados a las costumbres sencillas del Buenos Aires de entonces. Por eso simpatizó de inmediato con el joven Palmer, por su osadía de mirarla a los ojos, por su lenguaje despreocupado y galante a la vez. Al dueño de casa no pareció molestarle ese comportamiento. Quizá le divertían los coqueteos de La Perichona, que él consideraba inofensivos. De todos modos, Palmer no abusó de esa confianza. Al menos, en sus comienzos. Asistió a la casa de Liniers, siempre por alguna razón política, y se excusó de concurrir a las reuniones sociales, para evitar malentendidos, porque percibió (era imposible no darse cuenta) que la dueña de casa tenía cierta debilidad hacia él, una deferencia que expresaba con la mirada y las modulaciones de su voz al pronunciar una palabra o una frase equívoca. "Me gustan los disfraces", le confesó por lo bajo. Una tarde, a la hora de la siesta, una negra le trajo un mensaje de su señora: lo esperaba en una quinta, en las afueras de la ciudad. A caballo, Palmer llegó a la cita y vio a La Perichona con el pelo suelto, adornado con plumas y flores. "¿Te gusta, amor?", le dijo mientras lo conducía hacia su cuarto.

Era una habitación casi monacal, de paredes encaladas. La cama, en cambio, era amplia y lujosa, con dosel y ángeles en relieve o cupidos que él apenas entrevió mientras ella lo tumbaba como una amazona ansiosa e impaciente. Él la dejó hacer y admiró las manos sabias de La Perichona, la boca que pronunciaba con lascivia, en francés, las partes de su cuerpo. Desde afuera llegaba el sonido de las cigarras de la siesta. Palmer contempló a la mujer, tocó las suaves ondulaciones de esa escultura ardiente que ahora mentía mansedumbre. "Soy tu esclava", dijo. Felices y fatigados, se separaron al anochecer.

Ella le rogó que no hiciera tan evidente su desapego ("es tu misma conducta recelosa, amor, la que te hace sospechoso") y le pidió que concurriera, al menos de vez en cuando, a sus tertulias. Así lo hizo el joven Palmer, aunque le molestaban los coqueteos de La Perichona con los otros invitados. Además, trataba de evitar la mirada de Liniers.
La Perichona le servía chocolate y bizcochos y repetía por lo bajo: "Soy tu esclava", lo provocaba con un roce, una caricia furtiva. En la sala, alguien tocaba un vals en el piano, que otro acompañaba en la guitarra. "Mañana bailaré sólo para ti", le prometía La Perichona.
Al día siguiente, Palmer se dirigía hacia la quinta en busca de lo prometido. Ella entonaba entonces un rigodón, levantaba sus brazos mientras zapateaba y se movía frente a él, con los pechos altos, apenas ceñidos por el corpiño negro adornado con encajes. Entonces pedía que le quitara la falda, porque quería bailar desnuda para él la

Buenos Aires. La novela

calenda, ese baile de negros y mulatos que habían traído a Buenos Aires los africanos del reino de Adra.

Con el baile, con ese ritmo de los esclavos, la falsa esclava conducía a su amante otra vez a su cuarto y lo servía como una doncella de Guinea a un rey guerrero. Pasaban las horas uno en el otro, inventando caricias. Una tarde ella decidió: "Basta ya. Me estoy enamorando". El joven viudo comprendió que el juego había llegado a su fin.

Por un tiempo, Palmer desapareció de Buenos Aires, ya que tuvo que cumplir con ciertas "misiones". Como otros viajeros ingleses, recorrió la campaña, llevó y trajo noticias de la Banda Oriental y del Perú. Se lo vio dormitar en las carretas que navegaban la Pampa y regresar a la Ciudad, siempre de buen ánimo. Poco se sabe de las actividades del caballero inglés durante 1810, aunque es posible que actuara como emisario de Mariano Moreno para difundir su Plan de Operaciones. Se sabe, también, que marchó junto a Manuel Belgrano hacia el Paraguay, donde encabezó una rebelión de comuneros.

De esta rebelión, que acompañó el accionar de los patriotas, existen versiones confusas. Hay historiadores que no se explican por qué un fino abogado como Manuel Belgrano se transformó en general, y por qué un ignoto actor de Inglaterra, desertor de la invasión de su país, se convirtió en jefe de una montonera de indios y negros cimarrones en el Paraguay.

Palmer no temió a los realistas. Dijo de ellos:

—Ellos ganan batallas pero pierden la Historia.

—Es una frase, sólo una frase, Palmer. A otros les cortaron la cabeza y nos la cortarán a usted y a mí —comentó Jean Louis Vernet, un propagandista de la Revolución Francesa que andaba por las tierras del Sur.

Una hermosa y fina cabeza europea. Hecha para la guillotina, no para el degüello a cuchillo, ¿no? Una cabeza trágica, enamorada de la razón aparente.

Junto a un improvisado vivac, los hombres cantaban sus historias de amor y de pelea. El indio Tabuí se apartó y comenzó a dibujar con su cuchillo extraños signos en la tierra.

—Su lugarteniente analfabeto —dijo, rencoroso, El Francés, que se había sumado a los insurrectos.

—Un buen soldado, un buen jefe.

—Quisiera verlo frente a los regulares.

—Yo también.

—¡Palmer, Palmer! ¿En verdad piensa que podría enfrentarse con un ejército en serio? El Ejército, los ejércitos, son el único porvenir para América. Los doctores, los licenciados, los comerciantes, todos apoyarán a los ejércitos. Para sobrevivir, para vender su mercancía: café, cueros, cereales, paños, lo que sea. El Ejército, los ejércitos, crecerán como las plantas del trópico. ¡Oh, Dios! ¿Cómo no puede entender esto? Hace demasiado tiempo que vive entre salvajes, Palmer.

—Estoy de buen humor. De lo contrario, lo mandaría fusilar.

—Se mataría a sí mismo, Palmer. Lo quiera o no, usted también es Europa.

Tabuí apoyó su oreja en la tierra.

—Caballos —dijo—. Vienen del Norte.
—¿Cuántos? —preguntó Palmer.
—Quince, veinte...
—Vamos a tener fiesta.
Se ocultaron en el monte. Tabuí se trepó a un árbol, subió hasta lo alto de la copa, divisó la polvareda y luego el cansancio de los regulares, el orgullo del oficial, el resplandor del sol en el instrumento del corneta. Recién amanecía y quedaban pedazos de noche en las caras de la soldadesca y en los uniformes y los gestos que Tabuí podía adivinar en los míseros guerreros de paga, tan distintos a los suyos, ansiosos de pelea, allá abajo, mimetizados con la tierra y la víbora, reptando hasta los claros, hasta el boquete donde podía ocultar el cañón con unas ramas para luego sacarlo oloroso de pólvora; pudo ver, ve lo que sucederá luego porque para eso es un jefe, aunque ahora parezca un mono loco entre las ramas, listos muchachos, ya vienen, sudan las manos de los regulares, el sudor frío del miedo, porque los bandidos atacan por sorpresa, desconocen las leyes del juego, se burlan de ellas, y la infantería avanza como podría hacerlo por la campiña europea, la mirada del hombre de atrás en la nuca del hombre de adelante, rítmica, segura, una escuadra perfecta que a Tabuí le causa risa, porque después, cuando uno les entra, se desparraman en un montón de trapos y de sangre.

—Vienen más —informa El Francés, que apunta con su catalejo.
—¿Cuántos?
—Cincuenta de caballería. Una infantería de cien hombres. Un parque aproximado de...

Pero a Tabuí ya no le importan las cifras, después de que su oreja, su caracol, su oído, adelantó el sudor y resoplar de veinte caballos. Lo demás es desperdicio, piensa, la multiplicación de una herida, un grito, un hombre muerto.

—Ya están a tiro –informa El Francés.

—Vamos a esperar –ordena Palmer.

Tabuí pide permiso para iniciar el ataque.

—Vamos a dejar que pasen. Los atacaremos por la retaguardia.

—Pero podríamos entrar en cuña... –opina El Francés.

—Déjese de estrategias. No quiero perder hombres. Haga lo que le digo.

El ojo de Tabuí los ve pasar uno a uno; el soldado flaco parecido a su máuser, el imberbe que puede ser su hijo y al que se le desabrocha un botón de su chaqueta, los dos oficiales con bigotes de húsar y caras de desconsuelo por estar allí y no en un salón de baile, y no en ese arrastrar las botas con el resoplar de los caballos, los bufidos y el estiércol. Uno a uno avanzan, detrás del rastreador que dice "no pueden estar lejos", tal vez en ese monte rumoroso de pájaros, y un oficial pregunta al otro si hace una descarga, sólo una contra el monte, pero el más viejo contesta que no, no quiere gastar pólvora, quiere que los proyectiles entren en el corazón de los bandidos.

Un indio blanco prepara su cerbatana; otros apuntan con sus rifles a las cabezas de los regulares, uno envuelve su poncho en el brazo izquierdo como si fuera un escudo y saca un facón enorme con empuñadura de hueso; dos negros armados de machetes, agazapados como pumas, esperan el momento de saltar. Dos orientales, también hombres de cuchillo, desenvainan sin prisa. Los ex prisioneros, con las cadenas del cautiverio atadas a sus muñecas, ahora tansformadas en armas, esperan el momento de entrar en acción.

–¡Libertad o Muerte! –grita Palmer.

–¡*Allons, allons!* –exclama El Francés entre la fusilería.

–¡Añá memby! –grita el paraguayo que monta en pelo y reparte sablazos en la retaguardia de los regulares.

El sargento español intenta sacar la pistola cuando una lanza se le clava en el pecho.

–¡Dios! –implora el joven oficial con la cabeza partida, con un hilo de sangre que baja hasta el ojo y empaña las últimas, mezquinas visiones de la realidad.

Rodilla en tierra, varios regulares disparan contra los criollos.

–¡Me jodieron! –comprueba un oriental agarrándose los intestinos.

Hay caballos muertos en la tierra, olor a podredumbre.

Suena la corneta de los regulares. Ataca la caballería.

Tabuí junta sus hombres, sus caballos, sus ganas. Enfila hacia los otros pegando alaridos, con el sable en alto. Pero antes de llegar retrocede, caracolea su caballo, lo para de manos, y cae con un balazo en la frente.

La montonera de Palmer se dispersa, se pierde en el monte. Él le pide al Francés que informe en Europa de lo que sucede aquí, que intente convencer a los poderosos de la justicia de una causa que ya siente suya. Se despiden a orillas del Paraná.

Tres años más tarde, en 1813, J. J. Palmer se encontró con los hermanos Juan Parish Robertson y Guillermo P. Robertson, comerciantes ingleses y probables espías, en las cercanías del convento de San Lorenzo, en vísperas del combate que ganó el coronel San Martín.

Ese año, también, Palmer visitó al doctor Francia en el Paraguay. Una vasta biblioteca fue el escenario de esas largas conversaciones acerca de la política, la ciencia y el arte, donde Palmer interiorizó al doctor Francia de la situación de Buenos Aires y otras provincias del ayer Virreinato del Río de la Plata.

Fue Palmer quien informó al general San Martín de la presencia de un agente del Departamento de Estado norteamericano en Chile, poco antes de la batalla de Maipú. San Martín se entrevistó con el agente, el señor W. G. D. Worthington, y envió una detallada relación a Buenos Aires en manos de J. J. Palmer. Esa misión le permitió al inglés visitar a su hija en el hogar de sus padres adoptivos.

La niña lo llamaba "el tío John", ya que para ella su verdadero padre ("el de mi corazón", según decía) no era otro que Silvestre González. La pequeña Natividad mimaba a su padre adoptivo, conversaba con él en los largos atardeceres y después se sentaba al piano, mientras su madre, doña Lucía, los miraba como tratando de detener ese momento que para ella era la felicidad.

Durante semanas, a veces durante meses y otras durante años, Palmer desaparecía de la Ciudad. Por fin, su nombre reapareció en un comentario periodístico publicado el 24 de octubre de 1829 sobre el primer encuentro de box que se realizó en Buenos Aires. En la crónica de ese día, publicada en *The British Packet*, se hablaba de la pelea de un inglés y un norteamericano en los aledaños del Retiro. Irónico, el cronista se refería al box como cortés deporte, e incluso como deporte sublime.

J. J. Palmer leyó con indiferencia el comentario. Comía tranquilamente en una de las fondas cercanas al Retiro. Palabras, palabras, palabras, pensó citando a Shakespeare, cuyas obras había representado cuando joven con mezquina suerte en los escenarios de su Inglaterra natal.

–Come, hijo –ordenó al muchacho que lo miraba con respeto.

El norteamericano sonrió. Tenía una ceja partida y un pómulo hinchado, huellas de su combate con el inglés con el que ahora compartía la comida. Quería regresar cuanto antes a la goleta y partir hacia Montevideo.

–No hay apuro, muchacho –opinó el inglés–. Es una lástima que no quieras quedarte. Aquí podemos ganar buen dinero.

–Gracias, *sir* –masculló el muchacho y levantó una mano en señal de vencido.

Palmer no insistió. Le molestaba la ignorancia. Se dedicó a beber y a imaginar el porvenir. Vio un gran estadio, un anfiteatro griego en mitad de la pampa. "El box es un deporte que mejora las costumbres", pensó, pedagógico. Hojeó el diario y se detuvo en una noticia que confirmaba su sospecha de que era éste un país poco civilizado, propenso a la violencia: cincuenta montoneros habían asaltado las chacras de Colegiales.

—Hijo, si te quedas, estoy dispuesto a repartir las ganancias —le dijo al *yankee*—. Nadie te puede ofrecer un negocio mejor. Hagamos algo útil por estos nativos, por estos niños violentos que no saben aún quiénes son. Enseñémosle la vida deportiva. Hay un porvenir aquí.

—No, *sir*. Yo no nací para esto.

—Nadie sabe para qué nace —filosofó J. J. Palmer—. Quédate y haremos fortuna.

—¡Esta gente no aprecia el deporte, *sir*! Ayer nos arrojaron bolas de sebo mientras luchábamos... ¡Uno sacó un cuchillo, *sir*!

—Se divierten como pueden, hijo.

—¡Nos tiraron huevos llenos de agua, como si fuera Carnaval!

—Les enseñaremos, hijo. Tendremos paciencia.

—Yo no.

—Te pierdes el porvenir...

—¡Se lo regalo! —se rió el marinero y contó, otra vez, el dinero de la bolsa.

Cuando el muchacho partió, el señor Palmer pidió una botella de ginebra de Holanda, que bebió, despacioso, mientras daba cuenta de las últimas páginas del periódico inglés. Podía imaginar que estaba en Londres y omitir ciertos detalles molestos de la realidad, como esos parroquianos que jugaban a las cartas profiriendo gritos, haciendo gestos de guapeza. Podía borrarlos, como a un feo parlamento de una obra de teatro vulgar, ésas que también había frecuentado. Entrecerró los ojos y vio los escenarios futuros del País del Sur, que tomaría como modelos a los países civilizados, que levantaría ciudades en los potreros y grandes teatros, seguramente, estadios deportivos –¿por qué no?–, y donde uno, con un poco de suerte, encontraría su lugar, aunque fuera un actor mediocre, como decían los críticos, un actor indigno de representar a Shakespeare.

Al salir de la fonda, pensó en visitar a su amigo, el señor Parish, que homenajeaba en su quinta al general Rosas. Pero lo distrajo el andar de una morena. La siguió por los andurriales. Ya era muy tarde cuando salió del rancho.

Al anochecer, Palmer llegó al Café de la Comedia, donde sus compatriotas hacían buenos negocios con los naturales del país. En verdad, se aburría con ellos. "Pero necesito practicar la mediocridad en mi idioma", se dijo y, por un instante, se sintió un hombre sensato. El humo del tabaco y el rumor de la gente lo animó. Un irlandés se acercó para felicitarlo por su triunfo. Daba saltitos como un boxeador. Palmer sintió que esa adulación lo ofendía y tuvo ganas de derribarlo de una trompada. Se contuvo, por buena educación; sólo hizo una pequeña reverencia.

Se sentó a la mesa de los comerciantes, atemorizados por el poder creciente de los caudillos del Interior, a quienes en voz baja y sólo en inglés llamaban ladrones. Alguien le preguntó si tenía buena letra. "Hermosa, señor", se burló Palmer. El compatriota buscaba un hombre con buena letra para su teneduría de libros. Wilkinson —así se llamaba el hombre–, alarmado, juraba que el general Quiroga bajaría con su montonera hasta Buenos Aires y que degollaría a todos los comerciantes, empezando por los ingleses. Aquella idea, aunque disparatada, inquietó a los parroquianos. Palmer supo, otra vez, que estaba negado para el genio. Había imaginado, en un luminoso instante, la probable tragedia. Pero su sentido común la descartó. Bebió su ginebra y salió a la calle. Solo caminó unos pasos hasta la tienda del señor Hayton. Con el dinero de la pelea en el bolsillo y todo el porvenir por delante, podía ser (o parecer, al menos) un caballero inglés en viaje de negocios por el Río de la Plata.

En la tienda compró zapatos y botas inglesas y camisas y corbatas. Eligió unos tirantes bordados, varios pañuelos de bolsillo, medias y un sombrero. Compró dos pares de guantes de cabritilla, un cortaplumas y una navaja de afeitar. El señor Hayton le ofreció agua de Colonia, agua de lavanda y polvo para los dientes. Hablaron de Inglaterra. Cauteloso, Hayton evitó todo comentario sobre la política del país. Se limitó a suspirar ruidosamente. Palmer eligió plumas, tinta, papel y lacre y unos cigarros de La Habana. En la calle, un gaucho de a caballo daba vivas al difunto Dorrego. Hayton apartó los ojos como si esa visión perturbara la simple felicidad de conversar con un compatriota y hacer un buen negocio. Volvió a suspirar.

—Peor es la muerte —comentó en español, como un criollo, el señor Palmer.

Buenos Aires. La novela

"El destierro es la muerte", meditó el extranjero después, cuando buscaba, en los andurriales de la costa, hombres de pelea para iniciarlos en el box. Sufrió el desprecio de los changadores, las bromas de los baqueanos que lo insultaron llamándolo marica y cajetilla; se miró como en un espejo en las caras de los mendigos, las negras y las putas. Salió de allí gracias a una patrulla que custodiaba al embajador italiano y a unas señoras que, según supo después, eran actrices. Subió a un carruaje y, a los tumbos, intimó con una dama de la compañía, a la que prometió visitar al día siguiente. Entrevió otra vez el porvenir. El hombre del pescante reconoció al inglés que unas noches atrás bailoteaba como un gallo frente al marinero, que lo golpeaba sin razón. Filosofó que todo gringo era una desgracia; agitó el látigo sobre los caballos y se perdió en la noche.

Por afición a la actriz italiana, Palmer se vinculó nuevamente al teatro y participó en tareas modestas. Su nombre aparece en la historia de nuestro teatro nacional, en el que actuó como tramoyista y apuntador. Por modestia, quizá, no dijo que había representado a Shakespeare, lo que de todos modos hubiera parecido una desmesura. Además, el actor que fue o pudo ser el señor Palmer había desaparecido en un momento anterior a esta historia, cuando su participación en la falsificación de billetes tuvo un funesto desenlace.

Al principio, sólo por divertirse, imitó los billetes para usarlos en las obras de teatro; luego, por simple curiosidad, se interesó en la litografía; más tarde se encontró con un joven francés que había combatido en el Brasil a favor de las Provincias Unidas, el señor Henry Fleury, quien, entre otros servicios a la patria, había viajado como segundo comandante en el *Fournier* y realizado algunos negocios para el gobierno de Buenos aires, entre ellos la compra de naves a Norteamérica. El señor Fleury era un joven emprendedor, de veinticinco años. Un día, mientras conversaban acerca de la lejanía y el extrañamiento del exilio, imaginaron la riqueza, la vida sin sobresaltos, la comodidad, un doméstico paraíso de hombres decentes. Formaron una sociedad financiera que las autoridades de aquel tiempo calificaron de otro modo: una banda de falsificadores. Negados para la gloria, para el honor, ni federales ni unitarios, hicieron su propia guerra. Ése fue su error. La Historia de un país no tolera a los intrusos; los condena a la muerte o la locura. Y eso fue lo que ocurrió.

Si hubiera sido Shakespeare, Palmer habría escrito una tragedia. Pero era sólo un falsificador, un sin patria. Ni siquiera tuvo la dignidad de morir como Henry Fleury, ejecutado en la Plaza de Mayo el 3 de marzo de 1830. El señor Palmer, negado para la tragedia, vio a su compañero (que no dijo su nombre ni el de ningún otro durante los interrogatorios) avanzar hacia el patíbulo. La gente decente llenaba la plaza. Mientras Fleury avanzaba hacia el patíbulo escoltado por un fraile y dos soldados, altivo ante las tropas del regimiento 6 de Caballería, Palmer observó su elegancia: llevaba sombrero, levita y pantalones blancos. Fue él, quiso ser él en ese instante. Fleury había callado el nombre de Palmer como una última lealtad a su amigo.

Queda la crónica, las secuencias del acto atroz:
    Se enciende el fuego en el cadalso y se queman los billetes.
    Fleury, como un maniquí de París o de Londres, mira con indiferencia a los verdugos.
    Se niega a que le venden los ojos.
    Los soldados levantan los fusiles.
    A la primera descarga, cae muerto.

Esa noche, el inglés huyó a la Tierra Adentro.
    Lo que sucedió después, todo ese asunto con la mujer del negro Acuña, tal vez no tenga importancia para la Historia, pero la tuvo para él, para su historia personal de la que se sabe muy poco al fin de cuentas. Parece que Palmer solía recorrer las afueras de la Ciudad, de a caballo, vestido como un gaucho. Dicen que hablaba como ellos, como los matarifes y compadritos de las orillas. Sin duda fue ésa una argucia de actor, una cualidad que lo acercó a los hombres y sobre todo a las mujeres de los ranchos. A una de ellas (a la mujer de Acuña precisamente, un matarife devoto de Rosas, que después fue hombre de La Mazorca) Palmer enamoró con pases de magia, historias e ingeniosas caricias. Con ella recorrió los pueblos en una carreta a la que Palmer equipó con telones, máscaras, si-

luetas chinas y otros artificios. Acuña juró vengarse. En el Matadero, mientras daba órdenes a una docena de cuchilleros y a medio centenar de negras, urdía su venganza; veía a Palmer despenado entre la sangre y las tripas de las vacas; a Palmer degollado, la cabeza rodando entre las patas de los toros. Entretanto, su Antonia que ya no era suya, aprendía a leer el lenguaje de los naipes y de la astrología, de la adivinación y de los sueños. Sin duda fueron muchas las dotes pedagógicas de Palmer y no pocas las recompensas que recibió durante aquella travesía en la carreta que él llamaba Teatro de Ilusión. Un caudillo del Litoral le ofreció su protección; otro, su amistad y unos campos. En Córdoba, los sacerdotes lo acusaron de hereje y enviado del demonio.

Una tarde, sin prisa, regresó en su carreta a Buenos Aires. Fue entonces que se produjo ese lamentable encuentro. Cuando Feliciano Acuña, en la Plaza de la Victoria, lo injurió llamándolo gringo y franchute de mierda, Palmer le recordó los servicios de Bouchard a la patria argentina, hizo el elogio del corso que recorría los mares del mundo izando el pabellón azul y blanco. "Además, no soy francés sino inglés", informó Palmer. Su adversario se calló porque no era muy fuerte en nacionalidades; en cambio, lanzó una cuchillada que Palmer esquivó con elegancia. Muy pálido, el otro lo desafió a luchar en limpio duelo criollo. Palmer aceptó el reto, y comenzó a fintear como un bailarín en torno al matarife. Acuña transpiraba, sentía un indigno malestar intestinal y el odio que lo redimía de su propia ignorancia de no saber quién diablos había sido Bouchard. Tiró otra cuchillada que rozó el pecho de Palmer. Él trastabilló –*touché*, dijo como un esgrimista–, pero continuó con sus saltitos, sin perder la serenidad. "¡Te voy a matar, jetón!", gritó Acuña. "Porque se me acabó la paciencia, por lo de Antonia, por..." Lo sorprendió un puntapié de Palmer que boxeaba a la francesa, pegando con pies y manos, mientras él, Acuña, apenas si podía defenderse atropellando con su corpachón y su cuchillo que, finalmente, cayó sobre un cantero de magnolias. La patrulla policial (tres milicos con fusiles a chispa) se llevó al matarife. Prudente, Palmer se hizo humo y regresó a la Tierra Adentro.

La conversión de Palmer a la barbarie fue un lento proceso que alguien, con ligereza, puede asociar con la locura. Lejos de la ciudad (Londres o Buenos Aires ya eran lo mismo para él) fue aprendiendo otros rituales y costumbres, haciendo suyos hábitos que años atrás hubiera condenado. Fue Calibán, fue el salvaje. Lo vieron montar en un caballo negro. Recitaba poemas en inglés que mezclaba con dichos y refranes de la campaña, con insultos de pulpería y alardes de guapo. Vestía a lo gaucho y usaba un facón grande. Lo que pensaba entonces es un misterio. Quizás había comprendido, por fin, el sonido y la furia de la vida, el absurdo de existir, de ser nadie en el mundo. Se sabe que a veces, como en un sueño, repetía el nombre de su hija, Natividad, a quien había abandonado y que seguía viviendo en Buenos Aires.

Del Diario de Natividad Palmer y otras confidencias

Durante aquellos años la señorita Natividad Palmer escribió en su Diario no sólo confesiones y recuerdos de su intimidad, sino también sus observaciones sobre el tiempo que le tocó vivir. Sus comentarios de la situación le trajeron algunos inconvenientes y malentendidos, ya que la opinión de una mujer acerca de temas políticos era considerada imperdonable imprudencia. Sin embargo, su padre adoptivo, Silvestre González, la tuvo por consejera en momentos difíciles para el país. Sus detractores la llamaron "gringa literata". No respondió Natividad al pretendido insulto. Además, también otras señoras, como Mariquita Sánchez de Thompson, solían expresar sus opiniones políticas. En casa de Mariquita Sánchez se había cantado por primera vez el Himno Nacional, el mismo que Natividad aprendió cuando tenía cinco años.

Natividad quería ser como ella, vivir una historia de amor como la de Mariquita Sánchez.

"¡Dios mío! ¡Enamorarse así!", se decía y soñaba el amor de la otra como si fuera suyo.

Ahora Mariquita era toda una señora, la señora de Thompson, pero había sido una muchacha como ella; seguramente había sentido esos calores que no se sabe de dónde vienen y esas ganas de llorar y de acariciarse los pechos que comienzan a crecer.

"Todos los hombres son diablos, niña. Y peor los que miran con ojos de carnero degollado. Porque todos buscan una sola cosa, aunque se pongan dulces como la miel", decía Benita mientras bamboleaba su cuerpo y llevaba a Natividad hasta el almacén y la panadería y el taller de los negros que fabricaban escobas de junco. Chanceaba Benita y esquivaba los requiebros y las manos largas. "¡Un poco de compostura, caballeros, delante de la niña!"

Pero Natividad no puede dejar de pensar en esa historia de amor.

–¿Cuándo tendré novio, Benita?

–Cuando tenga edad. A su debido tiempo.

–Me gustaría que el tiempo corriera como mi sangre...

–Cuide que su lengua no corra demasiado.

Es cierto: dice todo lo que piensa, todo demasiado aprisa, con las urgencias de las ensoñaciones y el deseo de una adolescente. Y es una señorita. La señorita Natividad. Una joven porteña que quiere ser como la señora Mariquita Sánchez de Thompson.

–Una hembra no se cuece de un día para otro. No basta el fuego, niña –dice Benita.

Y entonces le cuenta otra vez la historia de Mariquita Sánchez y su novio.

–Ella padeció horrores antes de casarse con el que después fue su marido. ¿Y por qué? Porque el pobre cristiano no era cristiano ni criollo sino inglés y judío... Sí, niña, estoy hablando del mismo Thompson que usted conoce, ese fino caballero inglés, amigo de sus padres. ¡Cruz Diablo! La madre de Mariquita no lo quería ver ni pintado al inglés.

Natividad espera a que Benita continúe, pero ella hace una pausa y se abanica con su pantalla de palma, porque le suben los calores de sólo pensar lo que ocurrió.

–No creo que sea un cuento para jovencitas –se disculpa, pero sigue contando:– El mozo, bueno, el que ahora es el señor Thompson, el mozo enamorado, digo, estaba enfermo por no poder acercarse a su muchacha. ¡Pero era diablo el mozo! Muy diablo, niña.

Ella conoce la historia, la sabe de memoria y, sin embargo, como la cuenta Benita, siempre le parece distinta, sobre todo al llegar a este momento:

–Entonces... ¿Qué hizo entonces el inglés? ¡Se disfrazó de aguatero! ¿Quiere creer? Y así entró en la casa lo más campante, con la cara pintada para que no lo reconocieran. ¡Muy diablo el inglés! Fíjese que hasta llenaba de agua la tina en la que se bañaba Mariquita...

Natividad puede verlo, puede sentir casi las manos del hombre mientras ella se baña en la tina. Cierra los ojos. Desde el jardín llega una brisa de jazmines.

Claro está que ella también puede pensar en Mariquita Sánchez de otro modo, la puede imaginar cantando el Himno, como los amigos de su padre, que lo entonaron por primera vez en la Casa de la Comedia una noche de 1812, cuando el actor Luis Ambrosio Morante representó su obra "El 25 de Mayo". Entonces todo el público cantó los versos de Vicente López y Planes. El padre adoptivo de Natividad, don Silvestre, admiraba el talento de Morante, el mulato descendiente de esclavos que actuaba y escribía con total libertad. Y también admiraba la libertad de su hija, de la joven Natividad, que escribía en su Diario toda clase de opiniones. Sabía de otros impúdicos que escribían sus diarios mirando de reojo a la posteridad, pero la señorita Palmer sólo lo hacía para matar el ocio y poner en claro su pensamiento. Don Silvestre languidecía sin pena en su vejez. "Se apaga como una velita", comentó una noche su mujer, horas antes de su muerte. Pero don Silvestre se veía joven aún cuando Natividad comenzó la escritura de su Diario.

12 de mayo de 1825
¿Cómo pueden los hombres hablar y hablar sin cansarse? Mi madre, que se ha transformado en una sombra, los escucha. La casa está llena de gente. El tío John, que hoy vino a vi-

sitarme, me da un beso y se va. Siempre desaparece. Los hombres hablan de la guerra. No puedo imaginarla, no puedo sentir su horror entre estas cuatro paredes que me protegen del mundo. En momentos así, escribir me parece una traición.

6 de julio de 1825
Acompaño a mi madre a las iglesias. Miro por sus ojos, en verdad. Porque ella, a diferencia de las otras devotas, observa todo con la curiosidad de una artista. La actriz que fue o quiso ser emerge en su rostro transido por la emoción. En esos momentos pienso que es mi madre aunque no me haya parido. Al igual que ella, me demoro observando las imágenes sagradas, los altares, las columnas de los templos. Imagino a los indios que los levantaron bajo la mirada vigilante del jesuita que les enseñó a construirlos con ladrillos y cal. No puedo dejar de pensar en el convicto Milcíades Albornoz, condenado por sus malas artes, por sus reiterados robos y pendencias, que ganó su libertad gracias a sus trabajos en el frontispicio de la Catedral de Buenos Aires. Observo la cúpula, el pórtico, el interior decorado con tallas, los cuadros que representan escenas de los apóstoles. Despiertan en mí los más vivos sentimientos, pero no quiero confundirme. A veces sueño que soy una monja, que mortifico mi carne con el cilicio. Miento, me miento, lo sé. Porque ese calor que llega por las noches junto al perfume de los jazmines, esa brisa del aire en el verano, me embriaga como el vino. No me arrepiento, no. No rezo por la salvación de mi alma sino por la de esa madre que no conocí. Miro el cuadro de la Última Cena, que pintó un indio converso de las misiones. En la iglesia de La Merced, me arrodillo ante la imagen de la Virgen, nuestra Santísima Señora.

8 de enero de 1826
Querido Diario: esta noche vino otra vez el joven Lucio a darme serenata. Desafía a mi padre, quien lo amenaza con echarle los perros. En casa se comenta que los montoneros están a las puertas de la Ciudad. No lo dice mi padre sino sus amigos unitarios, hombres de la Ciudad. No los oigo. Yo sólo escucho el canto de Lucio que trepa las rejas del jardín y se oculta entre las hierbas olorosas y las flores del fondo. Lucio trabaja en los carros que se internan en el Río de la Plata para desembarcar a los pasajeros que vienen del otro lado del mar. Es un orillero de buenos modales. Como lo fue mi padre adoptivo antes de ser un estanciero y un hombre de salón. Lucio opina que todos los señores son iguales, los amigos de Rivadavia y los de Rosas. Por eso se va con la montonera. Y me pide que lo espere.

6 de marzo de 1826
Hoy vino el pardo Roque a darme lecciones de piano. Yo toqué un vals pausado y una gavota que contaron con su aprobación. Él interpretó con gracia una pieza del señor Alberdi titulada "El llorar de una bella". Yo estaba en esos días en que las mujeres andamos con la lágrima fácil y un poco por eso y otro por la emoción que despertaba en mí esa composición, me eché a llorar como una tonta.

18 de marzo de 1826
Lucio volvió por unas horas a la Ciudad. Amparado en la noche, se deslizó hasta mi cuarto. Vestido a lo gaucho, de poncho, chiripá y corralera, con sus botas de potro, tenía en

ese momento un aspecto feroz, la barba crecida, las manos cerca del cuchillo. Sin embargo, sus ojos suplicaban como los de un chico extraviado. Vi su imagen en el espejo y junto a él la mía, con el vestido de pollera ancha y el chaleco con bordados de oro. En ese momento parecíamos dos extraños, forasteros uno para el otro. Sólo que después, cuando él se acercó, tímido todavía, yo sentí el temblor que me llevaba hacia Lucio como una fatalidad. Tomé sus manos en las mías y sentí el roce de su boca en mi cuello. Me tomó de la cintura, como bailando. Yo lo dejé hacer, lo ayudé a desabrochar el vestido en el que estaba prisionera. Conocí, por fin, o adiviné, al menos, el goce que me había anticipado en sueños. Agradecí su delicadeza, su manera de llegar, de buscarme y compartir el gozo. Me embriagó hasta el delirio su manera de besar, de recorrer mi cuerpo. Lo fui buscando yo también, mordiéndolo, acariciando cada una de sus partes, tratando de prolongar cada momento. Sabía que al amanecer debía partir. Pude sentir que esa noche era todas las noches, que el placer se multiplicaba en los besos, que podía recomenzar a partir de una caricia, de una palabra. Lo tuve dentro como si naciera de mí.

3 de abril de 1826
No sé cómo escribir lo que ocurrió. Me siento huérfana otra vez. Siento que nada tiene sentido, que no tengo una razón para seguir viviendo. Es extraño: las mismas cosas que ayer me eran familiares, hoy son totalmente ajenas para mí. Pienso en Lucio, sólo en él, en lo que ha sido. Lucio me juraba que una vez terminados los negocios de la guerra se casaría conmigo. Ayer lo mataron en un entrevero en las cercanías de Luján.

6 de julio de 1826
Lo llevo en mí, llevo a su hijo. Lo sé. Es como si Lucio quisiera prolongarse en mi cuerpo. Pero no; es otro quien vive, otro el que comienza su vida. No quiero transmitirle mi tristeza. Le hablo como si su padre estuviera vivo. Y creo que me escucha.

4 de setiembre de 1826
¿Te portarás bien? ¿Serás un hombre bueno? ¿Serás valiente como tu padre?

6 de noviembre de 1826
Ciudad pacata, hipócrita. En ella tendré al hijo de Lucio. "Bastardo", le dirán. "Mal nacido." No me refugiaré en un convento ni pediré perdón por lo que alguien considere mi falta. Pero dejaré la casa de mis padres para evitarles la vergüenza.

10 de diciembre de 1826
Hoy soñé con mi madre, la que no conocí, la que murió en el hospital de mujeres el día de mi nacimiento. Se acercó hasta la cuna de mi hijo y lo besó. Fue un sueño muy hermoso, en verdad, muy apacible. Mi madre se alejaba en el sueño por la costa del río, cuando me desperté.

No admitió don Silvestre González la idea de separarse de su hija. No se avergonzaron, ni él ni su mujer, por la llegada de ese nieto que les regalaba la Providencia. Más aún:

al Palmer de Natividad le adjuntó don Silvestre su González y el Santa Cruz de su mujer. No lo hizo para simular abolengos sino para asegurar la herencia. De todos modos, los apellidos de los extranjeros sufrían algunas mutaciones, como el de los Downes, que ahora se llamaban Obes y que serían luego Gelly Obes, como recuerdan los aficionados a las genealogías. Lo cierto es que Natividad tuvo a su hijo: Roberto Palmer González Santa Cruz.

Balada de la joven viuda

Benita toma mate y fuma su cachimbo, igual que las negras lavanderas entre las que tiene un montón de amigas y parientes. Las lavanderas se han adueñado de la orilla de la ciudad, desde el Retiro hasta el Riachuelo. A Natividad le gusta verlas y oír sus risas mientras le dan al garrote con el que apalean las ropas y bailan entre sábanas blancas. El olor de los pastos y el río le traen el recuerdo de Lucio. Ellos no dejan de azuzarla. Natividad sueña despierta. Cree ver el rostro de Lucio en el de un hombre y otro, en el de los muchachos de las orillas, en el del aguatero que llena la tina donde se baña. La asusta su impudicia, la impaciencia de su viudez. Mira su cuerpo en el espejo. Desnuda, sigue siendo la mujer de Lucio. Pero está sola en la fiebre del verano. Echada en la cama, se agita con las visiones que alimenta el deseo. Se sumerge en la tina mientras oye el incesante canto de los grillos.

3 de marzo de 1837
Hoy acepté salir con Cristóbal de los Llanos. Es aficionado al teatro, lo mismo que mis padres. Es un caballero tan correcto que temo asustarlo con mis opiniones.
Con Cristóbal fuimos al Coliseo Provisional a oír una ópera. Estaba allí "todo Buenos Aires", todas esas familias acomodadas que se miran entre sí desde los palcos. Mentidero donde cada espectador agrega un chisme, un comentario malicioso hacia el otro o la otra. Con los gemelos traídos de París, las señoras inspeccionan a sus vecinas. Los enfocan hacia las plateas y tasan con la mirada el valor de las joyas de las damas que, a su vez, enfocan sus gemelos hacia los palcos. Me divertí mucho al observarlas, antes y después de la función que, por otra parte, fue magnífica. En el Coliseo fui blanco de muchas miradas y seguramente de no pocos chismes, actividad principal de distinguidas damas y maledicentes caballeros. Finalizada la función fuimos a saludar a los cantantes. No pude evitar algunas miradas indiscretas. Al fin, ése era mi "debut" de joven viuda acompañada por su pretendiente.

15 de marzo
El buen Cristóbal me tiene mucha paciencia, pero no entiende y se asusta con mis cambios de humor y mi negativa a casarme y darle así un padre a mi hijo. Le parece un capri-

cho, una tontería, una manera absurda de irritar a la sociedad de Buenos Aires, a las buenas familias, entre ellas la suya, que no ve con buenos ojos nuestra relación.

Le molesta que ayude a mi padre en sus negocios, en la administración del campo, pero más le molesta que yo traduzca y escriba algunos artículos para The British Packet. *Odia eso. Afirma que no podría casarse con una "gringa literata". Nadie se lo pide.*

Natividad va al mercado con Benita. Compran carne, verdura, frutas y velas para la casa. Ven a dos chicos disputando unas sobras con los perros. Un cojo pide limosna exagerando su renguera y hace trastabillar al vendedor de pájaros. Se abren las jaulas y las aves, como los pensamientos, vuelan en desorden. El carnicero se inclina sobre una sirvienta y le dice una obscenidad. Un negro llama la atención con su trompeta de soldado, de liberto sobreviviente de la guerra. Usa una chaqueta de bayetón y camina descalzo. Otro anda con un sobretodo de largos faldones, regalo de su amo, y muestra su boca sin dientes. Se ríe y babea frente a una mulata con una flor en el pelo. Natividad escucha cómo el mercado se llena con el ruido, como el mundo.

Esa tarde es día de visitas y Cristóbal de los Llanos llega a la casa de Natividad con la sonrisa puesta. El pretendiente de Natividad no cuenta con la simpatía de don Silvestre González. Se tratan con fría cortesía. "A don Silvestre no se le olvida el gaucho. Se le nota el chiripá debajo de la levita", dice Cristóbal que, de todos modos, insiste en visitar su casa.

El chico no soporta a Cristóbal, el amigo de su madre. Le irritan sus jactancias, el tono de sabelotodo, su aire de petimetre. Pero lo peor, aquello que lo saca de quicio, es que lo llame Bob. El no se llama Bob. El es Roberto Palmer González Santa Cruz, "¿verdad abuelo?", pregunta buscando la complicidad del viejo Silvestre, con el que comparte su antipatía por Cristóbal. Bob. No es Bob. Yo soy Roberto. Roberto Palmer. O Roberto P. González. Pero no soy Bob. "¡No quiero que me llame Bob!", le exige a su madre. Ella sonríe y acaricia la cabeza de su muchacho. "No soy Bob", insiste el chico que se escapa cada vez que aparece Cristóbal.

El abogado de la Ciudad intenta disuadir a don Silvestre de su defensa de las provincias, que para él solo son la Tierra Adentro, la barbarie. Buenos Aires, en cambio, se le antoja la continuación de Atenas y de Roma, tierra de civilización. Buenos Aires, que llegó a ser la capital de las Provincias Unidas del Río de la Plata con Bernardino Rivadavia. "Hoy la Ciudad está sitiada por los nuevos bárbaros. Quizás aparezca entre nosotros un nuevo Atila. Es posible que lo estemos incubando con nuestros miedos. ¡Oh, Dios mío! ¡No quiero estar aquí cuando eso suceda!"
—No sea apocalíptico, Cristóbal.

–Y usted, querida amiga, no sea tan ingenua. Oye Bob: alcánzame una copita de anís ¿sí?
–Yo no me llamo Bob.

Don Silvestre le pregunta si cambió de divisa. Le parece extraño que el amigo de Rivadavia lo sea ahora de Juan Manuel de Rosas. "Yo defiendo la Ciudad, don Silvestre. Y al defenderla, también cuido sus intereses, señor, los de un ganadero de Buenos Aires. Soy hombre de la Ciudad, no de una divisa. Lo que es bueno para Buenos Aires, es bueno para mí", se justifica Cristóbal de los Llanos, cuya fortuna ha crecido en forma considerable desde que Rosas asumió el poder.
–Oye, Bob: alcánzame una taza de chocolate.
–Yo no me llamo Bob. Yo no soy su sirviente.
–Como quieras, Bob. Ya aprenderás... Alguien tendrá que enseñarte...
–¡Deje tranquilo a mi nieto, Cristóbal! ¡No lo moleste más! –grita el viejo Silvestre y se levanta del sillón. Muestra el puño, amenazante, pero al segundo lleva su mano al pecho queriendo detener ese dolor insoportable, como una puñalada al corazón.

Esa fue la última vez que Cristóbal de los Llanos pisó la casa de Silvestre González. El viejo cayó como fulminado en el suelo y al rato llegó su amigo, el doctor Argerich, que lo llevó al hospital de hombres. Creyeron que iba a morir allí, pero la vida se empecinó en continuar un rato más.

Convaleciente, Silvestre González regresó a su casa y puso sus papeles en orden. Jugaba con su nieto cuando murió una mañana de setiembre, al comienzo de la primavera.

Minué para Manuelita Rosas y Roberto Palmer

En la casa de Natividad Palmer nunca se escuchó el minué federal. Es cierto que el finado don Silvestre había tenido algunos amigos de esa divisa, gente de Tierra Adentro, pero con Rosas no simpatizó y menos aún con sus seguidores, entre los que estaba Cristóbal de los Llanos. La que sí era federal era la negra Benita, devota de la hija del Restaurador, "con perdón de la niña Natividad", amiga de los poetas unitarios que solían llegar a su tertulia. Benita no bailó el minué federal sino el candombe, tan grato al Restaurador y a su hija. Muerto su abuelo, Roberto Palmer fue el hombre de la casa. Su madre, su abuela, la negra Benita, lo mimaron durante los años de su infancia y de su adolescencia. Más tarde, al dejar la casa, frecuentó los salones y también los camarines de los teatros, igual que el otro Palmer, su abuelo. Sin embargo, su afición a las mujeres no le impidió dedicarse seriamente a la medicina, que fue su vocación, casi su apostolado. Las mujeres decían que sabía escucharlas, una virtud infrecuente en esa ciudad de machos ensoberbecidos de guapeza. Tenía facilidad para los idiomas y esa habilidad, más una discreta cortesía, lo acercaban a las actrices viajeras que visitaban Buenos Aires. En los camarines del teatro Victoria, en los hoteles y posadas que albergaban a las viajeras, Roberto Palmer aprendió más que en sus clases de anatomía. Lo deslumbraba el cuerpo de la mujer, la delicadeza de sus formas. Curioso, buen aprendiz, exploró la geografía de sus amantes, sus territorios de ternura y lujuria. Entretanto, en sus clases de medicina, estudió el comportamiento de los cuerpos, condenados a la vejez y la destrucción. Quizá por eso fue muy sabio en las caricias, en el voluptuoso encuentro de lo efímero, de las miradas que anticipan el placer y también el adiós.

En ese entonces la Ciudad se extendía desde la Plaza Mayor hacia los arrabales, con calles desparejas, pocas veces empedradas, y veredas estrechas. Entre las casas de ladrillo podía aparecer el potrero con un caballo pastando, un hombre mal entrazado o un perro cimarrón. A poco andar comenzaban los lodazales, los cercos de tuna y pita, el baldío del suburbio, límite de la pampa. Pero también es cierto que había calles como la del Empedrado, que hoy se llama Florida. O la calle de los Mendocinos, hoy Maipú. En la del Empedrado vivían personas distinguidas como doña Mariquita Sánchez de Mendeville, viuda de Thompson. Otras familias, como las de Escalada, Riglos, Alvear, Oromí, Soler, Barquin, Sarratea, Balbastro, Rondeau, Rubio, Casamayor, abrían sus casas para la tertulia. También las fondas abrían las suyas en la Recova Vieja, olorosas de fritanga. Roberto Palmer entró en unas y en otras, no como invitado sino como médico. Solía andar a caballo, desprovisto de lujos y carruaje. Atendía con igual celo a ricos y pobres y más de una vez dejó en la casa del enfermo el dinero para los remedios, que otras veces él mismo compró en la botica. Uno de sus pacientes era el coronel Rabelo, que vivía en Victoria y Federación. En su casa, el coronel vestía de militar, como si estuviese por ir a la guerra. Se decía que "tenía *cabeza de mate*, es decir, que una tapa hecha con corteza de calabaza le cubría un agujero del cráneo por donde se veían los sesos". Otro de sus enfermos era el Loco Fleribel, que deambulaba por los alrededores de Santo Domingo. Sufría de epilepsia y la maldad de los muchachos se ensañaba con el desdichado cuando padecía uno de sus ataques. Entonces Palmer lo cargaba en su caballo y lo llevaba hasta el asilo, donde por unos días tendría asegurado el techo y la comida. En Buen Orden, al llegar a la esquina de Potosí, vivían las de Ortuño, solteronas y enfermas imaginarias a las que Roberto Palmer trató con "santa paciencia". En cambio, se sintió inútil al ver avanzar las enfermedades de la pobreza que empezaban a surgir en Buenos Aires. El día que murió en sus brazos un chico enfermo de tuberculosis, sintió lo impiadoso del mundo. Era un día de fiesta en la Ciudad, un

25 de Mayo. Mientras regresaba, al trote, hacia su casa, veía las luces de las candilejas de barro en los balcones y terrazas de Buenos Aires. Se oían risas detrás de las ventanas. Había gente que tenía la oportunidad de ser feliz. Otros (ya no dudaba de que era así) serían parias en su propia ciudad, enfermos y fantasmas de los hospitales, habitantes de los asilos en el mejor de los casos. Supo que eran sus prójimos: los dejados de la mano de Dios en Buenos Aires.

Medio Buenos Aires vivía con miedo. La otra mitad, en la exaltación de Rosas, en los rituales del minué federal. En los barrios del Sur sonaban los parches del candombe, de los *reinos* de los Banguelas, Combos, Mozambiques, Minas y Mandingas, que traían a Buenos Aires los ritmos del África. La Ciudad honraba al Restaurador. Los negros llevaban su retrato en las procesiones, en las festividades de los Santos Reyes, de San Benito y San Sebastián. En los salones, los poetas del Régimen, como José Rivera Indarte o el presbítero Ramón González Lara, saludaban al Ilustre Restaurador de las Leyes mientras Francisco Baraja, un médico nacido en Patagones, cantaba así a la Dama Joven de la Federación:

A la Señorita Doña Manuelita Rosas y Ezcurra

¡Eres bella, Manuelita!
Esa mágica sonrisa
Celestial

Buenos Aires. La novela

Que a tu faz pura y bendita
Con encantos diviniza
    Sin igual.
Forman de ti un ser precioso,
Divino, tierno, hechicero,
    Seductor,
¡Que ni el sol le iguala hermoso,
Ni del alba su lucero
    Y esplendor!
¿Has visto en noche apacible,
Sobre el espacio la luna
    Divagar,
Sin que celaje visible
Venga su plácida albura
    A empañar?...
Pues bien, más hermosa brilla
Tu angélica limpia frente
    De marfil;
¡Contiene más maravillas
Que la edad dulce inocente
    E infantil!
Has nacido, virgen bella,
Para un ejemplo adorable
    De bondad.
Por eso es blanca tu estrella,
Modelo tú, de envidiable
    Caridad.
....

Una noche, al pasar por el teatro Victoria, Roberto Palmer se topó con Cristóbal de los Llanos. El hombre lucía su divisa punzó, su cintillo federal, al igual que sus amigos, todos muy excitados porque esa noche Manuelita Rosas había asistido a la función.

Manuelita había recibido la ovación de la gente en nombre de su padre mientras sonreía, tímida, en el palco, como se supone sonríen las princesas de los cuentos, muy discreta, como buena criolla. Al terminar la función, Cristóbal de los Llanos y otros caballeros, *buenos federales*, la acompañaron hasta su coche. Exaltados, decidieron hacer ellos mismos la tracción a sangre. Desengancharon los caballos y empujaron al carruaje en el que iba Manuelita. Entre los comedidos, además de Cristóbal de los Llanos, estaban los Calzadilla, padre e hijo, el doctor Agrelo, don Rufino Elizalde, don Rodendo Labardén. Se excedieron de ímpetus. En un momento (que la crónica omitió por temor al escándalo), Manuelita cayó del coche del que tiraban sus adictos. Fue entonces cuando Roberto Palmer bajó de su caballo. Auxilió a Manuelita, que no tenía heridas de cuidado sino algunas superficiales que Palmer limpió con yodo y con un desinfectante llegado de la Francia.

Aquel acontecimiento fortuito hizo que Palmer accediera a la quinta de Rosas en San Benito de Palermo. Cristóbal de los Llanos consideró que ése era un privilegio que no merecía el hijo de la "gringa literata", la que solía reunir en sus tertulias a gente sospechosa. Y si bien es cierto que Roberto Palmer ya no vivía más con su madre, la visitaba a diario y sabía de ciertas reuniones a las que, por prudencia, no concurrió. En cuanto a sus visitas a la quinta de San Benito, nada tenía que reprocharse. No fue allí, como otros, en busca de un favor personal o una canonjía. Pidió, sí, por los enfermos, por los viejos, por los pobres. Y Manuelita le sirvió de intermediario. Ella presidía la mesa en los copiosos almuerzos en la quinta. Uno podía encontrar allí todo tipo de personas: embajadores, hombres de negocios, cómicos, viajeros y hasta tres bufones que amenizaban la comida con sus chistes. Muy pocas veces se sumó Rosas a esos almuerzos. Manuelita le confió a Palmer que le preocupaba la salud de su padre, quien pasaba las noches sentado a su mesa de trabajo. "Temo por él, Roberto", le dijo antes de invitarlo a galopar por el bosque. Aquellos paseos llenaban de envidia a Cristóbal de los Llanos, que desparramó entre los sirvientes la sospecha de una relación pecaminosa.

"Digna hija de Rosas", pensó Roberto Palmer al ver galopar a Manuelita por los bosques de Palermo, rumbo a la costa. Era difícil seguirla. Al igual que su padre, Manuelita sabía conducir su cabalgadura con precisión, con habilidad, con gracia, con destreza. Igual que Rosas, que había desafiado a otros caudillos a galopar a lo gaucho para demostrarles quién lo hacía mejor, quién tenía el derecho de mandar en estas tierras. A Roberto Palmer le disgustaban esos alardes a los que el Restaurador era tan aficionado. De todos modos, trataba de no pensar en eso mientras cabalgaba junto a Manuelita. El aire de la mañana traía un perfume de aromos y de menta. La ciudad había quedado atrás con sus intrigas y sus miedos. Ahora iban al trote entre los pocos ranchos de la costa y los yuyales donde a veces se asomaba el puma. Miró el rostro de Manuelita, encendido en el galope, el pelo que caía sobre los hombros, las manos aptas para el abanico que ahora sujetaban las riendas. Siguieron al paso hasta la orilla del río. Él la ayudó a desmontar. La tomó de la cintura y sintió su cuerpo demasiado cerca. Fue sólo un momento en que se turbó, en que no supo si la deseaba en realidad (como presentía el envidioso Cristóbal de los Llanos), un momento en que la vida de Roberto Palmer pudo seguir otro rumbo. Ella adivinó lo que sentía su acompañante y de algún modo se sintió complacida por aquel hombre que no era un adulón, un servil de la corte ni un macho ensoberbecido como otros que rodeaban a su padre. También ella pudo presentir que en un momento alguien puede cambiar su existencia aunque "yo me debo a mi Tatita, Roberto" –dijo mientras se sentaban a la sombra de un sauce.

En Buenos Aires los chismes corrían más rápido que el viento. Roberto Palmer supo que se había trasformado en una persona no grata para el círculo oficial. Evitó, con cualquier pretexto, toda relación con esa gente, en especial con Cristóbal de los Llanos. Roberto Palmer comprobó que Buenos Aires no era el lugar más seguro para vivir. Muchos de sus amigos se habían exiliado en Montevideo y otros buscaban refugio en las provincias del Litoral, donde se conspiraba contra Rosas. Su madre le aconsejó viajar a Europa, donde ella pensaba radicarse. Allí Roberto podría continuar sus estudios y, sobre todo, disfrutar de las ciudades con siglos de cultura. Pudo hacerlo, quizá debió hacerlo. Sin embargo, Roberto Palmer no dejó Buenos Aires. Continuó con sus recorridos, atendió a sus pacientes, montó a caballo cada día. En el centro o en el suburbio de la Ciudad, se lo vio cumplir con su deber. No regresó a la quinta de San Benito de Palermo. Tampoco buscó a Cristóbal de los Llanos al enterarse de sus calumnias. Prefirió la compañía de unos pocos amigos, con los que se encontraba en el Café de la Comedia.

Una tarde Cristóbal de los Llanos entró en el café. Venía con otros señores federales, todos con el cintillo punzó. Miró a Roberto Palmer como si se asombrara de verlo allí, en la Ciudad. A la sorpresa siguió una mirada de fastidio, de odio. No podía, no quería soportar la presencia del bastardo.

    Se levantó. Fue hasta la puerta del café y le dijo algo a unos hombres mal entrazados que le servían de custodia.

    Volvió a la mesa y, ostentoso, brindó por la salud del Restaurador.

Roberto Palmer salió del café sin sospechar que lo seguían. Un emponchado le disparó en la puerta de su casa. Lo dio por muerto. En el muro, con letra torpe, alguien escribió: "¡Viva la Confederación Argentina! ¡Mueran los salvajes unitarios!".

Una sobrina de la negra Benita se encargó de cuidarlo, después de que él mismo extrajo de su cuerpo el proyectil y limpió la herida cerca de su hombro izquierdo. Durante dos días, Palmer se debatió en medio de la fiebre y los sueños. Al tercer día, amaneció de buen ánimo. Se complació al ver a la muchacha que había velado junto a él, poniéndole compresas frías en la frente. Jimena era una joven mulata acostumbrada a cuidar enfermos y había trabajado con Palmer en el hospital. Sólo que ahora era él quien debía cumplir las órdenes de la negra Benita y de su sobrina, ocupada en cuidarlo. Al hombre no le desagradaba vivir unos días al amparo de las mujeres, aunque deseaba regresar cuanto antes a su trabajo. De algo estaba seguro: no dejaría el país, como le había aconsejado su madre, que ya estaba en París.

Una mañana, mientras Jimena trabajaba en la cocina, se le volcó un recipiente de agua caliente en una pierna. Roberto corrió y vio que la quemadura no era de cuidado. De todos modos, buscó una de las pomadas del botiquín para calmar el dolor. Se avergonzó al demorarse en mirar las piernas de Jimena, tan firmes y torneadas, los muslos que parecían temblar al contacto de su mano. Iba a retirarla, cuando ella la retuvo. Entonces, sin saber ni pensar en lo que hacía, siguió buscando el placer de Jimena y el propio, en una caricia que se prolongaba con deleite, sin prisa, como anticipo de otras formas del goce de sus cuerpos. Estuvieron horas contemplándose, besándose, buscando uno en el otro como hermosos animales en celo. No se saciaban y sentían inoportuna la llegada de Benita. Ella adivinó lo que ocurría y los dejó solos. Por un tiempo Roberto Palmer fue extremadamente fiel a las caricias de Jimena, a ese cuerpo moreno que no se cansaba de visitar por las noches y las largas siestas.

Entonces El Payador, ese que anda por el tiempo, se arrimó a los almacenes del suburbio y cantó su verdad:

*La historia que estoy contando
para unos fue un horror
y para otros la fiesta
que hizo el Restaurador.*

*Matarifes, candomberos,
señoras de peinetón
y muy finos caballeros
con la divisa punzó
vivaron al mismo tiempo
la Santa Federación.*

*Otros se fueron muy lejos
y hubo quien jamás volvió:
se murió en Montevideo
por haber dicho que no.
Señores, ahora estoy viendo
lo que ese tiempo dejó:
caricias, postales rotas,
cartas que uno olvidó...
¡Pude cantar otra historia
que fuera un cuento de amor!*

Pedro Orgambide

Si Dios dispuso otra cosa,
¿qué puede hacer el cantor
si apenas es la memoria
de algo que otro soñó?
Señores: el cuento sigue
y pongan mucha atención,
la verdad tendrá el color
del cristal con que se mire.

Instrucciones para cambiar de divisa en Buenos Aires

El carretero Dionisio Peña llegaba a los Corrales de Miserere. Veía a la Ciudad un poco con desconfianza y otro poco con temor. Para él, Buenos Aires era una hembra misteriosa. Se le acercaba de a poco, como esos pumas de los matorrales. Hombre de los bañados, de las orillas, se demoraba en un almacén del suburbio. Allí se encontró con Roberto Palmer. El hombre había dejado el caballo en el palenque y ponía atención a lo que contaba el carretero. Según Dionisio Peña, el maestro de Juan Manuel de Rosas le había dicho a su alumno: "Mirá, Juan Manuel, no te hagás mala sangre por esas cosas de los libros. Aprendé a escribir con buena letra y sanseacabó".

—Así le dijo, Don, como se lo estoy contando a usted. Porque Rosas no necesitó de tanto estudio para llegar adonde llegó. Un año solo estuvo en la escuela. Fue suficiente, ¿no cree? Le bastó para domar a los indios, para ser dueño de estancia y ahora señor de Buenos Aires.

Tomaron un vaso de vino y luego otro, y al fin el carretero se animó a decir:

—Aléjese de los que andan hablando mal del Restaurador. Se lo digo por su bien, don Roberto: aléjese de los cajetillas unitarios, lectores de cuanta porquería viene del extranjero. Usted es buen criollo, aunque tenga apellido de gringo. Lo he visto andar a caballo y eso me basta.

Dionisio Peña, carretero de profesión y buen federal, protegido en otro tiempo de Silvestre González, le aconsejó al joven médico: "Se lo digo por su bien, doctor. Cuídese... antes de que La Mazorca le haga otro *servicio*".

Buenos Aires estaba cambiando. De a poco, es cierto: en 1852 concluían las obras de la Catedral, iniciadas un siglo antes y ya se hablaba de demoler la Recova Vieja para permitir el ensanche de la plaza Victoria. Las calles se alumbraban con aceite de potro. Si la Recova Vieja, hasta ese momento, había sido refugio de marineros, predio de tiendas malolientes, la Recova Nueva podía transformarse en un paseo agradable, al resguardo del viento frío que llegaba de la costa. En otros negocios, mejor puestos, se podría atender a una clientela distinguida. Un lugar así era la librería de Benito Hortelano, editor y librero, quien llegara de España en 1850. Él decía que Buenos Aires era la ciudad de los negocios increíbles. Estaban allí, al alcance de la mano. Solo había que distinguir una señal y confiar en el instinto. "Porque un comerciante, como un poeta, necesita inspiración", decía don Benito. En 1851, cuando circulaba en Buenos Aires el rumor de la traición de Urquiza, a él se le ocurrió imprimir en una sola noche la inscripción "Muera Urquiza" en miles de cintas coloradas. A la mañana siguiente, en la librería de Hortelano, en la Recova Nueva, se agolpaban los interesados en comprar la nueva divisa. Pero un año después, al día siguiente del triunfo de Urquiza en Caseros, había que cambiar otra vez de divisa. Pasó por allí Roberto Palmer. No pudo creer lo que veía. "A los *furiosos federales*, les falta tiempo para arrancarse la antigua divisa y colocarse la nueva", pensó. A la tarde, en los cafés, en las tiendas y en las casas de familia de Buenos Aires, las cintas coloradas de Benito Hortelano se arrancaban con el mismo entusiasmo con que se habían colocado un año antes.

—¡Este Urquiza va a arruinarme, don Roberto! —decía a los gritos don Benito Hortelano en la puerta de su librería, en la Recova Nueva. Roberto Palmer se echó a reír. Porque la política, de pronto, se tornaba cómica y absurda. En las vidrieras de la librería todavía podía verse el retrato del Restaurador y el cartel que decía "¡Muera el loco, traidor, salvaje unitario Urquiza!", además de las cintas coloradas que le habían dado tanto beneficio.

—¡Tiremos todo esto a la basura! —ordenaba Benito Hortelano a Federico de la Llosa, su dependiente, que ahora arrojaba las divisas en el excusado.

—¡Rápido! ¡Rápido! ¡Las tropas vienen para aquí! —gritaba don Benito.

Ajenas al trajín del español, las tropas del coronel Virasoro dieron una vuelta por la plaza de la Victoria y marcharon hacia el Retiro.

Uno de los primeros en cambiar de divisa fue Cristóbal de los Llanos, que se animó a silbar al general Mansilla cuando apareció en la plaza de la Victoria junto al coronel Virasoro. No fue el único, ya que el cambio de divisa se hizo costumbre entre los cagatintas y picapleitos de la Ciudad, siempre dispuestos a juntarse donde calienta el sol. Los más cultos renegaban de su amistad con don Pedro de Angelis, el italiano erudito, propagandista de Rosas. Los más brutos negaban sus servicios a La Mazorca y estaban prontos a cambiar de patrón. Al fin, la policía siempre necesitaba de gente brava y servicial y ellos ya estaban allí, muy obedientes, haciendo fila en la puerta del cuartel. Huían los carceleros, dejaban los grillos y los cepos, los instrumentos de tortura, los uniformes, las divisas. Salían de las cárceles los prisioneros políticos y los criminales y los ladrones, con las ropas y el olor rancio de la prisión y la desdicha y la furia en sus rostros. Comenzó el saqueo de la Ciudad. Algunos soldados y gente de los arrabales asaltaron primero las platerías y después todo comercio, hasta los zaguanes, los puestos bajo los puentes, los mercados. Entonces reaccionaron los vecinos que se armaron en el Fuerte, sobre todo los de la Recova. Formaron patrullas de ocho hombres, cada una con su jefe. Durante todo el día y toda la noche se oyeron los tiros. Al doctor Palmer no le faltó trabajo. Al día siguiente de Caseros, quinientas personas murieron en las calles de Buenos Aires. Un batallón del ejército se apostó frente al Cabildo. En Palermo, el general Urquiza oyó el informe de la jornada. Dispuso que se recogieran "los efectos de bulto robados", que fueron apilados en almacenes y depósitos de la Ciudad. Trescientos carros llevaban los muebles y mercancías salvados del saqueo.

Dionisio Peña supo que la Ciudad lo había vencido. Vio a la gente cantando por la calle, a los que arrastraban el retrato del Restaurador, de su madre y su hija. Buenos Aires, la culta, era implacable con los vencidos. Alguien le contó que en Santos Lugares habían degollado por la nuca a Santo Coloma. "Pague por los que usted ha muerto así." En Barracas, un pulpero medio pariente de Cuitiño fue muerto a pedradas. En la quinta de Palermo, el bufón norteamericano de Rosas imploraba por la presencia del cónsul de su país, entre las risas y golpes de la soldadesca vencedora.

"Maldita ciudad", masculló Dionisio Peña, mientras se alejaba picaneando los bueyes.

Por fin, Buenos Aires, la impiadosa, mostraba su verdadera cara: un rostro de bruja, empolvado y feroz como el de esa vieja loca que corría por la calle de tierra clamando venganza. Se asombró Roberto Palmer al ver a varios de sus pacientes enarbolando palos y lanzas improvisadas, entrando en los negocios, gritando como en Carnaval. "Locos, están locos", pensó. Buenos Aires se había enloquecido, enferma de fiebre rencorosa, con gente que abría sus ventanas y lanzaba improperios. "Todos contra todos", pensó Roberto Palmer, camino a su casa.

Entonces la vio.

Tirada en la calle de tierra, apuñalada por la espalda, vio a la negra Benita.

Hacía tiempo que su madre, Natividad, vivía en Europa y la negra Benita había vuelto con los suyos, al barrio de San Telmo. También Jimena había regresado allí, después de un año de tormentosa relación con Palmer. Lo celaba, le decía que traía olor a mujer, aunque viniese de visitar a sus enfermos. Y si bien terminaban acostándose tratando de revivir una pasión que ya no existía, al fin dejaron de quererse y comenzaron a olvidarse sin resentimiento. Ahora Jimena dirigía una comparsa y la llamaban Doña. Seguía siendo enfermera y sumaba a sus habilidades la de curar con yerbas y ungüentos, igual que la tía Benita. Se asombró cuando vio entrar a Roberto Palmer con la mujer muerta en los brazos.

Jimena hizo la señal de la Cruz y después balbuceó en un idioma del África la oración con que los vivos piden a los dioses permiso para navegar por el río de la muerte. Unas vecinas limpiaron el cuerpo de Benita, le pusieron un vestido blanco y cubrieron la cama con flores.

Esa noche, cuando Roberto Palmer abandonó la casa, continuaban los rezos y los cantos de los negros. En Buenos Aires aún ardían las fogatas de ese día nefasto.

De linajes y prontuarios

Pocos años después, en un viaje a Buenos Aires, el carretero Dionisio Peña se enfrentó con lo desconocido. Tenía la forma de un enorme animal que venía echando humo y metiendo un ruido infernal, por la altura de la Floresta. Supo más tarde que se trataba de una locomotora. Pero entonces, cuando la vio por primera vez, cuando la confundió con un monstruo, Dionisio Peña bajó de la carreta y se santiguó.

Otra fue la reacción de su hijo Marcelo, asombrado pero feliz, al ver la locomotora, al oír el sonido de las ruedas en el camino de hierro y el silbato que rasgaba el aire ahuyentando a los pájaros de la Floresta.

Padre e hijo continuaron la marcha en silencio, cada uno pensando en esa aparición.

Marcelo Peña era un mozo de veinte años, carretero como su padre. Cuando acampaban en la carreta, Marcelo ayudaba a su padre a descargar los bultos, la mercancía y el pasaje. Pero al rato ya andaba por la ciudad, mirando todo y floreándose con las lavanderas y cigarreras que se contoneaban por la calle. Con el sombrero requintado, Marcelo se iba caminando hasta la plaza del Parque para ver las locomotoras.

"Me aficioné al progreso", solía decir, como disculpándose. Porque un día dejó el oficio de su padre y se quedó en la Ciudad.

–La bendición, Tata –pidió, humilde, a quien le había dado la vida.

Dionisio Peña, frente al hijo que se había arrodillado, hizo la señal de la Cruz. Y desde ese día no volvió a Buenos Aires.

Marcelo Peña, entonces, iba hasta la Plaza del Parque para ver las locomotoras. Claro está que en esa plaza, que hoy se llama Lavalle, había otros atractivos, como la banda de música que, según Marcelo, "atraía a las mujeres como la rosa al picaflor".

Morocho, con aire de compadre, Marcelo Peña se dejó querer por las sirvientas domingueras, las planchadoras y una que otra cupletista que llegó de Madrid. A todas atendió Marcelo con dedicación. Mienten quienes lo llamaron rufián. Se dejó querer, eso sí, y de vez en cuando recibió algún regalo. Pero tanto en la plaza Lavalle como en las kermesses del Retiro, lo que hizo Marcelo Peña fue lucirse con la conversación. "A ése no lo matan si lo dejan hablar", decían los carreteros de Miserere. Fue así. Nunca faltó un piropo en sus labios para arrimarse a una dama, ni una disculpa si alguien le recordaba que esa mujer ya tenía dueño. De todos modos, no pudo evitar que alguna de ellas se fuera tras él y reclamara sus favores. Son cosas que pasan.

A las mujeres dedicaba su ocio el ex carretero. Para ganarse la vida hacía algunas changas en los corrales y las curtiembres. Pero en verdad lo que quería era trepar a una de las máquinas de la antigua estación del Parque. No haría como el cacique Yanquetrús quien, cuando subió al tren, anduvo buscando los caballos. Él, Marcelo, era, según decía, "muy civilizado". No vestía como gaucho sino de pantalón, saco culero y chambergo requintado. Algún domingo se lo vio con una flor en la oreja.

Allí estaban las dos, como esperándolo: La Porteña y La Argentina. "Tienen nombre de mujer", pensó.

–¿Y usted qué experiencia tiene? –le preguntaron en la estación.

–Ninguna con la máquina de fierro, pero mucha en los viajes.

Porque además de carretero, Marcelo Peña había trabajado de postillón al frente de una tropilla de caballos, en la mensajería que iba al Rosario y a Córdoba.

–¿Sabe leer?

—Sí, señor.
—¿Qué letra es ésta?
—La be, si no me equivoco.
—¿Y ésta?
—Zeta parece. Como la marca de yerra de don Juan Zavalía.

Se rió el hombre de la estación.

—Venga mañana. Le voy a presentar al ingeniero.

El ingeniero, un tal Morris, que apenas farfullaba el español, le enseñó el manejo de las máquinas. Al terminar la jornada iban hasta un almacén, donde el ingeniero se emborrachaba con aguardiente. "No, yo no manejaba la locomotora cuando el tren descarriló...", se defendía míster Morris. Y Marcelo Peña le pedía que contase otra vez la misma historia. "Cerca del puente del Once, el tren se vino abajo...", narraba, malicioso, el inglés, culpando a otro de lo que pudo ser una desgracia.

—¡Te reís, argentino, vos te reís!
—Usted me hace reír, míster, por la manera en que lo cuenta.
—Está bien, no digo nada.
—¿Qué pasó?
—Ya te lo dije: el tren se cayó del puente allá en el Once. Desde el terraplén hasta la zanja. ¡Ja, ja, ja! Fue un desastre sin víctimas. ¡Ji, ji, ji! En el vagón de encomienda la cabeza del señor Prat chocó contra la de míster Gowland... ¡Ju, ju, ju!... Y al señor Miró, que estaba fumando, se le cayó el cigarro... ¡y se quemó el culo! —se reía el inglés.

Pero pronto se entristecía y, mientras apuraba otro vaso de aguardiente, le decía a Marcelo Peña:

—Extraño mi patria, argentino; la extraño mucho.

"...Y yo a veces me siento guacho", le confesaba Marcelo Peña a Roberto Palmer, con quien mantenía una relación cordial, herencia de su padre, Dionisio Peña, el carretero, de quien no tenía noticia alguna. Se lo había tragado el desierto, pese al ferrocarril que acercaba a la gente. "¿Dónde se habrá metido? Para mí es un misterio", murmuraba Marcelo Peña en ese almacén con aire de pulpería. Roberto Palmer intentaba entonces una explicación, tanto para Marcelo como para él. Pensaba en su abuelo, en J. J. Palmer, el converso de la barbarie, a quien ahora, según supo, llamaban Mandinga. Un gaucho loco que embestía a los empleados del ferrocarril, a esos ingleses que el Imperio desparramaba por los confines de la Tierra. "Nosotros somos hijos de Buenos Aires, Marcelo, de una ciudad que se cree el ombligo del mundo." Sabía que entonces había dos patrias: la de Buenos Aires, a orillas del Río de la Plata y la de la Confederación Argentina, en las márgenes del Paraná. Las dos ciudades, las dos patrias, habían inmolado a no pocos de sus hombres en la batalla de Cepeda, en la que Mitre fue derrotado. Pero el Estado de Buenos Aires (así lo llamaban) podía bastarse a sí mismo, comerciar con los Estados Unidos, Francia, Inglaterra, Brasil. Tenía la aduana y personeros como Cristóbal de los Llanos, que seguía amasando fortuna y cambiando de divisa. Entretanto, Marcelo Peña hacía sonar el silbato de su locomotora en el Ferrocarril del Oeste. Urquiza había dejado Buenos Aires. Cada uno en su casa, en su ciudad. Otra patria, la del indio, se dilataba más allá de las vías del ferrocarril y los fortines. Era la patria de Calfucurá y sus guerreros, de los malones que amenazaban las ciudades y entraban en los pueblos y arreaban el ganado hacia las Salinas Grandes. Había dos patrias, dos ciudades y la Pampa, el desierto que las carretas continuaban navegando todavía, como la de Dionisio Peña antes de encontrar la muerte.

Él venía cabeceando un sueñito en la carreta en medio del desierto que se parece al mar. Como lo había hecho durante toda su vida, sin preguntarse para qué. La carreta olía a cueros, a ponchos y a ginebra. Venía borracho y no debió contestar a ese inglés que lo desafió a pelear, a quien le decían Mandinga. Era un hombre demasiado viejo y él lo dejó tirado en una zanja. Pero estaba de Dios que ése no era su día, porque al pasar por las Tres Cruces no vio al tren que apareció de pronto, ese animal enorme que corría desde Buenos Aires y que lo atropelló a él y a su carreta. "No descarriló el tren ni hubo que lamentar víctimas", dijo el diario, que omitió el nombre del carretero, un tal Dionisio Peña.

Cantó El Payador:

> *Dionisio Peña murió*
> *a bordo de su carreta*
> *navegando el horizonte*
> *entre tragos de ginebra.*

*Un gringo lo desafió
por una causa cualquiera
y él sin ganas lo peleó
y lo dejó a la miseria.*

*Dionisio Peña pensó
que la vida era tristeza
y pudo decirle adiós
arriba de la carreta.*

*El progreso lo mató
y esa máquina con ruedas
que ese día lo tumbó
y lo apartó de la huella.*

*No sé si estará con Dios
el hombre de la carreta
y si hasta el Cielo llegó
entre tragos de ginebra.*

Entretanto, su hijo, converso de la Ciudad, se permitía algunas criolladas como las carreras cuadreras. Iba seguido por la Calle Larga de Barracas, hoy Montes de Oca. Ahora era conocido como El Lenguaraz. De tanto frecuentar a los ingleses del ferrocarril, había aprendido su lengua. Se entendía bien con ellos, casi toda gente de paso en Buenos Aires. También él, aquí se sentía forastero. Vivía en la hostería de un suizo, el señor Claraz, en la calle 25 de Mayo.

Paradero de ingleses, capitanes de barco, ingenieros de minas o maquinistas de ferrocarril como Marcelo Peña. Él, como dijimos, se sentía forastero, un gaucho trasplantado a la Ciudad. Por eso iba seguido a la Calle Larga de Barracas, donde se jugaban las carreras cuadreras. Bajaba por la calle del Temple, hoy Viamonte, rumbo al Bajo. Dejaba atrás la Ciudad ruidosa de carruajes, de cupés, landós y victorias, de tranvías arrastrados por caballos, con sus vagones cerrados en invierno y jardineras abiertas en verano, que el conductor anunciaba, ruidoso, con su corneta de guampa. "Puro ruido, aspaviento", decía Marcelo Peña, que respetaba, eso sí, al cuarteador, a otro gaucho metido en la Ciudad, a ese compadrito orillero que iba en auxilio del tranvía cuando éste subía un terreno empinado. De no haber sido maquinista de ferrocarril y ganar buena plata, Marcelo Peña, en Buenos Aires, hubiera sido cuarteador.

Dios dispuso otra cosa. De todos modos, en la Calle Larga de Barracas, El Lenguaraz, como le decían, se lucía como jinete y apostador. Carreteros, reseros, parroquianos de las pulperías La Banderita y La Estrella, hacían sus apuestas lo mismo que los doctores, los dueños de estancia y los criadores de ovejas que venían del Sur.

—Le voy a mi parejero, compadre —decía El Lenguaraz.

"Componer un parejero es oficio de haragán, pero de haragán que entiende el oficio", opinaba don Godofredo Daireaux.

"De haragán no sé, de pícaro seguro", pensaba Marcelo Peña, alias El Lenguaraz. Porque sabía todas las mañas. Se iba en aprontes. Parecía que iba a largar, pero se volvía, tratando de cansar o desorientar al adversario. Una vez. Y otra vez. Y otra más.

—¡Che, Lenguaraz, dejá de hacerte el vivo! —le recriminaba el juez.

Y daba la orden de partida.

Entonces, el hombre que en la Ciudad andaba con las piernas arqueadas, a lo pato, se apretaba al animal y ya era uno con él. Corría igual que en la Pampa, cuando andaba de postillón en la mensajería. Aguijoneaba a su caballo con las espuelas de hierro, que calzaba para la ocasión. No hería a lo loco, sino a conciencia, para sacar ventaja. Hecho esto, dejaba que el animal hiciera lo suyo. Bastaba un golpe de rebenque o sólo el revoleo sobre la cabeza para que el caballo corriese como luz.

—¡Vamos, Tordillo!
—¡Viene, se viene!
—¡Fuerza, Picazo!
—¡Fue puesta, señor!
—¿Qué dice, Don? ¡Ganó largo, compadre!

Displicente, ajeno al barullo de las apuestas, Marcelo Peña, alias El Lenguaraz, todavía al galope, sacaba del bolsillo una tabaquera con picadura y se armaba un cigarrillo. Corriendo aún, lo encendía con su yesquero, como si nada. Después, al trote y luego al paso, se acercaba a los paisanos que lo felicitaban, mientras él, como un actor, fingía modestia ante el aplauso.

Marcelo Peña tuvo otra afición: la riña de gallos. Se lo vio en el reñidero de José Rivero, de la calle Venezuela, entre

Piedras y Chacabuco, y en el de Antonio Nuñez, de Chacabuco y Chile. Dónde criaba sus gallos es un misterio, aunque se cuenta que se los cuidaba la Petronila Soria, mujer de armas tomar que vivía en el Bajo y que, según dicen, fue su amante. Marcelo Peña tuvo gallos famosos: varios "blancos", de plumas como la nieve y pico rojo, muy peleadores. Tuvo un "cenizo oscuro" que, por capricho, bautizó La Muerte. Era un gallo feroz. Otros, de buen porte y de agallas temibles, fueron sus gallos "naranjos barbuchos", sus "giros negros", sus "colorados patas blancas". Marcelo Peña por entonces era un hombre muy joven, muy cajetilla, muy bien vestido. No había en él señas del gaucho. Sin embargo, la mirada fiera, penetrante, desmentía la delicadeza de una boca acostumbrada a mentir.

Porque con el tiempo Marcelo Peña fue cambiando de costumbres y amistades. Se hizo hombre de ciudad. Dejó la locomotora, pero no el ferrocarril. Trabajó en los escritorios de la empresa argentina y un día viajó a Londres, tentado por una oferta de los ingleses. La Argentina es generosa, dicen. Lo fue con él, sobre todo a partir de su casamiento con Merceditas Anchorena. La conoció en casa del embajador inglés, lugar al que accedió gracias a sus amistades londinenses. A Merceditas le gustó su manera cadenciosa de hablar, de compadrito educado. Lo invitó al palco de su familia, en el teatro Colón. Allí, en la semioscuridad, Marcelo se permitió ciertas confianzas. Un poco por eso y otro por la conversación del hombre, Merceditas transformó en costumbre esa compañía; la prolongó en paseos, en encuentros furtivos, en besos robados en el jardín. Así transcurrió algo menos de un año, hasta que Marcelo Peña formalizó esa relación y pidió la mano de Merceditas. Poco tenía que ofrecer, salvo sus habilidades bilingües para los negocios, que su futuro suegro aceptó como prueba de seriedad. Más aún: le confió la administración de sus campos. La pareja tuvo su luna de miel en París. En 1861 nació el primogénito, a quien llamaron Marcelo, igual que a su padre.

Crónica de los días aciagos

Marcelo Peña, su mujer y su hijo estaban en el campo en el verano de 1871. Una tarde, mientras recorría la estancia de su suegro, Marcelo vio a unos peones que, caídos en la tierra, tiritaban a causa de una mala fiebre. Días después, los peones murieron. Una semana más tarde, dos oficiales, veteranos de la guerra del Paraguay, le informaron que eran muchos los muertos en ese país, a causa del vómito negro. Marcelo decidió regresar a Buenos Aires, pensando que escapaba de la peste.

Pero la fiebre amarilla estaba allí.

Nadie que haya vivido en Buenos Aires por aquellos días podrá olvidar lo que ocurrió. En el mes de enero, fueron seis los muertos; en febrero, doscientos noventa y ocho.

A caballo, como era su costumbre, iba Roberto Palmer visitando una casa y otra. En marzo se registraron cinco mil víctimas de la fiebre amarilla; en abril, siete mil quinientos treinta y cinco. Palmer iba de hospital en hospital. Faltaban médicos y medicinas, aunque sobraba coraje entre los médicos que permanecían en Buenos Aires, como Roque Pérez, Manuel Argerich, Guillermo Rawson, Francisco López Torres, Eduardo Wilde, Adolfo Señorans, que contrajo la misma enfermedad que combatía. "Murió en su ley", escribieron en el diario. "No quiso ser perjuro como otros miserables de su profesión, que en estos momentos han huido cobardemente del peligro." Palmer andaba por los conventillos, considerados focos de infección, en tanto el joven Eduardo Wilde, en el barrio de San Telmo, creaba un lazareto y hacía desalojar las manzanas invadidas por la peste.

Hasta allí llegó Palmer, a caballo, como era su costumbre. Bajó para ayudar, para ser útil, pero de pronto se quedó inmóvil frente a un cuerpo sin vida. Aturdido, confuso, se inclinó hacia Jimena, que parecía sonreír. Algo lo sacudió por dentro, un relámpago frío, la impotencia de no hacer nada ante la nada. Quiso creer que Jimena podía atravesar el río de la muerte y encontrar más allá un nuevo resplandor. Pero sólo era un agnóstico. Se arrodilló sin rezos junto al cadáver. Quienes lo vieron, dicen que Palmer encaneció de pronto.

Caballo negro la Muerte
que se viene galopando
en una noche de fiebre

de espadas, copas y bastos.
Baraja negra la Muerte
del hombre que está jugando
en cada día su suerte
a orillas del camposanto.

La desgracia envejece. Hasta los niños, que veían morir a sus padres, tenían la expresión desolada de los ancianos.

Héctor Varela, que redactaba la sección "Cosas de Orión" en el diario *La Tribuna*, convocó al pueblo a concurrir a la plaza de la Victoria para que se hiciera cargo de la situación, que parecía escapar de las manos de las autoridades. Era Varela un mozo vehemente, bullicioso y farandulero, según sus detractores, pero que sabía ganarse el favor de la gente.
—¡Viva Orión! —gritaban en la plaza de la Victoria.
"Compadrito, demagogo", rumiaba Cristóbal de los Llanos, que huía de la Ciudad.

A uno de los policías que cuidaba el orden en Buenos Aires, le decían Mataperros. "¿Sabe por qué doctor? Porque yo sabía sacar del calabozo a mis presos de buena conducta y me iba con ellos a matar a palos a los perros vagabundos. Ahora los que me quedan, los que no han muerto todavía, se portan como buenos cristianos. Claro que hay otros, maulas, que se aprovechan de la desgracia ajena. Yo digo, doctor, que una ciudad debe tener buenas cárceles y buenos hospitales." Mataperros historió entonces aquella cárcel de los bajos del Cabildo, de la calle Santa Rosa, y la otra, de la calle Victoria, la cárcel de mujeres, frente a la Plaza de Mayo. En una cárcel así había muerto Petronila Soria, mujer de armas tomar, presunta amante de Marcelo Peña, alias El Lenguaraz. Había cárcel para todo, hasta para deudores, como la de la calle Moreno, entre Balcarce y Defensa.

Roberto Palmer escuchaba a Mataperros mientras le curaba las heridas.

El hombre chorreaba sangre. Se había enfrentado con unos ladrones, en la calle Florida.

—La jauría anda suelta, doctor —sentenció Mataperros.

Lo llamaron del teatro, donde una actriz, la famosa Eloísa Villaflor, se estaba muriendo. No lo pudo creer, le pareció demasiado injusto, una broma grotesca. Hasta hacía muy poco, él, como muchos porteños, habían festejado su gracia. No creyó que se hubiera quedado en Buenos Aires. ¿Qué hacía allí? No había funciones en el teatro. Un viejo lo condujo hasta el camarín de la Villaflor. Lo que vio le dio miedo: parecía imposible que un cuerpo hermoso se hubiera degradado tanto. "Tengo sed", dijo ella. Tenía los labios resecos, partidos por la fiebre. Miró sus brazos, que habían enflaquecido hasta los huesos, la mirada extraviada de los que entran y salen de sus alucinaciones.

—Me muero ¿verdad? —preguntó con una voz que parecía indiferente.

—No, Eloísa —respondió Roberto Palmer, sabiendo que desafiaba lo imposible.

Fue una locura, quizá. Pero él se trasladó allí, durmió en aquel teatro vacío, transformó en enfermería y hospital el camarín donde Eloísa Villaflor se agitaba en medio de la fiebre.

Por momentos, la mujer gemía como una niña, soñaba que era una criatura.

–Quiero volver con mi mamá –decía.

Entonces Palmer pasaba un pañuelo húmedo por su frente y ella se apaciguaba y la enfermedad parecía retroceder.

"Hubiera deseado creer en Dios", pensaba Palmer recordando esos días.

"En nuestra Comisión Popular hay de todo, como en botica", bromeaba Héctor Varela, aunque las boticas estaban diezmadas. Gente que no simpatizaba en la vida normal eran como hermanos en medio de la peste. "La desgracia enseña", decía Roberto Palmer. "Algún día, el pueblo hará trincheras en la calle y será el dueño de la vida", profetizaba entre los enfermos y los muertos el poeta Guido y Spano, miembro de la Comisión Popular, testigo memorioso de la Comuna de París. Evaristo Carriego, el abuelo del poeta del mismo nombre, era otro de los voluntarios. Trabajaba de camillero y ayudaba a enterrar a los muertos, cuando faltaban sepultureros o soldados para esa tarea. Otros que no tenían en menos los peores trabajos eran los poetas y periodistas que integraban la Comisión Popular: Mansilla, Juan Carlos Gómez, Quintana, Ébélot, Alsina, Irigoyen, Onrubia, Behety, José María Cantilo. "Verdaderos *tribuni plebis*" los llamó el francés Paul Groussac, voluntario también, como su amigo David Lewis, el graduado de Cambridge.

Eloísa comenzaba a recuperarse. Roberto comprendió que no podía llevarla al hotel donde ella se alojaba en tiempos normales. No iban a aceptar a una enferma. Entonces pensó que lo más lógico era llevarla a su casa, para continuar allí con los cuidados que necesitaba su paciente. Muy débil todavía, la mujer permanecía en cama, en un cuarto con la ventana abierta. Así veía la luz del sol y podía oir las voces de la calle, de los sobrevivientes de la ciudad.
 Cuando Roberto salía de la casa para atender a otros enfermos, ella pensaba que sería una lástima morirse sin haber hecho el amor con ese hombre de cabellos blancos.

Buenos Aires era una ciudad vacía en la que deambulaban sus fantasmas. Habían dejado de funcionar las escuelas, los bancos, las oficinas, las principales fábricas, la Bolsa, los teatros. La peste nivelaba por una vez a pobres y ricos. En el comienzo había invadido los barrios de San Telmo, de San Cristóbal y La Concepción. Pero poco después "la fiebre de los conventillos" se propagó por toda la Ciudad. Cada día morían por centenares los pobladores de Buenos Aires. Los que huían, quienes la abandonaban, sentían la indefinible tristeza del exilio. Buenos Aires seguía allí, con sus calles y estatuas, sus esquinas misteriosas, los zanjones, los mataderos con su pestilencia.
 Salía el matarife con su carro, que en vez de reses cargaría difuntos de la Ciudad.

Buenos Aires. La novela

Había fogatas de alquitrán en las esquinas. Iluminaban las figuras espectrales de los que asaltaban la Ciudad y arrastraban muebles, pianos, pinturas, cortinados, bolsas con vajilla, jaulas de pájaros sin pájaros. Los llamados "terceros" del Sur entraban de lleno en los barrios, como un malón, como las murgas con las que se confundieron al principio. En medio de la tragedia, de las escenas macabras de esos días, apareció, como siempre, lo grotesco: un escribano, con un ayudante vestido de negro para la ocasión, ofrecía sus servicios a los sobrevivientes, y se comprometía a redactar los testamentos de los moribundos, a quienes llamaba *febrífugos*. En la Ciudad ya no bastaba el cementerio del Sur y se abría otro en la Chacarita. En cada casa se lloraba un ausente: un pariente, un amigo. "Es el mal que nos ha traído la guerra", decía Juan María Gutiérrez, quien con Guido y Spano y otros intelectuales se había opuesto a la guerra contra el Paraguay. Algunos soldados, con la chaqueta abierta, espantados por lo que habían visto, caminaban por la calle con sus palas de enterradores. En una oficina del gobierno, alguien hacía el balance de la peste: 13.614 víctimas. El frío de junio barría la Ciudad.

La Ciudad está enferma; languidece en sus muros, sus potreros, sus pasajes sombríos, su recova. Una noche, varios forajidos, después de un saqueo, se emborrachan y prenden fuego a unas pinturas. No saben ni les importa de quién son; arden así un centenar de telas. Hay bandidos disfrazados de enfermeros. La Ciudad se degrada, se corrompe. Un médico extranjero, un tal Müller, le roba a su paciente 9000 pesos que el enfermo tiene bajo la almohada. En ese instante, entra Palmer, que anda de recorrida por la ciudad.

–¿Qué está haciendo, carajo? –lo interpela.

El otro trata de zafar, miente una disculpa y huye hacia la calle. Palmer le alcanza la medicina al enfermo. También él está cansado; ahora siente la miseria del mundo.

Pero cuando llega a su casa y ve a Eloísa que sonríe, que se levanta sin ayuda, que recupera de a poco la salud, siente que no todo está perdido en la Ciudad. Con los primeros fríos, se ahuyenta la peste. Roberto Palmer acaricia la mano de quien más tarde será su mujer, la madre de sus hijos.

–¿Y aura qué quieren los del gobierno? ¿Acaso no se fueron lejos para salvarse de la peste? –preguntó Mataperros en un almacén del suburbio. Acaso lo escuchó Estanislao del Campo, alias Anastasio El Pollo, que esa noche escribió:

>   El cuerpo municipal
>   ordena que se celebre
>   por los que frustró la fiebre
>   un solemne funeral;
>   yo no he de faltar por cierto,
>   pues, ha de ser peregrino
>   ver rezar al asesino
>   porque Dios perdone al muerto.

La doble vida de Marcelo Peña y su querido hijo

En 1875, en Palermo, a un costado de las vías del ferrocarril, en lo que es hoy la avenida Figueroa Alcorta, un alemán llamado Johann Hansen instaló un restaurante, al que concurrían las familias que paseaban por el parque. Hasta allí solía llegar Marcelo Peña con su esposa, en la victoria que conducía el negro Cirilo. Se sentía bien allí, en paz con sus pensamientos. Su mujer le contaba las minucias de la casa y una que otra confidencia. En las mañanas, el restaurante de Hansen tenía un aspecto tranquilo, familiar, "muy decente", como afirmaba la mujer de Marcelo. A la noche, según se sabe, era otra cosa.

Allí iba Marcelo Peña con sus amigos para tomar una cerveza, comer algo y charlar con las mujeres que le deparaba la noche en lo de Hansen. Bajo los farolitos de papel, y en la intimidad de las glorietas, se prodigaba en caricias y besos furtivos que acunaba la música del vals. Fue un parroquiano fiel.

Tiempo más tarde, su hijo siguió sus pasos y heredó su prestigio como hombre de la noche. El joven Peña echó así fama de *sportman*. Ambas aficiones las pudo cumplir en sus visitas a El Velódromo, a dos cuadras de lo de Hansen. Concurría a la pista de los ciclistas y después aflojaba el cansancio con una bebida fresca, que tomaba en una mesa de lata, en buena compañía. Es decir, con alguna mujer que llevaba a una de las piezas del establecimiento.

Cada vez que Marcelo Peña (hijo) estaba con una mujer, lo asaltaba el temor de que ella hubiera estado antes con su padre, algo que podía ocurrir, ya que concurrían a los mismos sitios. Esa idea lo perturbaba, sobre todo cuando la mujer repetía su nombre entre gemidos y mentidas lágrimas de gozo. Entonces hacía lo suyo de manera feroz, como vengándose. Se amargaba, a la vez, pensando en las infidelidades de su padre, aunque comprendía que ése era el ritual de cualquier macho, algo que nada tenía que ver con el cariño que se prodigaban sus progenitores. Más insoportable (e increíble) hubiera sido sospechar que su madre era infiel. "No, eso nunca", pensaba el hijo, que al volver de sus parrandas iba en busca de su madre para recibir un beso como una bendición.

Pero no todo era diversión para Marcelo Peña y su querido hijo. Aunque pudientes, no eran ociosos. Siempre había trabajo en la estancia; como decía don Marcelo: "El ojo del patrón engorda al ganado". Además, como buenos criollos, les interesaba la política, ese pleito que no terminaban de dirimir la Tierra Adentro y la Ciudad.

Desde 1880, Buenos Aires era la capital de la República. Marcelo Peña padre, desertor del desierto, era, como todo converso, un ferviente defensor de la Ciudad. Había tomado las armas contra el gobernador Tejedor, de la provincia de Buenos Aires, a quien, pese a todo, no le tenía mala voluntad. En el puente de Barracas había oído cantar a los soldados del coronel José Inocencio Arias, hombre de Tejedor:

> Viva el sol, viva la luna
> viva la estrella mayor.
> En el puente de Barracas
> se acabó la munición.

Poco después se topó con otros soldados en licencia y hombres de las orillas de Barracas al Sur, hoy Avellaneda. Contoneándose, los orilleros proclamaban:

> Barracas al Sur
> Barracas al Norte.
> A mí me gusta
> bailar con corte.

En 1884, Marcelo Peña fue con su hijo hasta el antiguo Politeama, en cuyo picadero la *troupe* circense de los Podestá representaba el drama de Juan Moreira. El ex carretero y postillón, el gaucho que todavía vivía en él, revivió por un momento su pasado bravío. Abominó de la Ciudad que lo había adoptado. Fue otro, el que no pudo ser, un gaucho alzado contra la autoridad. Otros desertores del campo y el suburbio –carreros, cuarteadores, mayorales de tranvía– sintieron suyo el coraje de Moreira y murieron con él cuando fue muerto a traición por el sargento Chirino. En ese instante, alguien en el picadero del Politeama tocó una milonga.

—Vida perra —fue el comentario de Marcelo padre.

Marcelo hijo recordó ese día funesto en que murió su madre. No lo olvidaría nunca: vio a su padre derrumbado en un sillón, con la cabeza entre las manos, gimiendo un llanto rencoroso, lleno de furia, sin consuelo. Tuvo pena por él, por ese hombre condenado a ser fuerte en un mundo de machos bravíos y de gallos de riña. Más tarde, cuando tuvo que recibir los pésames del duelo, Marcelo Peña se mostró tranquilo, como indiferente ante el dolor. El hijo lo recordaría siempre, alto y sombrío, entre el aroma de las flores, el murmullo de los deudos, el peregrinar entre las tumbas de la Recoleta. Durante meses se encerraron los dos, padre e hijo, en la casa demasiado grande para dos hombres solos. Por respeto, no fueron al quilombo. Sólo al teatro, una vez. A ver *Juan Moreira*. Al salir, unos hombres bailaban en la vereda, al compás de un organito. Se lucían haciendo figuras como la del candombe, igual que los negros, de quienes se burlaban. Algunos espectadores, molestos o temerosos ante esos compadritos, cruzaron a la vereda de enfrente. Entonces Marcelo hijo vio cómo su padre dibujaba con los pies las figuras de un tanguito orillero.

"Era buen bailarín, de los mejores. Yo aprendí de mi padre esas linduras del tango que otros llaman pobrezas. Aunque fui a la Universidad y me recibí de abogado, como tantos de mi generación que luego hicieron carrera en la política, heredé de mi padre cierta debilidad por las costumbres del suburbio. Como mi padre, formé un hogar decente. Al fin, tengo un apellido que defender. Pero cuando oigo un tanguito de los de antes, me vienen a la memoria aquéllos que bailé en El Tambito, en el bosque de Palermo. Lindos tiempos. Uno podía ir hasta el almacén La Argolla de Oro, de don Antonio Palenque, para oír valses, mazurcas, milongas y habaneras y escuchar al Pardo Esteban en la guitarra. También se oían tanguitos en lo de La Turca, café con camareras del barrio de la Boca, en Necochea y Pinzón. Por respeto, nunca coincidí con mi padre en La casa de Laura, de la calle Paraguay y Centroamérica, hoy Pueyrredón. No. Una cosa es compartir la noche y otra, la mujer. Por la mañana mi padre se ocupaba de sus negocios, de administrar la estancia que heredó de mi madre, de actuar de intermediario con los ingleses del ferrocarril. Yo, por mi parte, atendía mi bufete de abogado y hacía vida de familia. Porque una cosa no invalida la otra, según creo. Hay un Buenos Aires para la luz del Sol y otro que iluminan la Luna y la influencia de Venus.

"Entonces se bailaba el tango en las llamadas casas malas de Buenos Aires: la de la Parda Adelina o la China Rosa o la de Madame Blanch, la francesa, o la de María la Vasca, de Carlos Calvo y Jujuy. Uno de los tangos que se tocaban en esas casas pudo llevar el nombre o el apodo de mi padre: El Lenguaraz, pero él, por prudencia o modestia, declinó ese honor."

El negro Cirilo, que vivió más de cien años, llamaba don Marcelo al padre y niño Marcelo o Marcelito al hijo. Solía llevarlos juntos a la Bolsa de Comercio, donde obtuvieron pingües ganancias hacia 1890, antes de la crisis y la consiguiente revolución. Padre e hijo compraban y vendían acciones con la displicencia de los aristócratas, sin la avidez de los nuevos ricos, los "venidos a más". Como en la carrera cuadrera, don Marcelo se valía de algunas argucias. Había dividido a sus agentes en dos bandos, que competían entre sí con la venia de don Marcelo, hasta que éste inclinaba la suerte hacia uno y otro lado. Otra de sus travesuras era jugar en público a la alza, mientras jugaba en secreto a la baja. "Todo lo aprendí de mi padre", solía decir con modestia Marcelito, aunque no era manco para el juego de la Bolsa. A él se atribuyen varios "gatos", noticias falsas que por momentos hicieron tambalear la Bolsa y que acrecentaron su fortuna de manera considerable.

Buenos Aires. La novela

Hacia 1890, los Peña eran dueños de numerosos conventillos de Buenos Aires, a los que llegaban los inmigrantes que soñaban con hacer la América. El doctor Guillermo Rawson decía que esos conventillos eran focos de infección por el hacinamiento, la promiscuidad y la pobreza. "¡Qué Guillermito éste! ¡Siempre pesimista!", se burlaba don Marcelo. De todos modos, vivir en un conventillo no era lo peor. En Buenos Aires, 95.000 inquilinos vivían en 37.000 casillas de madera, de chapa o de cartón. Otro Buenos Aires, muy diferente al de los palacetes que frecuentaban los Peña, se extendía desde el suburbio como una amenaza.

Una noche, al salir de la milonga, un envidioso le pegó un tiro a Marcelo Peña padre. Murió como debe morir un hombre: sin una queja. Apenas dijo dos palabras para referirse a su agresor: "¡Pobre infeliz!".

Cantó El Payador:

> *Calle Larga de Barracas*
> *de las carreras cuadreras:*
> *hoy se murió El Lenguaraz*
> *en una esquina cualquiera.*
>
> *Hay luto en las casas malas*
> *donde lo lloran las hembras,*
> *donde canta una madama*
> *su adiós a Marcelo Peña.*

Pedro Orgambide

*Bailarín de rompe y rasga,
gallero de Balvanera,
y maquinista del tren
a bordo de La Porteña.*

*Señores: estoy hablando
de quien subió por la cuesta,
de aquel que picó muy alto
y fue alguien en la Tierra.*

*Marcelo Peña se va
y otro Marcelo se queda
un hijo de la Ciudad
que vio partir las carretas.*

*Todo cambia, no es igual
el naipe que ahora se juega.
Pongan todos atención
con la historia que comienza.*

Gina en Buenos Aires

> A LOS TRABAJADORES:
>
> La Federación Obrera Argentina invita a todos los obreros que se hallen sin trabajo a concurrir al meeting que se celebrará el domingo 1° de agosto a las 2 p.m. en el teatro Doria, calle Rivadavia esquina Pichincha.
> En estos momentos de crisis, en que la desocupación aumenta la miseria de la clase trabajadora, el Comité de la Federación espera que todos los desocupados concurrirán a este acto para resolver qué actitud deben adoptar en defensa de sus intereses inmediatos.

Aquella mañana de 1897, Carlo Neri, después de redactar el anuncio, le escribió una carta a su hija. Había ahorrado lo suficiente como para mandarle el pasaje. La madre de Gina, su mujer, había muerto un año antes en Italia y la muchacha estaba sola en el mundo. Mientras pensaba en su encuentro con Gina, Carlo Neri fue hasta una de las piletas del conventillo y se lavó con fuerza y de pronto se descubrió cantando una canción de Italia que creía olvidada. El domingo llegó al mitin que había reunido a cuatro mil trabajadores. Carlo Neri habló en nombre de la Federación Obrera. Y después marchó en manifestación con sus camaradas al grito de "Pan y Trabajo". Recorrieron las calles Rivadavia, Avenida de Mayo, Perú, Moreno, Bolívar, Plaza Victoria y San Martín hasta Cuyo. Fue allí donde la policía disolvió la manifestación. Hubo corridas, tiros y sablazos. Un milico, nervioso, le disparó a Neri. Cuando cayó, el hombre sintió pena por él y por Gina. "¡Qué lástima –pensó–, morir justo ahora... no poder verla, carajo!" Oyó a los camaradas que gritaban a su alrededor. Seguían los tiros. Se sorprendió de ver y oír todo a pesar de ese dolor que se hacía cada vez más intenso. Alguien trató de levantarlo. Un momento después estaba en la ambulancia, rumbo a la Asistencia Pública. Sintió que se desmayaba y por un momento pensó que regresaba al *paese* donde lo esperaba su madre. Vio las colinas y la Luna. Pero lo despertó la luz del día y otra vez el dolor, cada vez más fuerte, más agudo. Lo colocaron en una camilla. Pudo ver el pasillo, los mosaicos blancos; aspiró el profundo olor del cloroformo.

"Gina", murmuró el hombre y supo que se moría, que ya era tarde para ir al puerto.
—Lo siento, señores —dijo el médico.
Los camaradas, respetuosos, se sacaron las gorras, se descubrieron ante la fatalidad. Recogieron la ropa de Neri. En uno de sus bolsillos, encontraron una carta para su hija.

En el Hotel de Inmigrantes ella se había puesto en la fila de las mujeres que venían de todas partes del planeta.
—¿Nombre?
—Gina. Gina Neri.
—¿Edad?
—Quince años.

Cuando la muchacha llegó al conventillo no hablaba una palabra en español. La chica iba vestida como una mujer mayor, como esas viudas de Calabria. Al hablar, apenas levantaba los ojos y decía *signore* a cada rato. "Una muchacha educada." "¿Y qué? —preguntó la mujer del italiano—. Si es educada ¿qué viene hacer aquí?" "Busca a su padre, a Carlo Neri", contó el encargado y bajó la voz porque nadie quería saber de Carlo Neri, sobre todo ahora, después de que el comisario Benavídez andaba cazando anarquistas por los conventillos. "¿Ya se lo dijiste?" "No." "¿Y por qué no?" "Porque no pude, María." Entonces la mujer comenzó a hablar ligero, muy ligero y el carrero Juan Antúnez (que estaba apoyado en una columna de la galería) vio cómo la muchacha se tambaleaba al oír la noticia.

Esa noche, María trató de explicarle a la muchacha la locura de su padre.

—Tu padre quería hacer la Revolución Social. ¿Sabés qué es la Revolución Social?

—No, señora.

—Es una guerra contra Dios.

—¡Madre santa!

—Por eso lo mataron, por meterse en líos.

La chica hurgó entre sus ropas y sacó una bolsa, en la que traía unas monedas de oro.

María observó con respeto las monedas de oro, sobre todo porque venían de las manos de un hombre santo, de don Antonio Neri, el cura, el hermano de Carlo. Las contó y volvió a guardarlas, ceremoniosa, en la bolsa de Gina.

—Este dinero puede ser tu dote para cuando te cases con un buen hombre, para cuando formes tu hogar. ¿Entendido?

—Sí, señora.

—Mañana le escribirás a tu tío. ¿Sabés escribir?

—Sí.

—Te dije que era una muchacha educada —comentó el hombre que tomaba la sopa.

—Educada o no... tendrá que trabajar.

—Sí, señora.

—¡Señora, señora! Podés llamarme María... o doña María, como todos.

—Sí, doña María.

Gina. Gina Neri. La hija de Carlo Neri, paisano. Ah. Busca trabajo. Sin pretensiones, paisano. Pero algo decente ¿eh? Cierto, cierto. ¿Costura? Sí. Buena planchadora, como María. ¿Y qué tiene que ver que su padre haya sido un anarquista? Vamos, vamos, paisano, siempre se hace un lugar cuando se quiere. En la fábrica no. Neri es un apellido maldito en la fábrica. ¿Cómo que se lo saque? Gina. Gina Neri. Así se llama. ¡Nadie se saca lo que es suyo!

Una se acostumbra de a poco a Buenos Aires. Va oyendo las palabras, el ruido de los carros, sonidos de fierros y cadeneros, persianas que se abren. Chau, Gina. Chau. El vigilante de la esquina se toca la visera del quepí y le amaga un piropo. La saludan la lavandera y el vendedor de lotería y el diariero. Chau, Gina. Chau. Chau, piba. Una se acostumbra. Nena, chifla el carrero. Chau Gina, chau, chau, chau y una camina por la calle y va al taller de costura y ya no es una extranjera, al menos no tanto, porque conoce las palabras. Y las palabras van y vienen en el taller, vuelan entre los trapos, entre las máquinas de coser y la zafada que canta ese tanguito. "No, a la milonga no. Mis padrinos no me dejan." "¡Pucha que sos sonsa! Yo que vos me voy a las kermesses y si te he visto no me acuerdo." "Chau, Gina, chau. Hasta mañana."

La calle pudo ser una fiesta. Pero de pronto se llenó de ruidos, de galopes y disparos. Unos hombres venían corriendo, los obreros que agitaban sus puños y sus gorras y estandartes. "¡Viva la huelga!", gritó uno. "¡Muera la tiranía!", gritó otro. Al segundo lo levantaron en vilo, lo arrojaron contra la pared. "¡Qué tiranía ni qué carajo! –lo increpó el comisario Benavídez que bajaba de un coche–. ¡A vos te voy a enseñar a respetar la Patria!" Le puso el revólver en el pecho. Pero no disparó.

Cuando Gina llegó a su casa, Juan Antúnez le regaló un jazmín.
　–¡Magra! ¡Magra! –se quejó doña María mientras le tocaba los brazos–. ¡Tenés que comer más! A los hombres no les gustan las mujeres sin carne.
　–Sí, madrina.
　–¿Eh? ¿Qué te pasa, Gina. ¿Estás llorando?
　–No, no...
　–¿Ese compadrito te faltó el respeto? ¿Fue Juan? ¡Yo lo mato!
　–Nadie me faltó el respeto, madrina.
　–Entonces estás enamorada –dictaminó la mujer y suspiró como si hubiera ocurrido una desgracia–. Te voy a comprar un tónico para los nervios.

A la mañana pasa el vasco lechero, arriando las vacas con sus mamones. Doña María, en la puerta del conventillo, lo espera con la olla. Va con la leche recién ordeñada hasta el cuarto de Gina y la obliga a beber. Desconfiada, María observa el baúl con los libros de Carlo Neri, la foto de ese hombre atolondrado que en vez de esperar a su hija se le ocurrió morirse.
　–*Carina,* quiero que me jures que no vas a leer esos libros.

–¿Por qué, madrina? Son de papá.
–Porque pudren los sesos. Por eso. Y basta.

Cuando sale, el patio del conventillo ya parece una feria. Se abren las cortinitas de junco y se ven las caras de los hombres que van a la curtiembre o al taller o a un remate de muebles y herramientas. Las mujeres, atareadas, llevan la ropa a las piletas del fondo. Chillan los chicos. Juan Antúnez, de alpargatas, se ajusta la faja a la cintura.

Será el calor del verano o la mirada de Juan Antúnez o las dos cosas a la vez; será esa manera de decir que le tiene buena voluntá y que si usted me permite, Gina, estoy dispuesto a conversar con doña María y su marido acerca de mis buenas intenciones. Así dice Antúnez y ella le cree mientras las viejas acarician el aire del verano con sus pantallas de palma. Ellos dos se quedan conversando, sin temor a la maledicencia, ajenos a la torva mirada del mayoral al que nunca le gustó Carlo Neri ni ningún gringo a decir verdad y es por eso que le va con el cuento al comisario Benavídez. El comisario lo toma a la chacota porque ése no es asunto suyo, ¿qué carajo le importa que Antúnez le arrastre el ala a la hija del anarquista? Aunque pensándolo bien, "Juan Antúnez es un buen criollo, qué lástima, che, que ganas de joderse. Ya no quedan criollos en Buenos Aires".

–¿Y dónde van a vivir, eh?
–Aquí, si no hay inconveniente.
–Mirá, Gina, mirá –dice doña María mostrándole el aviso–, esto es lo que les convendría a ustedes:

> ¿QUIERE USTED TENER CASA?
> El que no compró terrenos a tiempo en
> EL CABALLITO,
> anda de conventillo en conventillo, sin encontrar pieza.
> 90 LOTES EN CABALLITO
> sobre las calles Vírgenes, Pasambo, Paysandú, etc.
> Rematará R. Alcorta.
> El domingo 22 de abril a las 2.30.
> Pida boletos gratis para el tranway.

—¿Y con qué, Doña? —pregunta confundido, el carrero.

—¡Con esto! —exclama triunfante doña María mientras abre, solemne, la bolsa de las monedas de oro que Gina le dejó en custodia.

Ponen en el carro una cama, un colchón, un ropero y el baúl con los libros de su padre. Van para Caballito, por la Calle Mayor o Rivadavia, La Más Larga del Mundo. Dejan atrás las casas grandes como barcos y entran en terreno más humilde, de casas bajas y baldíos. Algo de campo pervive en la Ciudad, un aroma de jazmines y glicinas que Gina Neri recibe como regalo de Dios.

El Porteñito

Juvencio Zárate, más conocido como El Porteñito, era una luz en la milonga. Juvencio no era hombre de un solo barrio. Solía aventurarse por la Tierra del Fuego, ese territorio que se extendía entre Las Heras y la avenida Alvear y desde Pueyrredón a Centro América, hoy Coronel Díaz. Allí, como decía el comisario Benavídez, no faltaba nada: había una cárcel, había un hospital y había un cementerio. Ese día El Porteñito iba bordeando el cementerio de la Recoleta cuando se topó con Marcelo Peña y su ladero. Éste lo reconoció y escupió en la vereda mientras mascullaba un insulto. El Porteñito se hizo el desentendido pero el Pardo Ruiz (que de él se trataba) lo acusó de ser el autor de la muerte de Marcelo Peña padre.

—No conocía al finado —se defendió El Porteñito—. Y además, Pardo, como sabés, no uso armas de fuego. Así que si no tenés otro comedido, dejame pasar que ando apurado...

Lo dijo amablemente pero, por si acaso, llevó la mano a la cintura. Terco, el otro pareció no oír el pedido del Porteñito. Trató de madrugarlo y se le echó encima. De un revés, El Porteñito desarmó al imprudente.

—¿Pero estás sordo vos o andás mamao tan temprano? —lo reprendió El Porteñito—. Decí que ando de buenas, Pardo, que si no te mando al otro lao del muro.

Antes de irse, se tocó el ala del chambergo a manera de saludo y le reiteró a Marcelo Peña:

—Nada tuve que ver con la muerte de su padre, Don. Que en paz descanse.

Juvencio Zárate fue un bailarín que, en lo posible, evitó la pelea. Bailaba para lucirse, para mostrar lo que sabía. Si había otro bailarín y lo desafiaba sin prepotencia, El Porteñito aceptaba el convite y allá iba con su compañera hasta el salón o el patio de tierra o lo que fuese. Quien lo vio no lo olvida. Medio agachadito, elegante y canyengue, guiaba a su compañera en las fiorituras del tango. Era un virtuoso en la corrida, el corte, la quebrada, la Media Luna. Se iba luciendo con el paso cruzado, el balanceo, con la cachetada y el cerrojo. Obediente, la mujer lo seguía y a veces, de cariño y no de maldad, recibía una palmada en el trasero, que el milonguero llamaba "la patadita". La mujer (fueron muchas en verdad) reclinaba la cabeza en el hombro del bailarín, se dejaba llevar, como dormida. Giraba en La Vuelta del Perro y él la recibía, para dejarla un poco después, como pidiendo. "Como en el amor", decía El Porteñito.

Un insolente de los que nunca faltan quiso pasarse con su mujer cuando bailaban en El Pasatiempo, de la calle Paraná, ese lindo salón con palcos y jardín. Tuvo que servirlo de una trompada, como si fuera Jorge Newbery.

En el café La Turca, de La Boca, El Porteñito conoció a Ernesto Ponzio, alias El Pibe Ernesto. Fue en 1905, cuando Ponzio compuso el tango *Don Juan*, que El Porteñito bailaba marcando su cadencia. Fueron buenos amigos. El Pibe Ernesto, por esas cosas que tiene la noche, por los asuntos de mujeres, además del violín, siempre calzó un revólver. Un día se desgració y fue a parar con sus huesos a Ushuaia. El Porteñito fue hombre más tranquilo. Una noche se metió en el Café de las Flores, donde tocaban *El Esquinazo*, el tango de Ángel Villoldo. Aquello era una fiesta, puro ruido. Los parroquianos marcaban el compás en el suelo mientras las camareras del café seguían el ritmo y golpeaban con sus nudillos en las bandejas. Fue un momento de inspiración. El Porteñito salió solo taconeando, bailó hecho una luz sin mujer y sin nadie. Villoldo reconoció a un virtuoso y después fue con él hasta el Café Royal, de Suárez y Necochea, donde Villoldo tocaba la guitarra y se acompañaba con la armónica. El Porteñito supo que Villoldo era payador y artista de circo y autor teatral. "Todo es lo mismo", solía decir Villoldo, a quien le gustaba escribir diálogos criollos que publicaba en las revistas, "Todo es lo mismo, che", afirmaba quien había sido tipógrafo del diario *La Nación*, resero en los mataderos, cuarteador, y *clown* en el circo de Rafetto. Iba Villoldo con El Porteñito a las carpas de La Recoleta. Allí se lucían con los tangos.

"El que toca, no baila", dicen los milongueros. Mentira. Villoldo fue bailarín. Y Eduardo Arolas, alias El Tigre del Bandoneón. El Porteñito lo frecuentó en los cafetines de La Boca y en La Buseca, de Avellaneda. Claro que hubo uno que fue bailarín hasta la muerte: José Ovidio Bianquet, alias El Cachafaz. Maestro del tango con corte, solía parar en la esquina de Rioja y México. Alguien le dijo al Porteñito que El Cachafaz lo iba a convidar a una tenida. Entonces lo fue a buscar. Bailaron en un salón de San Telmo y ninguno se sacó ventaja. Dicen, quienes los vieron, que esa fue noche de gloria para el tango.

En aquel tiempo Buenos Aires era patria de payadores. Angel Villoldo había payado con Higinio Cazón, con José Madariaga y con el legendario Arturo de Navas, en la pista del circo Anselmi. Gabino Ezeiza, quizás el más grande, se prodigaba por Puente Alsina, el Barrio de las Ranas, la Tierra del Fuego, el Hansen de Palermo y el Belvedere de la Recoleta. Betinoti tallaba por San Telmo. En los almacenes, los comités, los patios de conventillos y las glorietas, hicieron oír su voz, entre otros, Nemesio Trejo, Ambrosio Ríos y Pablo J. Vázquez. A todos escuchó El Porteñito con respeto, "porque de todos se aprende", como decía Villoldo. Él le dedicó estos versos:

> Soy hijo de Buenos Aires
> por apodo "El Porteñito"
> el criollo más compadrito
> que en esta tierra nació.
> Cuando un tango en la vigüela
> rasguea algún compañero
> no hay nadie en el mundo entero
> que baile mejor que yo.

El Porteñito, frecuentador de milongas, hizo su debut como bailarín en el circo de los Amato. Allí conoció a Florencia, una equilibrista y lanzadora de cuchillos que hacía suspirar a la muchachada y que a él le cortaba el aliento. La convenció de que dejara el circo "porque un día de estos te podés clavar un cuchillo o caerte del trapecio, ¿y quién te paga por buena? En cambio, como bailarina y compañera del Porteñito, tenés el porvenir asegurado".

—Eso lo decís vos, Juvencio. Vos te creés Dios.

De todos modos lo siguió. Se fueron a vivir a una pieza por el barrio del Once. Bailaban en yunta y en yunta también enseñaban el tango en las academias.

"Todo se baila, compañero", decía Juvencio Zárate mientras veía bailar a sus discípulos. Insistía en que sus bailarines debían aprender primero la importancia del ritmo, sin el cual la poesía del tango "es pura cáscara, superficie de la pura apariencia".

Salió a bailar con su mujer, esa morocha de pechos imponentes.

–¡Oigan la música primero! Después le ponen la mano en la cintura a su compañera y empiezan a llevarla despacito. ¡Bailen no más, y recuerden que en el tango manda el hombre! ¡No se distraigan con la letra, que es música también, yapa del sentimiento!

Así decía Juvencio Zárate, que no era manco para los versos.

La yunta de Florencia y Juvencio fue muy famosa en Buenos Aires. Vivían del arte y se daban los gustos: ella le compró un *lengue*, un pañuelo de seda, y él, varios frasquitos de perfume. Iban al teatro y al circo, siempre juntos, como si tuvieran miedo de decirse adiós. Cuando bailaban, alcanzaban la dicha, igual que en la cama de fierro. Hubo otras parejas, claro, como la de El Cívico y la Moreira, que vivían en el conventillo Sarandí. La Moreira oficiaba de bailarina en el café La Pichona, de la calle Pavón. Mujer de armas tomar, solía llevar una daga ajustada a la liga. En ocasiones, usaba botas de caña alta y sable bayoneta. Debía varias muertes cuando se acolloró con El Cívico.

Cada gallo en su gallinero: eso es lo prudente. Pero La

Moreira no respetaba esa ley y le echó el ojo al Porteñito y lo anduvo buscando. Florencia se enteró. No dijo nada.

Pero recordó su habilidad circense de lanzadora de cuchillos y una noche, en que El Porteñito tuvo que ir al comité, afiló una de sus dagas y rumbeó para el café La Pichona.

–Sé que me andás codiciando el marido –le dijo a La Moreira–. Será que el tuyo ya no te sirve...

Hubo un silencio de muerte en el café. Ningún hombre (y menos una mujer) había desafiado a La Moreira.

–No debiste venir –le respondió la cuchillera.

Salieron a la calle.

La Moreira arremetió primero y se sorprendió cuando Florencia esquivó el bulto y le arrojó el cuchillo que se le clavó en la mano.

–¡Si serás puta! –gritó La Moreira.

–¡No te confundas, che, que no te estás mirando en el espejo! –respondió Florencia, mientras sacaba el cuchillo de la mano de su rival–. Y andate con cuidado, que la próxima vez te lo clavo en el corazón.

Entretanto, su marido andaba en otros entreveros. Era hombre de Hipólito Yrigoyen y se lo podía ver por los frontones y los comités radicales de Montserrat y Balvanera. Cuando Juvencio Zárate, alias El Porteñito, volvió del comité, ella le ofreció unos mates, con un beso de yapa.

Un baúl de libros peligrosos

Si Gina no hubiese abierto el baúl donde guardaba los libros de su padre, otra hubiera sido la historia. Pero ella quería saber por qué esos libros habían llevado a su padre a la muerte, según afirmaba María, la encargada del conventillo. Gina ya no vivía allí. Tenía su casita en el Caballito, un barrio de gente laboriosa. Su marido, Juan Antúnez, salía temprano con su carro hacia las quintas de la Floresta. Volvía al atardecer con el carro rebosante de verduras. Ella lo escuchaba llegar y el corazón se le agitaba de contento.

Pasaba el vendedor de aves de San José de Flores, el vecino de la calle Culpina, amigo de Juan, con el que su marido solía tomar unos mates. Venía el vasco lechero en su carro, con sus tarros relucientes, de boina, camisa a rayas y alpargatas. Por la calle de tierra se bamboleaba otro carro con escobas y plumeros y sillones de mimbre. Se oía, a lo lejos, el silbato del tren.

Gina pensaba que la felicidad era eso y quizá no se equivocaba. Uno podía vivir durante años en el mismo barrio, en la misma casa, mirando el mismo cielo de la Cruz del Sur. Así hubiera sido para Gina si no hubiera abierto el baúl donde guardaba los libros de su padre. Por curiosidad, para poner un poco de orden en la casa, Gina comenzó a hojear esos libros que pudo colocar en los estantes de una biblioteca. No lo hizo, quizá porque una biblioteca es lujo en la casa de los pobres o porque el baúl, de una manera misteriosa, parecía guardar un último mandato de quien fuera en el mundo Carlo Neri.

Sacó del baúl un libro escrito por un tal Le Bon, al que su padre acompañaba con comentarios al margen como "imbécil" y "cretino". El señor Le Bon decía que era "imposible para un pueblo inferior adoptar una civilización superior" y se refería a "la inevitable anarquía de las repúblicas hispanoamericanas, consecuencia de su composición racial". Junto al comentario de Le Bon, Carlo Neri había consignado el suyo: "miserable".

Leía, leía todo lo que caía en sus manos, todos los libros del baúl. Al principio se sentía algo culpable por perder así su tiempo en vez de dedicarse a la costura. Pero poco después fue dedicándole más horas a esos libros.

"Quiero saber con qué espada me matan", había escrito Carlo Neri al comienzo de un libro. A Gina le sorprendió la cantidad de textos que su padre había coleccionado, sobre todo de los enemigos del socialismo y el anarquismo en la Argentina: panfletos, revistas, recortes de diarios y, desde luego, libros. Gina había comenzado a concurrir a la biblioteca de un sindicato y eso la transformó en una persona sospechosa a los ojos de la policía.

Supo que un escritor, Miguel Cané, había presentado en 1899 un proyecto de ley en el Congreso que ordenaba la expulsión de los extranjeros peligrosos y que, a partir 1902 ese proyecto se había transformado en la Ley de Residencia. Aquél fue un tiempo de grandes huelgas en Buenos Aires. Y Juan Antúnez sintió que su mujer lo abandonaba. En vez de irse con otro hombre lo traicionaba con la política. Tuvo ganas de quemar el baúl, con los libros adentro.

Gina siguió llevando costura a las casas del centro y también a los talleres de las grandes tiendas que se habían abierto en Buenos Aires. Trabajaba a destajo, a tanto la pieza, sin patrón. Sin embargo, Gina estaba interesada en las posibles leyes capaces de proteger a las mujeres y a los chicos de las familias obreras. Por eso fue hasta el barrio de la Boca, junto a otras costureras, para escuchar a ese joven socialista, Alfredo Palacios, elegido diputado nacional en 1904. Palacios hablaba y vestía como los poetas, de corbata voladora y chalina sobre los hombros. Tenía bigotes de mosquetero y unos ojos muy lindos, como afiebrados, según apreció Gina en el local del mitin, de la calle Necochea. Cerca de allí, a una cuadra, funcionaba el teatro de títeres Sicilia, de don Vito Cantone. Gina sintió que algo de Italia vivía en ese barrio de los Pipoto, los Viga, los Filiberti. Sintió la nostalgia del mar y vio el Riachuelo.

"Hay que parar a los gringos", opinó Marcelo Peña. "Son gente de maldad, señor", aseguró el negro Cirilo, siempre obediente con sus patrones. La Ciudad padecía una ola de huelgas y disturbios. "Antes esto no se veía en Buenos Aires –comentó el comisario Benavídez–. Esos hijos de puta el Primero de Mayo se vinieron al humo contra la autoridad. No hubo más remedio que tirarles. Hubo varios muertos, sí, y bastantes heridos. Pero ellos se la buscaron, doctor, no me mire como si yo fuera un criminal."

–¡Esa tana con cara de mosquita muerta a mí no me engaña! –gritó el comisario Benavídez, al día siguiente de la violenta celebración del 1° de mayo de 1904 en la plaza Manzini.

    Él mismo se encargó de interrogarla.
    –¿Vos sos la hija de Carlo Neri?
    –La misma, señor.

—¡De tal palo tal astilla! Decime, che: ¿qué hacías en la manifestación?

—Pasaba por allí, comisario. Llevaba mi costura a la casa de una clienta.

—Tenés cara de mentirosa vos.

—Como usted diga, señor.

—¡No te me insolentes, desgraciada! —se impacientó el comisario, pero contuvo el deseo de pegarle.

—Llevaba mi costura... —insistió Gina.

—¿Así que trabajás el Primero de Mayo vos?

—Así es, señor; yo no me meto en líos...

—¡Sáquenmela de aquí! —ordenó Benavídez, antes de dar el permiso de salida.

Después le ordenó a su ayudante:

—¡No me la pierda de vista! Esta mujer anda como ladilla en todos lados! Dicen que quiere organizar un sindicato de costureras. ¡Échele un ojo, Muratore! Y después me cuenta...

—A la orden comisario —respondió el pesquisa, hombre muy prolijo, que escribía con buena letra los prontuarios.

Juan Antúnez la estaba esperando. Gina se trepó al pescante del carro, que echó andar por la Calle Mayor o Rivadavia, La Más Larga del Mundo. "Me parece que sos parecida a tu padre. El que lo hereda no lo hurta", comentó el carrero. Gina lo negó pero ya no estaba tan segura de lo que acababa de decir. Tal vez en los libros de su padre podía encontrar una explicación a lo que sentía. "¿Y si fuera así? ¿Si pensara como mi padre?", le preguntó a su marido, pero éste no le respondió, no quería hablar de esas cosas.

—A ver si me entendés, Gina, yo tengo bastante con lo mío...

—¿Y qué es lo tuyo, Juan?

—El trabajo.

—Yo también trabajo ¿no? Pero hay que pensar en los demás...

—Los demás no te dan de comer —sentenció Juan Antúnez.

Gina pensó que algo andaba mal en ese carro que se bamboleaba como un barco en el mar. Pensó que era por culpa de sus mareos de mujer y por su manía de andar preguntando todo.

—No quiero pelear —dijo.

—Yo tampoco —respondió el hombre, que a veces creía estar peleando con el fantasma de Carlo Neri.

Juan Antúnez pensó que la perdía. Le echó la culpa al baúl. De allí había salido el maleficio. Miró con rencor aquellos libros que lo alejaban de su Gina. Sin embargo, una tarde la vio sentada en el baúl, con aire inocente, de mosquita muerta, como decía el comisario Benavídez. Parecía contenta y preocupada a la vez.

—Fui a ver a la comadrona, Juan. Vamos a tener un hijo.

Durante los meses que siguieron, se vio a Gina orgullosa de su panza, llevando su costura a las casas del centro. Era como si todo el mundo se hubiese resumido allí, en esa vida que empezaba a crecer dentro de ella. Apoyaba su mano en el vientre al sentir que quien estaba por nacer daba sus señales. "Vení, Juan, se está moviendo", decía y tomaba la mano de Juan y la apoyaba en su vientre. Con alivio, Juan creyó que Gina se había olvidado de la política y de los libros de su padre. Se equivocó, sin duda. Pero durante esos meses se sintió más seguro de su mujer. Así llegaron hasta ese día de agosto de 1905. Desde hacía una semana caía, incesante, la lluvia. Pero para Gina Neri ése era el día más luminoso, porque había nacido su hijo. Quiso ponerle el nombre Libertario pero Juan Antúnez se opuso, "porque ése no es nombre de cristiano, Gina. Se va a llamar Rosendo, como mi padre". "Rosendo Libertario, entonces", concedió la mujer. Así lo anotaron, aunque Rosendo Antúnez jamás usó el Libertario, que se le antojaba una molestia.

Desde muy chico, Rosendo se aficionó al espectáculo. Seguía a las murgas en Carnaval y hacía cualquier cosa por entrar a un circo. En ese entonces, todos hablaban de Frank Brown, el payaso inglés que había levantado la carpa de su circo en Buenos Aires, después de recorrer medio mundo. A Buenos Aires no le faltaban circos: el de los Podestá, el de los Amato, el de Anselmi, el de Rafetto, el de los hermanos Luna, el que estaba en la calle Bermejo y Corrientes, el de los Escalante, en los baldíos de Balvanera, el de Brüner, el alemán, con sus carromatos pintarrajeados y La Mujer Más Gorda del Mundo. Cada circo tenía su especialidad y sus prodigios. Sin embargo, casi todos seguían una rutina semejante. Para empezar la función estaban los tonys, que se empujaban y caían al suelo y volvían a levantarse y a caminar por la pista con sus enormes zapatones que les hacían perder el equilibrio. Se reía la muchachada, los peones en su día de jolgorio, los barulleros que festejaban los golpes y caídas. Nada los hacía reír tanto como una corneta que imitara un ruido escatológico, una flatulencia de escándalo. También tenían su éxito las cachetadas en el aire y los porrazos mientras enrollaban la alfombra de la pista. A Buenos Aires le gustaba el circo, con sus equilibristas, saltimbanquis, magos, domadores, juegos de abalorios, saltos mortales, tigres, con el hombre disfrazado de Oso Carolina y el Cocoliche de camisa a cuadros y colores chillones, con su pantalón caído y su habla enrevesada de compadre italianado. Buenos Aires miraba en el circo su propio mestizaje y se reía. Había un levantador de pesas en el circo Rafetto que se hacía llamar El Judío y que tenía el pelo como viruta. Pero vaya a saber si era cierto porque otro, que se hacía llamar El Francés, había nacido en la Banda Oriental, en Tacuarembó.

–La culpa la tuvo Sarmiento –comentó el comisario Benavídez–, él trajo los gorriones, las maestras y los gringos...
    –¡Hay que joderse! –opinó el oficial inspector que seguía escribiendo, prolijo y con buena letra, los prontuarios de los extranjeros sospechosos.

A Marcelo Peña le parecieron un montón de mamarrachos esos que marchaban por la calle el 1° de Mayo de 1909. El Pardo Ruiz, su ladero, compartió su opinión y tocó, como al descuido, la culata del revólver.

–Parecen indios, doctor...

–¡Mamarrachos!

El oficial inspector se acercó a la cabeza de la manifestación, que venía de Plaza Lorea.

–Señores: tienen que disolverse. No tienen permiso para hacer este acto –les informó, siempre correcto y prolijo, el oficial Muratore.

No quisieron obedecer.

Se oyó el clarín con la orden de ataque del Escuadrón de Seguridad.

Un momento después la calle era un revoltijo de gente, de caballos, de hombres y mujeres y chicos que corrían entre los sablazos del Escuadrón.

–¡A ver si aprenden! –comentó el Pardo Ruiz y tocó otra vez la culata del revólver.

Se oyeron varios tiros. El empedrado y las veredas se mancharon de sangre.

Hubo noventa heridos y ocho muertos.

Cuando el comisario Benavídez los identificó, se detuvo en los nombres de dos revoltosos: Reniskoff y Besh.

–¡Extranjeros tenían que ser! –comentó, displicente.

Su hipótesis de que los gorriones y los extranjeros eran una plaga en Buenos Aires se confirmó el 14 de noviembre de 1909, al mediodía. Ese día, a esa hora, asesinaron al coronel Ramón L. Falcón, Jefe de Policía, y a su joven secretario, Juan A. Lartigau. Venían los dos en un carruaje por la avenida Quintana. Al llegar a Callao, un hombre cruzó la calle y arrojó una bomba en el interior del coche. Se oyó el estallido y se vio al sujeto que corría hacia la Recoleta. Unos policías y varios vecinos lo siguieron. Acosado, viéndose perdido, el hombre trató de suicidarse. Se disparó un tiro en el pecho, pero el proyectil salió desviado por una costilla. "Los extranjeros tienen suerte", comentó Benavídez.

"No lo mataron porque es menor de edad –precisó el Pardo Ruiz en la tertulia del café–. Lo trataron como si fuera un buen cristiano y hasta le curaron las heridas en el hospital Fernández. Hace menos de un año que está en la Argentina y apenas habla nuestro idioma. Es un ruso de Kiev; se llama Simón Radowitzky. Ahora no va a extrañar la nieve de Rusia. Ese turro se va a pudrir en Ushuaia. De algo estoy seguro: ése no pisa más Buenos Aires."

Gina veía crecer a su hijo, que al fin de cuentas era un argentino nativo y no un extranjero como ella, alguien sospechoso que, otra vez, de pura curiosidad, abría el baúl para leer los libros de su padre. Sintió la tristeza de la lejanía, el extrañamiento de toda mujer, de todo hombre que tuvo que dejar su patria. Se llevó el pañuelo hacia los ojos para limpiar una lágrima imprudente. Por la calle de tierra venía bamboleándose el carro de Juan Antúnez.

Vals del Centenario

—Mirá, Deolinda, mirá: ¡se viene la fin del mundo! —dijo asustado el Pardo Ruiz aquella mañana de 1910.

—¿Y de áhi? —le preguntó su mujer, mientras cebaba el mate.

—¿Cómo decís "y de áhi"? ¡Que si se estrella el cometa, se acabaron los festejos! —argumentó el Pardo Ruiz.

—¿Del Centenario, che? —le preguntó la incrédula.

—¿De qué otros? Si hace cuatro años que el doctor Peña se viene preparando para la ocasión. Dice que van a venir los que mandan en el mundo, hasta la tía de un rey. Pero si cae el cometa...

—¡Dejate de macanas, che!

—Lo dice el diario, mirá. Hasta pone el día en que el Halley va a chocar con la Tierra: el 18 de julio.

—¡La fiesta es el 9 y por eso no se va a suspender! —afirmó su mujer.

—¿Y qué vas a festejar si después se te cae el mundo encima?

—¡Y dale con el cometa! Mirá, Pardo: vos te caíste del catre. Creés lo que dicen los diarios. Yo, por suerte no sé leer.

—A ver si tenés razón y me preocupo en de veras de algo que no va a pasar.

—Es lo que yo digo, Pardo. Y mejor andá saliendo que el doctor Peña debe estar esperándote.

—Dame la trompa, negra —pidió el Pardo y la besó antes de salir a la calle.

El país del Pardo y la Deolinda era, según decían, el mejor país del mundo. Y Buenos Aires, una de las ciudades más lindas de la Tierra. Hubiera sido una lástima que el cometa Halley terminara para siempre con aquella ilusión.

Lindo país, de verdad. En el Jockey Club de la calle Florida, Marcelo Peña comentaba con sus amigos los alcances de la celebración "que pondrá a la Argentina en boca de todos, caballeros". Nadie lo dudaba entre las buenas familias: los Paz, los Peña, los Quesada, los Martínez de Hoz, los Cobo, los Marcó del Pont, los Melo, los Cané, los Güiraldes. El que más, el que menos, todos habían vivido algún tiempo en París. Y algo de esa ciudad se reflejaba, como en un espejo, en Buenos Aires.

"Una gran ciudad de Europa", dijo el francés Georges Clemenceau al llegar ese año a Buenos Aires. Sin embargo, criticó sin piedad la arquitectura de influencia italiana pródiga en astrágalos y florones. Prefería el verde de Palermo, "verdadero *Bois de Boulogne* argentino", obra de otro francés, *monsieur* Thays. El español Blasco Ibañez, por su parte, contemplaba complacido el movimiento de esta ciudad, cosmopolita y babélica, con sus tranvías eléctricos y su gente criolla e inmigrante. Entretanto, un visitante inglés observaba, atónito, el extraño y colorido palacio de Aguas Corrientes de las calles Córdoba, Riobamba, Viamonte y Ayacucho. "Creía estar en un templo de la India", dijo aquel súbdito del Imperio Británico.

La Infanta María Isabel Francisca de Asís y Borbón ya estaba en Buenos Aires, la princesa de Asturias, la amada tía del rey de España Alfonso XIII. Amplia de cuerpo, andaba por Buenos Aires seguida por un grupo selecto de señoras de la sociedad porteña: Elisa Uriburu de Castells, María Teresa Quintana de Pearson, Dora de Bary de Cazón, Carmen Marcó del Pont de Rodríguez Larreta, Rosa Ocampo de Elía, Susana Torres de Castex y María Baudrix; cortejo que la Infanta definió como "mi real servidumbre". Iban las beldades de un lado a otro, con la Infanta y su dama de compañía, la duquesa de Nájera. Se deslizaban por la Ciudad como quien baila un vals.

Señoras de pechos altos
y de cintura de avispa,
que con la Infanta Isabel
se pasearon por Florida.

Pedro Orgambide

En la Avenida de Mayo
hicieron su comitiva
y al ir a la Catedral
con la Infanta oyeron misa.
Las veo bailar el vals
entre suspiros y risas
Señoras del Centenario
que ya no están en la vida.

Eran días de fiesta, días de jolgorio. Pero, como informó la policía, no se pudieron evitar algunos excesos. Grupos de muchachos de la clase alta, muchos vestidos de esmoquin, salieron a la calle en busca de socialistas y anarquistas, de sospechosos extranjeros. Fue una exploración ruidosa, que la policía no pudo o no quiso evitar. Gina los vio cuando asaltaron los locales de *La Protesta* y *La Vanguardia* y quemaron sus muebles como en la fogata de San Juan. "Son niños bien que se divierten", se dijo y pensó en el baúl con los libros de su padre que ellos hubieran quemado aquella noche de mayo de 1910. Eran los seguidores del barón de Marchi, del doctor Aubne, del capitán Lara, del diputado Carlés. "Patriotas, se sienten patriotas porque atacan a los que no piensan como ellos", se entristeció.

—¡Andá a lavar los platos, atorranta! —le gritó uno de los muchachos mientras le daba un golpe que la hizo caer junto al cordón de la vereda.

—¡Morite, infeliz! —le gritó otro, casi un niño, un adolescente de aire angelical.

—¡Viva la Patria! –gritó un tercero, en la calle Florida, frente al circo de Frank Brown.

Le prendieron fuego.

—No era lugar para un circo –los justificó Marcelo Peña al observar los vestigios del incendio, camino al Jockey Club.

El que sucumbió víctima de su propia exaltación fue el periodista Panchito Elías, alias El Conde, quien escribió algunas de las mejores notas que se publicaron en ese tiempo. La policía lo detuvo, acusado de protagonizar ciertas escenas obscenas en un lugar público, como el Pabellón de las Rosas. Cuando lo llevaron frente al juez, Panchito Elías, alias El Conde, se defendió diciendo que él no era un vulgar degenerado ni un demente.

"No, Su Señoría: estoy en pleno uso de mis facultades mentales. Lo que ocurrió en el Pabellón de las Rosas fue un malentendido, un exceso de fervor patrio quizá, pero no un hecho censurable, según mi criterio. Como usted sabe, señor juez, yo soy uno de los tantos periodistas encargados de seguir los festejos, cosa que cumplí hasta hoy sin ninguna queja por parte de mis superiores. Más aún: fui felicitado por la galanura de mi prosa al describir la llegada de la infanta Isabel de Borbón. También elogiaron mi dominio del francés y mi sagacidad en la entrevista que sostuve con Georges Clemenceau. Ya ve, señor juez: no soy un *parvenu*, no soy un cualquiera. Soy un crítico de arte, aficionado al teatro y a la música. Por eso estuve en el Pabellón de las Rosas cuando se realizó el cuadro vivo, cuando ocurrió ese desdichado episodio. Perdone mi jactancia, Su Señoría, pero tengo alguna experiencia en hechos teatrales. Yo estuve, como se recordará, cuando pusieron esa bomba en la platea del Teatro Colón. Oíamos la ópera *Manon*, de Massenet, cuando estalló la bomba del ácrata y saltamos, literalmente, por el aire. Comparado con esto, creo que el episodio que ocurrió en el Pabellón de las Rosas carece de importancia. No estaba borracho, señor juez, ni bajo los efectos de los paraísos artificiales. En todo caso, cierta exaltación, que no niego, era consecuencia de la poesía dedicada al Centenario. ¿Nombres? Cómo no. Le estoy hablando de unas odas del señor Leopoldo Lugones y de unos versos a los ganados y las mieses, de un canto celebrante de Rubén Darío, el divino Rubén. Tuve el honor de escuchar esas composiciones. ¿Dónde estábamos? Ah, en el Pabellón de las Rosas. Sí, Su Señoría: recuerdo perfectamente lo que ocurrió. Me senté cerca del escenario para ver el cuadro vivo. Algunas señoritas y jóvenes de nuestra alta sociedad revivían en la escena los acontecimientos de 1810. Hermoso cuadro, señor juez. Comencé a sentir una indescriptible emoción. La misma creció hasta la desmesura cuando reparé en la Belleza de la señorita que representaba a la Patria. Era una muchacha de formas generosas que hubiera hecho las delicias de Rubens. Hizo las mías en ese momento. Sentí una loca taquicardia y me puse de pie para cantar el Himno. Mientras cantaba, veía sus opulencias, semejantes a las riquezas de nuestra querida y gloriosa Nación. Estaba feliz, dichoso por observar ese espectáculo. Entonces ocurrió lo que no debió ocurrir. Según dicen, subí al escenario y me abracé a la Patria, es decir a la señorita que la representaba en esa ocasión. La acariciaba, dicen, y besaba sus pies. "A sus plantas rendido un león", etcétera. No, no recuerdo más, Su Señoría. Desperté en la Asistencia Pública, junto a un enfermero y un vigilante. Y ahora estoy aquí como un delincuente o un chiflado, no lo sé, un caso para el doctor Ramos Mejía, según dicen. Nada tengo que agregar, señor juez. Para mí, la fiesta ha terminado."

Milonga del barrio Once

*Milonga del barrio Once
milonga de gente hebrea,
de quien trajo la tristeza
que en la milonga se esconde.*

*Perseguidos, gente pobre,
vieron nacer otra estrella,
que brilla en estas veredas,
en las veredas del Once.*

*Obreros, hombres muy hombres
que en una huelga se juegan*

y una rusa milonguera...
¡que baila tangos con corte!

Milonga del barrio Once
levitones, gente hebrea,
cantan triste cuando rezan...
...¡igual que los payadores!

Milonga del barrio Once
milonga del diecinueve,
cuando se armó aquella bronca
y sufrió tanto inocente.

Evaristo Soria, obrero de los Talleres Vasena, cuenta la historia que vivió en el ardiente verano de 1919. "A esos días, señores, ahora se los llama la Semana Trágica. Yo los viví; no es cuento... Todo comenzó el 3 de enero, compañeros, cuando empezó la huelga. Eran las 5.30 cuando vimos llegar una chata custodiada por agentes de la comisaría 34 y la guardia de infantería. Fue en el cruce de Santo Domingo y la avenida Alcorta. Allí empezó el batifondo, compañeros", cuenta Evaristo Soria. "Se intercambiaron más de trescientos disparos", precisa. Recuerda que entre los huelguistas había uno con el que siempre andaba en yunta: se llamaba Martín Tobler.

—Martín tenía una hermana, a quien le decían Táibele o Paloma.

—¡Qué nombre raro! —comenta un imprudente.

Los otros callan, como en misa.

Evaristo Soria sigue contando: "Al otro día, el 4 de enero, se produjo un nuevo enfrentamiento en Alcorta y Pepirí. Hubo varios muertos. El 7, se sumaron a la huelga los marítimos. Se acuartelaron las tropas, se atrincheraron en las esquinas... Y Buenos Aires se llenó de muerte, compañeros...".

–¿Y qué pasó con la Paloma? ¿Se voló? –lo interrumpió el imprudente.

–Vamos despacio, que para todo hay tiempo –respondió Evaristo Soria–, hasta para la muerte.

Es hombre viejo ya, pero no lo era en 1919. Puede verse como un joven criollo, medio compadre, que comenzó como carrero antes de entrar como meritorio en el taller. "Mi amigo Martín fue quien me enseñó el oficio." Después habla de la hermana de Martín, "una linda moza, de grandes ojos y boca como queriendo y pechos generosos, señores". Siguió contando Evaristo Soria y ellos pueden imaginar al hombre cuando se acercaba a la muchacha; lo pueden ver, como si estuvieran en el biógrafo. Evaristo se arrimaba, contoneándose, con su pantalón bombilla, la camisa blanca y el pañuelo al cuello. Ella se hacía la distraída y seguía cantando.

–Buenos días, moza. Así da gusto despertarse, con el canto de una calandria.

–¡No es para tanto, diga!

–¿Qué no? La oigo y el corazón se me hace potro, créame.

–¡Exagerado!

–Paloma...

–¡Cuidao, que ái viene mama!

En el verano de 1919, en un conventillo del barrio del Once, la madre de Táibele, doña Berta, no entiende por qué su hija es tan aficionada a los tanguitos. "¡Oh, Dios! ¿Qué canta mi Táibele? ¿Qué dice?", se queja doña Berta. Táibele o Paloma se va al taller, donde están haciendo unos vestidos muy lindos, "pa' unas señoras de lo más distinguidas ¿sabe? De esas que salen en las revistas. ¿Usted cree que algún día podré ser como ellas, mama? ¿Que no? ¿Que ni sueñe?". Pero Táibele se ríe, porque ella no es como su madre, ella es argentina. No tiene por qué estar llorando por lo que pasó allá, en Rusia. Es distinto. "Aquí no hay ningún pogrom", se dice mientras camina por la vereda hacia el taller.

"Pero aquí había estallado la guerra, compañeros", comenta Evaristo Soria.

Martín Tobler andaba de un lado a otro con el asunto de la huelga; organizando, hablando con los compañeros. La cosa venía fea, la verdad. Y doña Berta se ponía como loca. Temía por su hijo, como cualquier madre. Pero Martín no es cualquier hombre.

De todos modos, Martín Tobler se hacía un tiempito para visitar a su madre, para tranquilizarla. Evaristo Soria lo acompañaba en esas visitas, y aprovechaba el rato para conversar con Táibele.

Se quedaba con ella, dándole alpiste a los canarios, mientras Martín conversaba con su madre y su abuelo.

—¡Aj, miren quién llegó! –dice doña Berta–. ¿Ya arreglaste el mundo vos?

—No sea mala, mama. Dele un beso a su hijo –decía Martín y la levantaba en brazos como si ella fuera una chiquita.

—El mundo que vos querés no lo verás... ni tus hijos... ni los hijos de tus hijos... –le dice su abuelo, siempre con su libro bajo el brazo.

—¡En Rusia hicieron una revolución, Zeide!

—¿Y eso es bueno para nosotros?

—Nosotros... ¡Siempre nosotros!... Es bueno para los pobres... –se impacienta Martín Tobler.

—Los pobres también nos tiraban piedras cuando estábamos en Rusia.

—¡Tiene razón tu abuelo! Así era –intervino doña Berta.

—Ahora es distinto.

—¿Y cómo lo sabés, Martín Tobler? ¿Estuviste allí?

—Es distinto.

—¿Sí? ¿Porque vos lo querés, creés que va a ser distinto? –pregunta la madre.

—Algún día los hombres van a tener una sola patria: van a ser ciudadanos del mundo.

—¿Qué tontería es ésa, Martín? –replica el Zeide–. ¡Ciudadano del mundo!... ¿de qué mundo hablás?... ¿de éste?... Si vas por la calle, por cualquier calle del mundo, por Moscú o por Odessa... o por Buenos Aires, y te ponés a gritar: "¡Soy ciudadano del mundo! ¡Soy ciudadano del mundo!", ¿qué creés que ocurriría, mi pequeño Martín?

—¡Oh, Zeide, no lo sé! Es posible que me dijeran loco...

—¡No, Martín, no!... Dirían ese *judío* está loco. ¡Ésa es la diferencia con tus compañeros! A ellos les dirían locos. Pero a vos lo primero que te dirían es: *¡Judío!* Vos lo sabés. No sos tonto, mi pequeño Martín.

Hablaban así, el abuelo y el nieto, un poco en argentino y otro en el idioma de ellos en esa tarde del verano. Evaristo Soria no los oía. En medio del bullicio de los pájaros sentía a Táibele muy cerca, con el perfume de su piel como de agua florida y de jazmines. Dicen que es sonso el cristiano macho cuando el amor lo domina. Para Evaristo Soria, verla era una bendición.

"No te vayas", le dijo Paloma esa tarde. "Tengo miedo por vos, por lo que pueda pasar."

Los diarios contaron la historia a su manera, como siempre. Es cierto que las mujeres de los huelguistas enfrentaron con piedras a los crumiros, a los carneros de Vasena, a la policía y a los bomberos y a los matones que venían en los carros. A todos. Como más tarde al ejército y a la marinería. Durante días la ciudad se llenó de sangre y de miedo. Los obreros levantaban a sus muertos y seguían peleando. Un día y otro y otro. Martín parecía un dios en medio de las balas.

"Todo lo que hace, todo lo que hará,
será bueno.
Y los malos serán arrebatados por el viento",

leyó El Zeide en su Libro.

—¿De dónde sos? —preguntó el comisario Benavídez, que había ascendido a Jefe de Orden Social.
—De aquí, señor, de Buenos Aires —respondió Martín. Tenía los ojos semicerrados por los golpes; un hematoma en el pómulo derecho, y de la ceja izquierda, abierta, manaba sangre que Martín trataba de contener con un trapo. La camisa también estaba manchada de sangre.
—¿No sos ruso vos?
—Mis padres son de allí; yo nací en la Argentina.
—Los revoltosos no tienen patria. Vos no tenés patria —dictaminó Benavídez.
—Mi patria es la Humanidad. Soy socialista.
—¿Religión?
—Ninguna.
—¡Ya lo decía yo!
—Como usted diga.
—Conmigo no te retobés.
—No, señor.
—No me gustan los judíos ¿entendés?

"Cíñete ahora como varón
tus lomos.
Yo te preguntaré y tú responderás:
¿Me condenarás a mí
para justificarte a ti?
¿Tienes tu brazo como Dios?
¿Tronarás con una voz como la suya?
Vístete ahora de majestad.
Vístete de honra y de hermosura",

leyó El Zeide en el Libro.

—¿Dónde estás, Dios? —preguntó Berta—. ¿Qué hiciste de nosotros?

—Él nunca nos dejó —respondió El Zeide.

—¿Y vos qué sabés? ¡No hacés otra cosa que leer tu maldito libro!

—Allí está la Verdad, hija.

—¿Acaso está mi Martín allí? ¿En cuál de esas palabras está mi hijo?

—En todas las palabras del hombre está Dios, al que no se nombra. Todos somos apenas el suspiro, el aliento de una palabra sagrada. Todos: los hombres y los animales y las plantas y las estrellas de todo el universo. Pero vos gritás, gritás... y no podés oír el suspiro de una sola palabra. Hay rencor en tu corazón, Berta.

Entonces se oyó una voz muy dulce, la voz de Táibele que cantaba. Los vecinos no oyeron sus tanguitos sino una música triste, como de iglesia, las canciones de ellos, que ahora Táibele cantaba por todos.

—Cantá, Táibele, cantá —le pedía su madre.

Esa tarde, El Zeide fue a rezar a una sinagoga del barrio del Once. Al salir, le cerró el paso un grupo de muchachos que bajaron de un automóvil con sus armas largas y sus brazaletes con los colores patrios. Lo empujaron, le dieron varios puntapiés. El Zeide no levantó los brazos como ellos esperaban ni les imploró perdón. Eso los perturbó, los enojó más. "Judío de mierda", dijo uno. Otro le agarró las barbas blancas mientras decía haciéndose el payaso: "¡Chivo!... ¡chivo mee!". Los guardias blancas se rieron como si estuvieran en el cabaret, borrachos y tirando manteca al techo.

—¿Y si lo mato? —preguntó uno cuando lo apuntaba con su carabina.

El Zeide permaneció impasible. Volvieron a golpearlo hasta que cayó en la vereda en un charco de sangre.

Evaristo Soria lo encontró tirado en la calle. Lo levantó y lo llevó al conventillo. Doña Berta y Paloma lo acostaron en la cama, donde el viejo se quedó dormido.

Doña Berta se quedó cuidándolo.

En el patio, Evaristo le contó a Paloma lo que había ocurrido una hora antes.

—Veníamos por Corrientes, para enterrar a nuestros muertos. En Yatay, vi el humo de una iglesia incendiada. Nosotros no queríamos eso, Paloma.

—Yo creí que sólo se quemaban sinagogas, Evaristo.

—Hasta en el cementerio, hasta en la Chacarita, nos metieron tiros.
—¿Qué mundo es éste? —preguntó Táibele y en ese momento se oyó el silbido de una bala perdida.

Táibele se le cayó en los brazos a Evaristo Soria.

Meses más tarde, en la prisión de Ushuaia, Martín Tobler se enteró de la muerte de su hermana Paloma, a quien ellos le decían Táibele.

Milonga, sos mi memoria
de las cosas que se van
de lo que pasa y que sigue
de lo que estuvo y no está.

Milonga: sos lo que queda,
cuando ya no queda más
que el humo de tanta hoguera
que se encendió en la ciudad.

Fue en ese ardiente verano
yo no lo puedo olvidar
que cayeron mis hermanos
por un cachito de pan.

"Como les digo —aclara Evaristo Soria—, no hablo sólo por mí, por mi desdicha, que cada hombre tiene su sufrimiento. Pienso en todos, señores, en esos compañeros que perdimos en los días de la Semana Trágica, y no sólo en aquél en que perdí a Paloma para siempre."

Tango que me hiciste mal

A Rosendo Antúnez el nombre de Libertario le venía sobrando, así que se lo quitó a mediados de los años veinte, cuando debutó como bandoneonista en la orquesta típica del maestro Rivero. Rosendo Antúnez tocaba a la manera canyengue, marcando con rigor las acentuaciones. Juvencio Zárate, El Porteñito, lo miraba con admiración. Muy compadre, Rosendo Antúnez marcaba la percusión con la palma de la mano en el instrumento; hasta se permitía un chistido con los dientes, imitando a su padre, el carrero, quien había muerto ese verano. Allá por los veinte, en

Buenos Aires, la orquesta típica se hacía oír en cabarés como el Montmartre, de la calle Corrientes, entre Uruguay y Paraná; en el Palais de Glâce, que visitó el Príncipe de Gales; en el Armenonville, donde se consagró el dúo de Gardel y Razzano; en cafés y bares como La Armonía, de tradición tanguera desde el Centenario. A todos visitó Rosendo Antúnez, primer bandoneón de la orquesta típica del maestro Rivero.

También visitaba Rosendo a su amigo Juvencio Zárate, que vivía en el conventillo de los rusos, en el Once. Pasaba por allí después de visitar a las putas de un prostíbulo de la calle Junín, que administraba un polaco aficionado a la milonga.

Una tarde, al salir de esa casa, el Pardo Ruiz, borracho, comentó con insolencia:

—Oiga mozo: usted no toca tan mal el bandoneón, por ser el hijo de una gringa.

Rosendo, el hijo de Gina Neri, le respondió:

—Perdone, señor; no peleo con viejos. ¡Vaya a dormir, que se hace tarde!

En el conventillo del Once, Juvencio Zárate, como veterano radical, le hizo una confidencia que lo avergonzaba. Le contó las mudanzas o agachadas políticas del moreno Domingo Santa Cruz, autor del tango *Unión Cívica*.

—Vos sabés que Domingo, El Rengo, es, ¿quién lo duda?, un músico criollo de gran mérito. Eso lo sabe todo el mundo. Lleva la música en la sangre. Su padre, el negro José, tocaba polcas y mazurcas en el acordeón durante la guerra del Paraguay. El que lo hereda no lo hurta, che. Así que Domingo se hizo músico de tango. Y escribió ése que todos conocemos: *Unión Cívica*. Lo hizo como homenaje a un caudillo de la Unión Cívica Nacional, cosa que yo no sabía, la verdad. Me confundí, como muchos radicales que lo tomaron como himno del Partido. No te rías, Rosendo, que es para llorar. El hombre anda por los boliches de La Boca y los salones del centro y toca su tanguito. Está en su derecho. A lo que no tiene derecho, creo yo, es a tocarlo en los comités conservadores que ahora frecuenta.

–¿Y por qué no? –lo palmeó Rosendo–. Cada uno se gana la vida como puede. Ya te lo dije: la política es muy puta.

Florencia, la mujer y compañera de baile de Juvencio, El Porteñito, la ex equilibrista, ya no salía a trabajar. Se quedaba en casa. El Porteñito siguió bailando por un tiempo, aunque ya no era el mismo. A veces lo contrataban en un teatro, otras, para un festival o una kermesse. Bailaba en el café Los Andes, de la calle Suipacha, y de allí se corría hasta el teatro Nacional, de la calle Corrientes, o al teatro Ópera, también en Corrientes, entre Suipacha y Esmeralda. "Todo cerquita, todo a mano", como decía Florencia, mujer muy de su casa, que sólo fue milonguera en el escenario o en la pista. Nunca la confundieron con esas otras que bailaban con sus clientes a diez centavos la pieza. El Porteñito no se lo hubiera permitido. Y ella nunca le faltó. "¿Él? No sé. Los hombres son gallos que andan picoteando aquí y allá", decía Florencia a quien quisiera escucharla.

—Me voy, amigos —se despedía Rosendo—. La charla está muy linda, pero tengo que visitar a mi madre.

—Por favor, me la saluda —le pedía Juvencio desde la puerta.

Un día de setiembre Evaristo Soria regresó al barrio del Once, al patio donde murió Paloma. O Táibele, como le decían. Se quedó mirando las baldosas, las macetas, las plantas que Táibele regaba mientras cantaba un tango. Evaristo Soria golpeó las manos para anunciarse. Al rato, conversaba con doña Berta en la pieza de los rusos. Era como estar en otro país, con el samovar, el edredón, los retratos de esos barbudos y de las mujeres con sus pañuelos negros, que miraban del otro lado de la muerte. Evaristo Soria tomó el té que le ofrecían. Dijo que venía del Sur, de la Patagonia, y que había visto a Martín Tobler. "No, en la cárcel de Ushuaia no. De ahí se escapó. Anda por Río Gallegos y se cambió de nombre, doña Berta. Él sabía que usted se iba a enojar. Pero no, no es un renegado, doña. Lo hace por prudencia, por necesidad, para que no lo fichen y lo metan preso otra vez, ¿entiende, Doña? ¿Acaso no cambian de nombre las calles y los tangos y siguen siendo lo mismo? ¿Cómo se llama ahora? Martín Arana. ¿Que es nombre de cristiano? Tiene que ser así, Doña, porque Martín está trabajando en la Sociedad Obrera de Río Gallegos, donde hay demasiados extranjeros y no quiere despertar sospechas. Yo me vuelvo para allá, Doña. Si le quiere escribir unas líneas, yo se las llevo. No, no es ninguna molestia."

Evaristo tomó el subte que lo dejó en Primera Junta, y de allí, el tranvía hasta Flores, donde vivía Gina. Esa tarde, frente a la ventana, ella miraba caer la lluvia que regaba los malvones. Se cebó un mate, oyó el retumbar de los truenos y vio, sobre el cielo negro del Oeste, la luz de los relámpagos. Fue en ese momento que Evaristo Soria llegó hasta la puerta de su casa. Parecía un pato mojado, con la cara y la gorra empapada de lluvia. "Soy Evaristo Soria –se presentó–. Traigo el mensaje de un compañero." "Pase, hombre, ¿qué espera?", le ordenó Gina.

Lo condujo hasta la cocina, donde Evaristo se quitó el saco y la gorra. Después, le entregó a Gina el mensaje de un compañero que había huido a Chile después de las matanzas de la Patagonia. "Allá se quedó Tobler también", informó Soria y le vino otra vez la tristeza, el recuerdo de Táibele regando las plantas y cantando tangos. Gina tomaba mate dulce, como los gringos, pero a él le sirvió unos amargos que Evaristo Soria agradeció, porque hacía mucho tiempo que no estaba en una casa, atendido por una mujer. Y aunque hablaban de política, el olor de la lluvia que llegaba del patio de tierra y la mirada de Gina decían otra cosa. Evaristo tomó otro mate. Se quedaron juntos un rato largo, sin hablar, oyendo la lluvia.

El escarpín de baile y la alpargata

"Yrigoyen es un Lenin con poncho", dicen sus detractores. No es cierto: ya no es el conspirador que urde revoluciones en las orillas de la Ciudad. Es el Presidente. El Señor Presidente desde 1916. Se asoma a la ventana de la Casa de Gobierno; mira la Plaza de Mayo, el Cabildo, la Catedral. Si llegó hasta allí es por algo. No responderá a los insultos sino a la voluntad de la gente. No, no es el hijo de Rosas, como dicen, sólo porque su madre frecuentaba la casa del Restaurador y su padre era uno de sus protegidos. Son cuentos, calumnias que hombres sin escrúpulos se encargan de difundir. "Es el sobrino de Alem, el señor de Balvanera." Eso es verdad, sí. Pero él llegó más lejos que su tío. Presidente. Señor Presidente de la República. Suena bien. Recuerda el día en que los suyos, los más pobres, los del suburbio, la chusma radical, como dicen, en Plaza de Mayo soltaron los caballos de la carroza en que venía y llevaron el carruaje a pulso.

Muchos recordarían ese día como una desgracia, un contratiempo y fealdad de la Historia.

"Fue un día terrible –dijo un oligarca–, escupieron hasta las alfombras de la Casa de Gobierno. Hemos pasado del escarpín de baile a la alpargata."

El hijo de un vasco, del carrero Martín Yrigoyen, era el presidente de los argentinos. Buenos Aires, el país, el mundo, habían cambiado. La Ciudad no era la misma que Hipólito Yrigoyen veía desde el pescante, en lo alto de un carro. Tampoco era igual a la de 1890, cuando anduvieron a los tiros en el Parque. "¡Tantos muertos, tanta gente perdida, carajo!", se dijo Yrigoyen, que miraba la Plaza de Mayo desde la ventana. "Pero el pueblo votó, por fin. Sin fraude. Sin miedo. Cuesta llegar", pensó Yrigoyen, que ahora era el presidente de los argentinos, les gustara o no a los Marcelo Peña, a los Ocampo, a los Anchorena, a todos esos oligarcas que se burlaban de él. Cuesta llegar. Como el tranvía en la calle empinada, que necesita la ayuda del cuarteador. Ya no hay cuarteadores, claro, la ciudad no es la misma. Está linda Buenos Aires, como siempre. Como en los festejos del Centenario de 1910 que no pudo disfrutar. Le hubiera gustado sentirse libre ese día y caminar como cualquiera por las calles iluminadas con luces de colores, sin sentir que lo andaban persiguiendo. Ahora es una ciudad de gringos y criollos, de parroquias bravas donde talla la Unión Cívica Radical. No es la de los Álzaga o los Paz y los Seeber, con sus palacetes, ni la del Jockey Club con sus biombos de China y sus pinturas, su porcelana y su vajilla de plata. Hay otra ciudad también: la de los barrios y los conventillos y la del mercado de Abasto. Una ciudad dentro de otra; una con negocios y casas de departamentos hacia arriba y otra, subterránea, con un tren que la recorre. Una ciudad dentro de otra: la ciudad radical y plebeya, y la aristocrática, enemiga de Yrigoyen, el presidente cuya madre era la hija de un mazorquero. El escarpín de baile o la alpargata. Una u otra. "Siempre fue así, nunca hubo una sola Buenos Aires", se dice el hombre que mira la Ciudad desde una ventana de la Casa de Gobierno. Pronto la va a dejar. Marcelo T. de Alvear será presidente. Se irá la alpargata y volverá el escarpín de baile.

—¡Unicato! —gritaban los alvearistas en el salón Príncipe George donde se reunía el Comité Radical.

—¡Traidores! —les respondían los hombres de don Hipólito, entre los que estaba Juvencio Zárate.

Voló una silla. Alguien agarró un palo y lo partió en la primera cabeza que encontró. Juvencio Zárate lo derribó de una trompada.

—¡Calma, radicales! —trató de poner orden quien presidía la asamblea. Fue inútil. En medio de los insultos y los puñetazos, El Porteñito, tanguero y hombre de la noche al fin, se arregló la corbata.

Dos meses más tarde, el 14 de setiembre de 1923, bajo el altavoz del diario *Crítica*, el mismo Juvencio Zárate, alias El Porteñito, oía la transmisión de la pelea de Luis Ángel Firpo, el Toro de las Pampas, con Jack Dempsey, el campeón mundial de todos los pesos. Hacía mucho que Juvencio no usaba el cuchillo ni andaba en las trifulcas de la noche. Si tenía que pelear lo hacía a puño limpio. Pocas veces, en verdad: ni él ni la Ciudad eran los mismos.

Le hubiera gustado estar arriba de un ring, haciendo juego de piernas, como bailando, tirando golpes, agachándose, esquivando con juego de cintura y de cabeza, metiendo un gancho como el de Toro de las Pampas a Jack Dempsey. Era como si uno estuviera allí, jugándose el pellejo. En la calle, entre la gente que seguía la pelea bajo el altavoz, Juvencio sintió orgullo por Firpo, por ser criollo y hombre de coraje. Atacaba el norteamericano ahora y el argentino aguantaba a pie firme y luego respondía como un toro, como lo que era, y sacaba fuera del ring al campeón del mundo con un *cross* a la mandíbula.

Duró poco la gloria: tres minutos de un round y cincuenta y siete segundos de otro, en que el argentino cayó vencido por K.O.

—¡Siempre lo mismo! ¡Al final siempre perdemos! —se quejó un hombre gordo y se alejó protestando.

En el Tiro Federal, el teniente Antonio de los Llanos no falló un solo disparo frente al blanco móvil. Lo mismo que en el polígono del Colegio Militar, donde se desempeñaba como oficial instructor. Tiró otra vez. Y otra. Volvió a cargar el máuser. Disparó como lo había hecho meses antes, en la Patagonia, frente a los huelguistas que habían tomado como rehenes a los patrones de las estancias. Alguien tenía que darles un escarmiento. Si el Presidente no hacía nada, ellos debían proceder en su nombre. Tiró otra vez. Y otra. Y otra.

Cuando vació el cargador, dejó el arma. Prolijo, la revisó y la depositó, limpia, en manos de un cadete. Miró el reloj. Era hora de encontrarse con Marcelo Peña, su tío político, para almorzar.

Comían en el restaurante del lago, cerca del Tiro Federal. Un músico pasaba tocando su violín entre las mesas.

–Contame qué pasó, Toñito –le pedía Marcelo–; decime si es verdad lo que contaron los diarios, ¡qué barbaridad! ¿Es cierto que esos bandoleros se robaban la caballada y las armas y la plata de la gente decente?

–Cierto, tío, así era.

–¿Te das cuenta? ¡A lo que llegamos en este bendito país!

Pasó el violinista tocando el *Danubio Azul*.

–¿Tuviste miedo?

–No.

Era difícil explicarle a un hombre que comía y bebía despreocupado, lo que uno sentía allá, en el Sur, en esos días.

–Te envidio, Toñito. Me hubiera gustado salir a cazar a esos revoltosos. A Facón Grande, por ejemplo.

El teniente Antonio de los Llanos se molestó. Se impacientaba frente a los civiles que querían tomar las armas, como si el Ejército no fuera suficiente. Como ocurrió allá con Ibon Nova, el de la Liga Patriótica, que se puso al frente de las patrullas civiles de los estancieros que salían en sus automóviles para hacer justicia por su cuenta.

—Con el Ejército basta —dijo.

—Está bien, Toñito, no te enojés. Pero una ayudita nunca viene mal.

"No sabe lo que fue eso —pensó Toño—. Me hubiera gustado verlo entre la roña y la sangre, frente a las fosas abiertas por los mismos prisioneros, mientras silbaba el viento del Sur."

"¡Fuego!", había ordenado él y los hombres habían caído como muñecos en las fosas. Eso fue todo. No quiere pensar más. Cumplió órdenes. Un soldado debe obedecer las órdenes que recibe.

—Esa gente iba a terminar por hacer un *soviet* en la Patagonia —lo tranquilizó Marcelo Peña mientras el violinista seguía tocando el *Danubio Azul*.

—A veces pienso en don Cristóbal de los Llanos, que cabalgaba por aquí junto a Manuelita Rosas —comentó Marcelo Peña.

Sus mayores habían sido hombres de a caballo. Él no.

—Yo pertenezco a la sacrificada Infantería —ironizó Antonio de los Llanos. Pero Marcelo Peña pensó que ésa era una queja y una disculpa.

—Sos un soldado de la Patria y eso es lo que importa.

Agostino Serpa tuvo una discreta reunión con algunos jóvenes oficiales en el Círculo Militar. Venía de Italia. Había marchado sobre Roma con Benito Mussolini. Aquí, en

Buenos Aires, era un próspero comerciante italiano. Don Agostino opinaba que había llegado el momento de actuar, y quería fundar el Partido Nacional Fascista.

—¿Y por qué nos cuenta esto a nosotros? —le preguntó el teniente Antonio de los Llanos.

—¿Por qué? Porque ustedes son los guardianes de la Patria y tienen que ser los primeros en enterarse.

—¡Ya nos vamos a enterar, pierda cuidado! —le respondió Toño de mal modo.

Dejó la reunión. No soportaba a los entrometidos que intentaban dar lecciones al Ejército. No entendía por qué los civiles pedían a los militares que intervinieran en sus asuntos. Pensó que, tarde o temprano, ellos golpearían las puertas de los cuarteles. Trató de olvidar, de distraerse. Y esa noche se fue a bailar unos tanguitos al Pabellón de las Rosas, en Tagle y avenida Alvear.

El 27 de enero de 1923, el coronel Héctor Varela salía de su casa de la calle Fitz Roy, a media cuadra de avenida Santa Fe. No pensaba en los huelgusitas del Sur que había mandado fusilar. No; pensaba en otra cosa, seguramente, aunque soñaba con ellos, igual que el teniente Antonio de los Llanos. "Uno no hace lo que quiere, sino lo que le mandan. Lo que manda el deber." Pensaba que ese día llovería, finalmente, para apaciguar un poco el calor de ese tórrido verano. No pensó más; no tuvo tiempo. Una bomba le estalló en los pies. Era una bomba casera, preparada y arrojada por Kurt Gustav Wilkens, un anarquista alemán que había llegado a Buenos Aires expulsado de los

Estados Unidos. Todavía Wilkens descargó su revólver sobre el pecho y la yugular del cuerpo destrozado. Antonio de los Llanos nunca olvidaría ese día. Era imposible vivir en paz en Buenos Aires.

El teniente Antonio de los Llanos llegó a la casa de su novia Eleonora en las Barrancas de Belgrano, a la hora del té. Era una casa grande, que embellecía el crepúsculo. Acostumbrado al cuartel, a cierta sobriedad castrense, a Toño le impresionaba el lujo de esa casa que miraba al río. Al trasponer el portón, era imposible no sentir que se ingresaba en un mundo destinado a muy pocos. El frente de la casa, de estilo Tudor, no anticipaba el lujo de adentro: los mármoles de Carrara, las *boiseries* de nogal, excesos de los palacetes porteños.

—Nunca creí que en Buenos Aires ocurrieran esas cosas —comentaba Mr. Prudan, un inglés amigo de su futuro suegro. Hablaba de los hechos que habían sucedido en Buenos Aires cuatro años antes, durante la Semana Trágica.

—Fue algo espantoso. Yo, por ser uno de los directivos de la fábrica, me quedé en mi puesto... como el oficial del barco en medio de la tempestad —dijo, satisfecho con su propia imagen.

Toño trató de acariciar la pierna de su novia mientras tomaban el té y escuchaban el relato de Mr. Prudan. Ella se resistió un poco pero luego lo dejó hacer.

—Llamé por teléfono a la embajada de mi país, pidiendo que intervinieran y nos diesen protección. El embajador llegó a la Casa de Gobierno acompañado por algunos representantes de la Sociedad Rural, la Bolsa de Comercio... ¿Y saben lo que hizo Yrigoyen? ¡Los echó!

La mano en la pierna de su novia lo distrajo; oía como en un sueño lo que decía el inglés, ocupado, como estaba, en otras maniobras.

Crónica de los años locos

A Gilberto Palmer no lo asustaba la locura. La había frecuentado durante años como médico en el hospicio de Las Mercedes. Pero sobre todo, sentía que la locura le era familiar.

Gilberto Palmer era aficionado a los libros y encontraba en ellos datos curiosos, hipótesis, teorías, personajes que de una manera u otra le eran familiares.

Había subrayado este párrafo: "Los gauchos decían que aunque parecía un arcángel que había perdido las alas en una escaramuza con los indios, sus ojos color porcelana desprendían fuego y se convertía en un perfecto mandinga". Era un texto de R. B. Cunningham Graham, que se refería (no tenía la menor duda) a su tatarabuelo J. J. Palmer. En un libro de Woodbine Hinchliff, *Viaje al Plata*, publicado en 1861, se mencionaba a un tal Old Bob, un hombre nacido en Londres que vestía, hablaba y se comportaba como un gaucho. Su verdadero nombre se había perdido en oscuros trámites y malentendidos con la justicia, y el viejo Bob había terminado por olvidarlo. Gilberto creía que el personaje respondía también a la imagen real de su tatarabuelo J. J. Palmer, desertor de la Ciudad, y así se lo comentó a sus amigos en la tertulia de la confitería La Perla del Once. A sus amigos, entre los que se encontraba Macedonio Fernández, a quien tampoco le era ajena la locura.

—El universo es una ciudad de conciencias —opinaba Macedonio.

En una mesa vecina, Paulina Renzi, la recitadora, repasaba su repertorio. Gilberto Palmer la saludó con un gesto y ella contuvo una risita detrás de la servilleta.

—¿Puedo invitarla a la mesa? —preguntó Palmer.

—¿Es necesario, Gilberto? Mejor vaya con ella y mitigue su perplejidad.

Al otro día, en el hospicio, Gilberto Palmer tuvo una visita inesperada. Allí, entre dos vigilantes, estaba Kurt Gustav Wilkens, el asesino de Varela. Gilberto le pidió a los policías que le sacaran las esposas a Wilkens.

—Pueden retirarse, señores.

—Es peligroso, doctor.

—Ya lo sé. Pero mi trabajo lo hago yo solo...

—Está bien, pero por las dudas nos quedamos en la puerta.

Gilberto Palmer miró a Wilkens, se parecía a su tatarabuelo, al arcángel convertido en demonio. Decidió hablarle en alemán; conocía bien ese idioma porque había perfeccionado sus estudios en Viena y en Berlín. Kurt respondía con monosílabos o se encerraba en un largo silencio, la mirada perdida en la pared, en el vacío. Gilberto no lo interrogó al principio sobre el asesinato sino que se remontó a un territorio muy lejano, a la infancia de Kurt.

—¿Qué había allí? ¿Árboles? ¿Pinos? ¿Tu casa? ¿Tu madre, Kurt?

El hombre se quedó mirándolo, sorprendido por una imagen que había tratado de olvidar durante años.

—Mierda —dijo él.

—Sí, claro, *tu* mierda...

—La mierda del mundo —replicó Wilkens.

La realidad, como decía Macedonio, era exagerada. La locura de Wilkens se parecía demasiado a la lucidez.

—¿Por qué lo mataste, Kurt? —le preguntó, por fin.

—Era un hombre malo. Mi padre era un hombre malo —sollozó el enfermo.

Al grito de "¡Viva la Belleza!", un extremista estético empezó a los tiros contra el Pasaje Barolo, en la Avenida de Mayo.

—Fue algo excesivo —reconoció el filósofo Macedonio Fernández en la tertulia de la confitería La Perla del Once, una de esas tardes de 1923.

—La cosa no es para tanto —opinó el joven Raúl Scalabrini Ortiz.

Pero en la tertulia hubo quienes justificaron al loco, como el joven Borges.

—Reíte todo lo que quieras, Jorge Luis, pero no te olvides de que el Barolo es el edificio más alto de la América del Sur —le recordó, con cierta autoridad, alguien que había vivido en Nueva York, "la ciudad de los rascacielos".

Scalabrini Ortiz se encargó de arrimar algunas precisiones: el Palacio o el Pasaje Barolo (como se prefiera) tenía dieciocho pisos y una torre de más de cien metros de altura, con un faro giratorio de 300.000 bujías. Se habían empleado en su construcción seiscientas toneladas de acero y 3.500.000 ladrillos.

—¡Un verdadero portento!... —se exaltó el poeta Santiago Solís.

—¿Esperpento, dijo? —acicateó el doctor Gilberto Palmer.

El defensor del Barolo oía las explicaciones de Scalabrini Ortiz como si fueran música celestial: ¡11 ascensores y 5800 ventanas!

—¡Una ciudad con un edificio así merece estar entre las primeras del mundo! —porfió Santiago Solís ante la risa socarrona de los contertulios—. ¡Con esa armónica estructura mezcla de gótico y románico, que los porteños deberíamos apreciar, si no fuéramos tan brutos!... —siguió, fervoroso.

—Yo creo que deberíamos ofrecerle un banquete de desagravio a ese arquitecto italiano, Mario Palanti, y a su protector, el empresario Luis Barolo. Y de paso invitar al intendente... –dijo Macedonio, y nadie pudo asegurar que bromeaba.

En Buenos Aires estaban de moda los banquetes. En uno de ellos el mismo Macedonio aceptó su candidatura a Presidente de la República. En el restaurante Pedemonte o en el sótano del Royal Keller, un banquete era la oportunidad de pronunciar discursos estrambóticos y risueños. Pero había también otros banquetes, en los que se exaltaba la dictadura del general español Primo de Rivera y se comentaba con beneplácito el vaticinio del poeta Leopoldo Lugones: "Ha llegado La Hora de la Espada". Algunos de esos banquetes, sobre todo los de carácter benéfico, solían contar con una orquesta típica como la del maestro Rivero, que en esas ocasiones dejaba de lado el canyengue y obligaba a sus músicos a vestir de esmoquin. Gina sufría al ver a su hijo vestido así, pero el joven Rosendo Antúnez la tranquilizaba diciéndole orgulloso que él era un músico, un músico de tango, que sabía guardar su lugar aunque al final del banquete comiera con los mozos en la cocina.

Habían matado a Wilkens en su celda, con un tiro de máuser. Quien disparó fue un guardiacárcel de veinticuatro años, Ernesto Pérez Millán Temperley. Según algunos médicos, el joven sufría una "perturbación mental temporaria". Gilberto Palmer descreyó de ese diagnóstico después de conversar alrededor de una hora con Pérez Millán. Supo que se trataba de un hombre de acción, de alguien muy convencido y vencido por su odio. "Otro Arcángel Mandinga", había pensado Palmer.

¿Cuántos había así en Buenos Aires? No lo sabía. Pero una tarde vio desfilar a unos camisas negras por la ciudad. Al frente iba un hombre mayor, un hombre obeso que hablaba en italiano y llevaba un parche en un ojo: don Agostino Serpa.

"Una payasada", dictaminó el teniente Antonio de los Llanos. Si había que establecer un Nuevo Orden no serían los camisas negras quienes lo hicieran, sino las Fuerzas Armadas. De todos modos, Alvear no era un "Lenin con poncho" como Yrigoyen, sino una persona respetable, que había sido presidente del Jockey Club. Su tío Marcelo Peña lo estimaba mucho. Y lo mismo su futuro suegro, que lo había frecuentado en el Círculo de Armas. "Habrá que esperar, habrá que ver", opinaba Antonio de los Llanos frente a los impacientes. Pensó en ese mozo, en Ernesto Pérez Millán Temperley, con tantos apellidos y tan pocos años, en ese hombre que había sido soldado del coronel Varela y que, después de ser un guadiacárcel ahora estaba él mismo detrás de las rejas.

Se propuso ir a visitarlo al día siguiente.

Cuando Gilberto Palmer llegó al hospicio, esa tarde, tocaba la Banda Municipal de Buenos Aires. Los internos deambulaban como fantasmas. Uno arrastraba con su cuerda a un perro invisible, otro corría a refugiarse en una gruta artificial. Palmer pensó en la locura de los cuerdos, en la del padre del Presidente, don Torcuato de Alvear, que cuando fue intendente de Buenos Aires tuvo la manía de instalar grutas de cemento en plazas y parques de la ciudad. Hasta había instalado una en el jardín de su casa de la calle Cerrito esquina Juncal. La locura edilicia no era nueva; no empezaba en el Pasaje Barolo. El loco de la gruta del Hospicio de las Mercedes hizo un corte de manga y sacó la lengua al ver pasar, de uniforme, al teniente Antonio de los Llanos.

—Estoy bien, mi teniente.
—Ya te sacaremos de aquí; tené paciencia.
—Tengo fe; creo en Dios.
—Y en la Patria.
—En la Patria, claro que sí, mi teniente.

Lo que no podía adivinar el teniente Antonio de los Llanos es que en ese preciso momento, alguien en el mismo Hospicio de las Mercedes urdía otra venganza.

El anarquista Boris Wladimirovich, que había sido trasladado al hospicio desde la cárcel de Ushuaia después de simular ataques de locura, le entregaba un revólver a otro interno, el yugoslavo Esteban Lucich, un loquito manso que le llevaba la comida a Pérez Millán. Wladimirovich le indicó cómo gatillar el revólver y persuadió a Lucich para que matase a Pérez Millán. El otro obedeció. Fue hasta el pabellón donde se encontraba el vengador del coronel Varela y le disparó tres balazos a quemarropa. Eso ocurrió un 9 de noviembre de 1925. Gilberto Palmer lo recuerda muy bien porque ese día estaba leyendo el Diario de su bisabuela Natividad y se había detenido en el comienzo de un párrafo: "La locura es contagiosa...".

Panchito Elías, alias El Conde, el cronista de los alocados días del Centenario, reapareció en los años veinte en pleno uso de sus facultades mentales. En 1925 escribió la necrológica de quien, al parecer, lo había curado: el doctor José Ingenieros. Panchito Elías, alias El Conde, que solía coquetear con su propia locura, se jactaba de haber servido de modelo a su psiquiatra para *La simulación en la lucha por la vida*. Nadie lo desmintió. Hoy a nadie le importan sus alardes oratorios en La Helvética de la calle San Martín, donde le reservaban sus botellas de ajenjo; o la manía de ponerle nombres de poetas malditos a sus perros; o la costumbre de usar monóculo y desparramar apodos entre sus compañeros de redacción. La fama, la ingrata, lo relegó al olvido, junto con su escritura y sus anécdotas.

Panchito Elías, alias El Conde, alguna vez se declaró monárquico. Fue cuando llegó el Príncipe de Gales a Buenos Aires, en 1925.

"Es un camaleón", decían sus colegas.

Lo cierto es que la llegada del príncipe lo inspiró. Panchito Elías, fue de los primeros en recibirlo aquel 17 de agosto de 1925. Eduardo Windsor lo confundió con un funcionario del gobierno al verlo vestido de etiqueta, con galera alta y con monóculo.

Siguió a la carroza que llevaba al príncipe en una victoria tirada por caballos blancos. Lo acompañó, horas más tarde, a la función del teatro Colón, donde Eduardo Windsor se durmió, para sorpresa de los presentes. "El príncipe dormido", tituló Panchito Elías su crónica.

Pero sin duda su mejor texto es el dedicado al encuentro del Príncipe de Gales con el dúo Gardel-Razzano. El cronista, con delicadeza, omite en determinado momento a Razzano y se dedica a exaltar la figura de El Zorzal. Cita las *Vidas paralelas* de Plutarco y elogia al príncipe como intérprete del ukelele. Otra crónica memorable, titulada "El príncipe ausente", establece diferentes hipótesis (casi todas maliciosas) sobre el paradero de Eduardo Windsor, que desapareció durante un día, para desconcierto de la custodia de Scotland Yard y criolla indignación de la policía nativa.

Meses más tarde, el 19 de febrero de 1926, llegó a Buenos Aires el *Plus Ultra*. Ese día, Panchito Elías, vestido de aviador, asistió al acuatizaje del hidroavión en el sector Sur del Muelle de Pescadores. "Sonaban las sirenas de los barcos como trompetas de Jericó", escribió El Conde al comienzo de su artículo, "El vuelo del Águila", en el que comparaba a los tripulantes Ramón Franco, Luis de Alda, Durán y Rada con Cristóbal Colón en el cruce del océano Atlántico. Dos motores de cuatro palas hacia proa y otro igual a popa unían "la galanura con la modernidad". La aviación era su *hobby*, una afición a la que hubiera dedicado su vida de no ser por un detalle: le tenía pánico a la sola idea de volar. Alguna vez fue acusado de fascista a causa de una nota en la que exaltaba la proeza aeronáutica y patriótica de Gabriel D'Annunzio. Pero fue un exceso retórico, no más, quizá motivado por la llegada del príncipe Humberto de Saboya, heredero del trono de Italia. Buenos Aires era una ciudad muy visitada. Otros ilustres viajeros, como el filósofo José Ortega y Gasset, el conde Keyserling o el científico Albert Einstein, fueron entrevistados por Panchito Elías, alias El Conde, que en cada ocasión mudaba de personalidad como de ropa. Gilberto Palmer lo encontró en la Facultad de Ciencias Exactas durante una disertación de Albert Einstein. No pudo disimular su desagrado ante ese joven desgarbado que interrumpía la disertación a cada rato: "¡Formidable! ¡Formidable! ¡Muy bueno, che!".

Es posible que los años azarosos de la política hayan hecho olvidar aquel tiempo que para muchos fue feliz. Un chiste de Florencio Parravicini, un tango de Gardel, un valsesito criollo en una radio a galena, un viejo número del diario *Crítica*, y desde luego, las notas de Panchito Elías, alias El Conde, nos hablan hoy de ese Buenos Aires que no conocimos.

El 12 de abril de 1927, en la unidad militar de Córdoba, Agustín P. Justo, ministro de Guerra del presidente Alvear, subía a la carlinga posterior de un avión. Se elevó el aparato y tomó rumbo a La Rioja entre turbulencias, pozos de aire y pérdidas de altura. Al llegar a destino, el piloto descubrió, azorado, que la carlinga posterior estaba vacía.

"Ministro de Guerra perdido en el aire.
                                      Alegría."

Buenos Aires. La novela

Así dicen las malas lenguas que rezaba el telegrama, aunque puede ser un infundio. Lo cierto es que el piloto se llamaba Dionisio Martínez de Alegría y que Justo había desaparecido en el aire. Como se sabe, no hubo que lamentar su muerte. Justo abrió su paracaídas y descendió "como un ángel" hasta la copa de un árbol. Algunos interpretaron el título de ese artículo —"El paracaidista"— con una segunda intención: a los arribistas del gobierno se los llamaba *paracaidistas*.

Pero ésa es otra historia.

Don Hipólito y las patéticas miserabilidades de la Historia

Ese mozo que caminaba en los atardeceres, ése que se llamaba Borges, vio, en el muro, un cartel sentencioso: "Yrigoyen no será presidente". Era un día de febrero de 1928, en una lejana calle de Villa Urquiza. Esa misma noche dejó un verso inconcluso y se encontró con su amigo Carlos Mastronardi en el café Tortoni. El entrerriano le confió otra sentencia, oída a un quinielero de la calle Rivadavia: "Justo es injusto". Los dos amigos decidieron actuar, enfrentar la calumnia y el descrédito hacia don Hipólito fomentados por Justo.

Justo conspiraba en los cuarteles y se reunía en salones privados y cafés con los conservadores y los radicales antipersonalistas que, de triunfar Yrigoyen, le iban amargar la vida en el Congreso.

Esa noche llegó al café Tortoni el presidente Alvear. En una de las mesas, varios poetas de Buenos Aires leían sus versos. Alvear los escuchó, muy interesado y pensó en la injusticia de Platón, que había expulsado a los poetas de La República. Oyó, casi como un desafío, los versos de Borges:

> Un almacén rosado como revés de naipe
> brilló y en la trastienda conversaron un truco;
> el almacén rosado floreció en un compadre,
> ya patrón de la esquina, ya resentido y duro.
>
> El primer organito salvaba el horizonte
> con su achacoso porte, su habanera y su gringo.
> El corralón seguro ya opinaba YRIGOYEN,
> algún piano mandaba tangos de Saborido.

Juvencio Zárate, El Porteñito, salió del comité. Tuvo la certeza de que lo seguían. Apuró el paso y entró en el almacén, cuando oyó el disparo. En la mesa del fondo, cuatro hombres conversaban un truco. Juvencio, en el mostrador, pidió una ginebra. Varios correligionarios, que habían salido antes que él del comité radical, se acercaron como para darle el pésame.

–¿Qué les pasa, amigos? ¿Me vieron cara de difunto? –preguntó. No quería dar lástima. Tomó su ginebra y regresó al comité por si se les ofrecía algo.

—Vamos con vos, Juvencio.

En el comité se enteraron de que había gente rondando la parroquia. Iban con armas largas.

—El que busca encuentra —filosofó el más viejo, que había estado con Alem e Yrigoyen en el Parque, durante la revolución del '90.

—Señores: soy un caballero, no un dictador —dijo el general Agustín Pedro Justo a los jóvenes oficiales en esa reunión en el Círculo Militar.

Pero el teniente Antonio de los Llanos quiso saber si el Ejército iba a permanecer indiferente ante las próximas elecciones.

—Indiferente, no: neutral. El uso de la fuerza para resolver situaciones políticas siempre ha sido nocivo. Si llega a triunfar Yrigoyen en el Colegio Electoral, tendrán bastante trabajo nuestros amigos en el Congreso. Nuestra gente estará en muchos puestos clave de la República.

—El poeta Lugones dice que ha llegado La Hora de la Espada —recordó Antonio de los Llanos.

—Nosotros anunciaremos cuando llegue esa hora —recordó el general Justo. Además, teniente, no olvide que los poetas son muy exagerados...

Cuando Justo se retiró, Toño se quedó conversando con el mayor Hermida. Entre 1921 y 1928, el Mayor había hecho cursos en Alemania, como el teniente general José Félix Uriburu, quien en ese tiempo fue inspector general del Ejército y tuvo como ayudante al general alemán Faupel. Hermida admiraba la disciplina de los alemanes, su sentido del deber y se sentía orgulloso de la formación prusiana del Ejército Argentino.

—En cambio, el general Justo le tiene simpatía a Gran Bretaña —informó Hermida a su subordinado.

Antes de irse, reiteró:

—¡Pronto sonará nuestra hora!

"Esas son las patéticas miserabilidades de la Historia", sentenció don Hipólito al enterarse de las conjuras en su contra. Leyó con desgano las publicaciones que lo difamaban, los periódicos *La Fronda* y *La Nueva República*, donde se vaticinaba "la dictadura del populacho".

"Miserias de la política. Nadie está libre", pensó don Hipólito al salir de su casa de la calle Brasil.

—¡Maximalista mestizo! —le gritaron desde un auto los pitucos que regresaban de una fiesta.

Nada respondió don Hipólito. Era un hermoso día y él se fue caminando a la Casa de Gobierno.

El 25 de febrero de 1928 el teniente primero Antonio de los Llanos "contrajo enlace con una bella dama de la sociedad porteña, la señorita Eleonora Bencich". Así rezaba la nota que Gina Neri leyó en el diario. De pronto, entre las fotos del casamiento, vio una de la orquesta típica que había amenizado la reunión. En primera fila, con las manos sobre el bandoneón, sonreía Rosendo Antúnez, alias Gardelito. Gina no supo explicarse aquello que sentía: vergüenza por ese hijo que entretenía a los burgueses y orgullo por ser la madre de un muchacho tan lindo.

En eso pensaba mientras iba en el tranvía con el bulto de ropa que llevaba a la tienda. Era la veterana de las costureras a destajo. Volvió a mirar la foto de Rosendo. Bajó en la calle Sarmiento y caminó tres cuadras, hasta Florida. Miró las vidrieras. Algunos de esos vestidos de telas estampadas los había cosido ella, seguramente. Se había puesto un vestido así, como para ir a un casamiento.

—¿De fiesta, Gina? –le preguntó el encargado de la tienda.

—Más o menos, Joaquín –le respondió la mujer. No tenía ganas ni necesidad de explicarle que al salir de allí iría a un acto en el Salón Unione e Benevolenza. Era un acto en repudio a la visita del presidente Hoover a Buenos Aires y en apoyo al nicaragüense Sandino.

Entre los oradores había un hombre curtido, de cara conocida. Al verlo se sobresaltó como si fuera una muchacha y tuvo miedo de equivocarse, de que aquel hombre no fuera Evaristo Soria. El hombre saludó con el puño en alto y comenzó su discurso. "Estoy temblando como una sonsa", reconoció Gina.

Las muchachas más jóvenes repartían rosas rojas entre la concurrencia.

—Una es para usted –le ofreció Evaristo, al bajar del palco de los oradores.

Al terminar el acto, Gina y Evaristo salieron juntos. Fueron caminando hasta la Avenida de Mayo. Gina se preguntó qué pensaría su hijo si la viera conversando con ese hombre. "Seguramente pensaría que estamos hablando de política." Esa idea la tranquilizó. Miró la cara de su amigo, las arrugas, los ojos que buscaban los suyos como pidiendo una explicación.

—Yo no me olvidé de aquella tarde... —comenzó el hombre.

—Yo tampoco, Evaristo.

—Pensé mucho en usted. Tenía ganas de ir a visitarla.

—¡No habrán sido muchas las ganas! No vivo tan lejos...

—No sé qué me pasó. No quise que me tomara por un inoportuno, un caradura ¿entiende?

—No, no entiendo, Evaristo.

Llegaron a la avenida y Evaristo la invitó a seguir conversando en un bar, en una de las mesas de la vereda.

—¿Qué se sirve el caballero? —preguntó el mozo y a Gina le causó gracia que le dijeran caballero al orador del puño en alto.

—Para mí, una cerveza, ¿y usted, Gina?

—Igual. Y un sandwich. Su discurso sobre el hambre del mundo me abrió el apetito...

Se rió con ganas, aunque temió ofender a Evaristo.

—Perdone... ¡es un mal chiste!

—Usted se pone más linda cuando se ríe —observó el hombre.

—Me río muy poco.

—A mí me ocurre lo mismo.

—Evaristo... ¿Por qué no volvió?

—Tuve miedo, Gina.

—¿Usted? ¡Un hombre tan guapo! ¡Quién diría! —se rió la mujer.

—No se burle. Hace mucho que ando solo... Y cuanto más pasa el tiempo, es peor.

—Sí, uno se acostumbra a estar solo... Lo entiendo bien, Evaristo...

Llegó el mozo con las cervezas y el sandwich.

Al verla comer, Evaristo pensó que podían estar juntos, que todavía era tiempo de rehacer su vida.

—Al menos tuvo una familia usté –pensó en voz alta.

—Sí, no puedo quejarme.

De pronto se oyó la música de una comparsa que pasaba por la Avenida de Mayo.

—Me había olvidado de que era Carnaval –recordó el hombre.

—Yo también. El que no se debe haber olvidado es mi hijo, que toca en los bailes...

—¡Se está haciendo famoso el hombre! –comentó Evaristo y notó que Gina se sonrojaba como si le hubiera dicho un piropo.

—Qué raro, ¿no? No pude convencer a mi hijo de mis ideas. Seguramente piensa que soy una vieja loca.

—Una mujer valiente... una mujer muy linda –se animó a decir Evaristo.

Gina, como si le adivinara el pensamiento, se sorprendió de sus propias palabras:

—Usted no puede estar solo, Evaristo.

—¿Y usted?

—Una mujer es distinto. Siempre tiene algo que hacer; cualquier cosa la entretiene. Cuando me siento triste, me pongo a lavar y canto en italiano.

Evaristo pagó la cuenta y salieron del bar, él la tomó

del brazo y ella sintió la protección del hombre en medio de los ruidos, de las matracas y silbatos y bombos de las comparsas y las murgas de la Avenida de Mayo. Hombres y mujeres bailaban al son de estribillos impúdicos, se contorsionaban, obscenos, imitando los movimientos de la cópula. Sus disfraces eran ambiguos; cada uno compuesto de dos mitades: mitad novio de galera y bastón y la otra mitad novia, con su vestido blanco.

–¡Los conozco, mascaritas! –les gritó a Gina y Evaristo un viejo afeminado, con la cara empolvada–. ¡Sé lo que andan buscando!

Gina no pudo contener la risa, sobre todo al mirar la cara de estupor de Evaristo, el revolucionario tímido que esa noche la acompañaría hasta su casa.

"Me voy a París", dijo el doctor Alvear. No quería mezclarse con los conspiradores. Antes de irse, fue a visitar a don Hipólito a la Casa de Gobierno. Hablaron durante largo rato. El Viejo le contó que había recibido una carta del general Sandino, de Nicaragua. "Me propone hacer en Buenos Aires una conferencia de jefes de Estado de *repúblicas indohispanas*", subrayó don Hipólito. Alvear le habló de sus contactos en Europa, de su disposición a colaborar, pese a las diferencias que pudieran tener en la política partidista. "Siempre confié en usted, Marcelo", le dijo el hombre que miraba desde la ventana la Plaza de Mayo. Una parte de la historia había transcurrido en esa Plaza, y otra también la tendría de escenario en el imprevisible porvenir.

El regreso de Martín Tobler

Cuando bajó del tren como un forastero, Martín Tobler se restregó los ojos con las manos, herido por la luz del sol. Venía del Sur, de la cárcel y el exilio en su tierra, de visitar por última vez el cementerio de los huelguistas con sus cruces de fierro y de madera y sus flores de papel barridas por el viento. Se sentía extraño en la ciudad, después de diez años de ausencia. Se preguntó si tendría un lugar en Buenos Aires, tan cambiado estaba por dentro y por fuera. No parecía el mismo del verano de 1919, de la Semana Trágica. Había envejecido el doble de los años que faltaba de la ciudad. Se vio en el espejo de la estación; miró, como si fuera de otro, su cara con arrugas, la cicatriz de su pómulo izquierdo. Le parecía extraño regresar al barrio del Once, que era casi como volver al gueto. Hombre de Buenos Aires, Martín Tobler había vivido más entre gentiles, entre camaradas como Evaristo Soria o los huelguistas de Vasena, o estando lejos, con los que murieron en el Sur o escaparon a Chile.

"No soy el mismo", admitió. Por jactancia o por bronca alguna vez dijo que era ciudadano del mundo. Pero los carceleros lo llamaron judío. En Constitución tomó un coche de plaza y le indicó que lo llevara hasta el Once. En el barrio quedaba algo del gueto todavía: las palabras en idish, la casa del sastre de medida, los *cuéntenikes*, que vendían a plazos lo que fuera: sábanas, gorras, chalecos, batones para las doñas, camisetas. Estaban los caldereros, los viejos que leían el Antiguo Testamento, los que comían semillitas de mirasol. En el principio, decían, cuando bajaron de los barcos, a fines del siglo XIX, se instalaron alrededor de la plaza Lavalle, por Viamonte, por Libertad, por Talcahuano, donde ahora estaban las casas de compraventa, los ropavejeros, los joyeros, los inmigrantes que llegaron de Polonia, de Serbia o de Croacia. Algunos usaban gabán y gorras con visera de hule, otros (que podían ser sus hijos), chambergos de compadre, anillos de piedra negra, gemelos, alfiler de corbata, boquillas y perfume de *caralisa*. Pero los más eran obreros. Muchos hablaban mal el idish y mal el castellano y otros una mezcla de los dos, el "cocoliche" de los judíos de Buenos Aires, el llamado *valesko*.

En el coche de plaza, Martín Tobler miraba los nuevos edificios, los carteles de propaganda, los negocios, los ómnibus y los colectivos metiendo ruido en las calles de Buenos Aires.

Su madre no lo reconoció enseguida. Estaba preparando su té en el samovar, como si viviera en Rusia, como si Táibele y El Zeide no hubieran muerto y siguieran allí. "¿Qué te han hecho, hijo?", le preguntó mientras acariciaba las arrugas y la cicatriz que ahora se hundía en su pómulo izquierdo. "Nada madre; ya pasó todo", la tranquilizó Martín Tobler aquella mañana de 1929, en esa esquina del mundo que se llamaba Buenos Aires. Había vuelto y tenía que reaprender lo que había olvidado: el nombre de una calle, la letra de un tango, el olor de una tienda de ultramarinos.

En una librería del Once, en la calle Junín, el librero le reveló la existencia de un texto secreto, escrito en idish por Pinnie Wald, a quien habían acusado diez años antes de subversivo, de ser el jefe de la rebelión de la Semana Trágica y de querer instaurar un soviet en la Argentina. "Yo conocí a ese hombre", recordó Martín Tobler.

–¿En la calle Junín, dijo? –preguntó Rosendo Antúnez, que esa tarde visitaba a Juvencio Zárate, el Porteñito–. ¿No había allí una casa de polacas milongueras que hacían la vida? ¡Pobrecitas, las trajeron de Varsovia con el cuento del casorio!

Rosendo Antúnez no sólo conocía las "casas malas" de Buenos Aires, sino también las de Avellaneda, donde animó más de un bailongo. A Martín Tobler le sorprendió la manera de hablar de Rosendo, del hijo de la camarada

Gina Neri. Rosendo Antúnez le contó que en un café del barrio se reunían los rufianes de la *Zwi Migdal*, los que vivían en las calles Lavalle y Tucumán y celebraban matrimonios falsos en la mansión de Córdoba al 3000. Ellos traían los "paquetes" en los barcos, es decir, a las muchachas de diecisiete a veinte años, que desembarcaban en Buenos Aires. A unas las mandaban al prostíbulo de la calle Valentín Gómez, a otras, a El Farol Colorado de la Isla Maciel. Había un matón, Mauricio Kresten, que amedrentaba a las mujeres. "Un fiolo muy fino, perfumado" informó Rosendo. Se lo veía en la mansión de la calle Córdoba jugando al ajedrez.

Era el encargado de llevar a las pupilas al teatro. Si una se enamoraba de un actor judío y quería marcharse con él y dejar la vida, Mauricio Kresten la encerraba en la pieza y le pegaba con la toalla mojada. Tres años antes, en 1926, se iba a dar en el teatro la obra *Regeneración*, de Leib Malaj, sobre la trata de blancas. Mauricio Kresten fue a hablar con el empresario y trató de disuadir al autor. Pero una cosa era amedrentar a las mujeres y otra muy distinta asustar a un hombre que hacía lo justo a los ojos de Dios, como era el caso de Leib Malaj, quien denunció esas amenazas a *Di Presse*. Al fin, se dio la obra en el teatro Politeama, ante más de dos mil espectadores. Rencoroso, Mauricio Kresten quiso balear el teatro. Fue cuando los obreros judíos se armaron con palos e invadieron los cafés donde paraban los malvivientes. Martín Tobler se sintió reconfortado al saber que los obreros le habían dado una lección a los rufianes.

—¿Y de dónde sabe tantas cosas? —preguntó Martín Tobler, bastante sorprendido.

—De andar en la noche, Don —le respondió Rosendo—. Uno se entera de todo.

Encendió un cigarrillo y se miró las manos que cuidaban las manicuras. Bajó la voz y muy confidencial le dijo al recién llegado:

—Mi madre me habló mucho de usted. Pensó que había muerto, que lo habían matado en el Sur, hasta que Evaristo Soria trajo noticias suyas. Mi madre se acolló con él. Cosas de la vida, ¿no?

—Soria es un buen hombre. Es como un hermano para mí.

—Lo sé, Don. Por eso se lo cuento. Ellos viven en Flores. Les va dar gusto verlo.

Charlaban en el patio, apoyados en la pared, frente a la pieza de Juvencio Zárate y Florencia. En la cocina de madera, adosada al pasillo, la mujer cebó unos mates. El primero lo tomó ella, el segundo se lo ofrecieron a Martín.

—¿Gusta?

—Sí, Doña, gracias. Yo a usted la vi bailar con su marido —recordó Martín—. Formaban una linda yunta...

—Se agradece. Yo ya no bailo. Él sí... ¿no es cierto, viejo?

—Bailo... pero ya no soy el mismo —se sinceró El Porteñito.

—¡Mentiras! Sigue siendo un maestro, una luz en la milonga —opinó Rosendo Antúnez.

—La que cantaba bien era su hermana Táibele –dijo Florencia.

En el patio del conventillo se oyó el silencio. Como cuando pasa un ángel.

Al día siguiente, sábado a la tarde, Martín Tobler rumbeó hacia Flores para verse con Gina y Evaristo. Tomó el subte hasta Primera Junta y después el tranvía, como le había indicado Rosendo. Cuando llegó a la casa, vio a Gina regando sus malvones. Oyó, desde adentro, la voz de Evaristo. Hacía tiempo que no lo veía. Lo recordaba aún junto a Táibele, en el patio del conventillo. O levantando barricadas en el verano de 1919. "¿Te acordás?...", dijo Martín apenas lo vio. El otro lo apretó entre sus brazos. Gina se conmovió al ver a esos dos hombres grandes que lloraban como chicos. Evaristo se entristeció de pronto pensando en Táibele. Entonces Gina acarició sus manos sabiendo que pensaba en la otra y él no se avergonzó por el llanto que nublaba sus ojos.

—¡Esa gente no tiene alma, son peligrosos, Toñito! –decía en ese mismo momento Marcelo Peña en la confitería Richmond de la calle Florida–. Me informaron que preparan un golpe con los bomberos... ¡No te rías, Toñito!... ¿Acaso no puede haber un bombero bolchevique?... La gente decente tiene que reaccionar alguna vez... como los muchachos de la Legión de Mayo... Gente de bien, de sociedad, de familia... ¿Quiénes?... Vos los conocés, Toñito: Ramón Videla Dorna... Eduardo Ramos Oromí... Raúl Guerrico... los Pons Lezica, los Benegas... ¡la *gente*, che!

Esa noche, Gina, Evaristo y Martín, participaron en un acto relámpago que se hacía en Plaza Flores. Gina llevaba los volantes y Evaristo, la bomba de estruendo que iba a estallar para llamar la atención. "Mucho ruido y pocas nueces", pensó Martín Tobler al ver que eran muy pocos los que se interesaban en los volantes y menos todavía los que escuchaban al improvisado orador subido en un banco de la plaza. En ese momento vio a una novia vestida de blanco que salía de la iglesia de enfrente. En la plaza comenzó a tocar la banda municipal y acalló la voz de protesta del orador. "Linda música", opinó una camarada a quien llamaban Sarita. El coche policial estacionó junto a la vereda y bajaron tres hombres. Uno disparó un tiro al aire. "Mejor nos vamos; empezaron los cohetes", opinó Evaristo. Gina tomó del brazo a Sarita y cruzaron la calle, seguidas por Martín y Evaristo. La banda tocaba una selección de valses.

Sarita vivía en el barrio del Once y era pantalonera. Martín se ofreció para llevarla hasta su casa. Volvieron caminando por la calle Rivadavia, La Más Larga del Mundo. A Martín le gustó esa mujer que confesaba: "Soy muy teatralera". Había llorado a lágrima viva con la obra *Regeneración*. "Es teatro para llorar", afirmó Sarita. No se perdía una sola de las obras en idish que daban en el teatro Soleil y recitaba poesías en castellano imitando a Berta Singerman. Socialista, librepensadora, proclamaba el derecho de la mujer al amor libre, pero nunca se le conoció un novio.

Pedro Orgambide

El padre de Rosita había sido Antonio Gutman, El Ruso, músico de tango y carrero.
Así lo recuerda El Payador:

Fue musicante y carrero
de otro tiempo que pasó,
Antonio Gutman, El Ruso,
que en Buenos Aires vivió.
En el pescante del carro
iba chiflando al frisón,
en las calles de Barracas,
donde estaba el corralón.

Soñaba El Ruso, soñaba,
con el pueblo en que nació,
con una aldea nevada
donde su padre murió.
Se levantaba temprano,
salía del corralón...
pero la aldea no estaba
ni la patria que dejó.

"A mí me echaron —decía—
como si no hubiera Dios...
era muy chico, señora,
esa noche del pogrom".
Antonio Gutman contaba
aquello que le pasó...
y una morocha le daba
consuelo a su corazón.

Buenos Aires. La novela

Y la tristeza del Ruso,
por fin se hizo canción
cuando una noche se puso
a tocar el bandoneón.

Tocó con Vicente Greco,
con Domingo Santa Cruz
y con Juan Maglio y con Berto
Es decir: con lo mejor.

Antonio Gutman, El Ruso,
aquí vivió y se murió...
en el pescante de un carro
que en el tiempo se perdió.

Aquel año de 1929 murió doña Berta, la madre de Martín Tobler, quien dejó el conventillo para ir a vivir a la casa de la pantalonera Sarita Gutman en la calle Pasteur. Él trabajaba cerca, en un taller mecánico. Fue en ese año que Martín Tobler entró a Villa Desocupación en Puerto Nuevo, en busca de un amigo. Le habían informado que un sobreviviente de las matanzas de la Patagonia vivía allí, un tal Mirko, un yugoslavo.

Martín Tobler caminó entre las casuchas de cartón y arpillera, entre botellas vacías, latas de conservas, diarios viejos. Sintió ese olor a fatalidad que se huele en los manicomios y las cárceles. La luz de un sol raquítico brillaba apenas sobre la chapa de un galpón abandonado.

"Mirko, ¿conocen a Mirko?", preguntaba Tobler a cada habitante de ese enorme baldío, en la orilla de la Ciudad.

"Mirko, ¿viste a Mirko?", continuaba preguntando Martín Tobler. Alguien le indicó una casucha hecha de arpilleras y vio salir de allí al fantasma de Mirko. Estaba descalzo, con los pantalones rotos, la mirada extraviada. No lo reconoció. Balbuceaba en su idioma palabras ininteligibles.

—¿De qué guerra venís, Martín Tobler? —le preguntó la pantalonera. El supo que llegaba de la inacabable locura del mundo, pero supo también que no era momento oportuno para hablar de ese problema con Sarita Gutman. Su mujer sufría oyendo la novela de la radio. Ella trabajaba en la casa, con otras pantaloneras. A la noche se quedaban charlando hasta la madrugada, hicieran o no el amor, se acostaran o no en la cama con el edredón de Rusia. No se preguntaban si eran felices, como en la novela de la radio. A la mañana, bien temprano, Martín salía para el taller y ella comenzaba a pedalear en su máquina Singer.

Se sabe que la realidad imita al arte y eso es lo que le ocurrió a la pantalonera Rosita Gutman. La espectadora de *Regeneración* vivió su propio drama aquel día, cuando llegó una muchacha para buscar unos pantalones del matón Mauricio Kresten.

—¿Cómo te llamás, hija? —le preguntó la pantalonera.
—Miriam, señora.
—¿Cuántos años tenés?
—Dieciocho.

—¿No sos de aquí, verdad?
—No, de Polonia.
—¿Por qué le trabajás a ese rufián?... Tendrías que cambiar de vida. Dejalo, Miriam; buscá un trabajo decente.
—Le debo mucha plata, señora.

Pero Rosita Gutman había tomado en serio su papel, como si estuviera en el escenario del teatro Politeama y fuera la heroína de *Regeneración*. Convenció a Miriam para que huyera del prostíbulo de Valentín Gómez. Las pantaloneras del taller juntaron unos pesos y Sarita Gutman llevó a Miriam a la estación del ferrocarril para que tomara el tren hacia una colonia de Entre Ríos.

—Vas a ir a la casa de un primo mío, de Manuel Gutman. Dale esta carta. Allí te van a tratar bien, querida.

El tren comenzó a andar. Sarita lo vio alejarse como en una película.

Esa noche le estaba contando lo sucedido a su marido, cuando el rufián Mauricio Kresten golpeó la puerta y empezó a los gritos:

—¿Dónde carajo están mis pantalones y la chica que vino a buscarlos, guacha de mierda?

—Váyase por donde vino, Don —le aconsejó Martín Tobler.

Estaba muy serio, muy pálido, con esa terca convicción que tiene un hombre cuando debe pelear y defender lo suyo.

—Está en gallinero ajeno —precisó.

El rufián no entendió. Sacó el revólver, intentó disparar pero Tobler se le echó encima, manoteando el arma.

Ahora era él quien apuntaba al rufián.

–¡Olvídese de la chica! ¡Y llévese sus pantalones, antes de que se le ensucien por el miedo! ¿Qué, el arma? ¿Está loco, che? Yo me quedo con ella y no se le ocurra venir a buscarla, porque lo dejo frío.

El rufián comprendió que Martín Tobler hablaba en serio y se perdió en la oscuridad.

"Uno se pierde en el tiempo", reconoció el hombre que miraba la Plaza de Mayo aquel día de agosto de 1929, desde una ventana de la Casa de Gobierno. Hipólito Yrigoyen sentía la fatiga de los años y el cansancio de la política. No había pensado que vendrían juntos, que serían al fin la misma cosa. Don Hipólito había cumplido 78 años y, según decía, iba camino de vuelta. "De vuelta a casa", pensó y recordó los días de su infancia, cuando viajaba en el pescante del carro con su padre. Entonces la ciudad era puro baldío y casas bajas y atardeceres limpios por los barrios del Sur. La ciudad era otra. Él era otro. Don Hipólito apoyó la frente en el vidrio y creyó ver a su padre, a don Martín Yrigoyen, que llegaba en su carro. "Sueño despierto", admitió el hombre que miraba detrás de la ventana.

El golpe

Aquel sábado, aquella mañana del 6 de setiembre de 1930, los pilotos del Cuerpo de Aviación sobrevolaron Buenos Aires. Desde las terrazas, la gente seguía las evoluciones de la escuadrilla, el vuelo de los militares que arrojaban volantes sobre la Ciudad, anunciando el golpe de Estado. Ese día, Juvencio Zárate salió a la calle para cumplir con su deber y se presentó en el comité radical, donde se repartían las armas. Desde las 4 de la mañana, los cadetes del Colegio Militar avanzaban sobre Buenos Aires. El general José Félix Uriburu iba al frente, en un automóvil. Al mediodía estaría en Palermo. A eso de las doce —según comentaban—, el general Uriburu se iba a encontrar con el doctor Manuel Carlés, presidente de la Liga Patriótica. Marcelo Peña, madrugador, hacía rato que estaba allí, esperando frente al Monumento de los Españoles. Elegante, de moñito y rancho, con saco de corte inglés, chaleco y botines con polaina, parecía ir al Jockey Club o venir de una exposición ganadera de la Sociedad Rural. Allí había estado, precisamente, días antes, el domingo 31 de agosto. "¡Fue formidable, che, algo para no olvidar! Cuando el Ministro de Agricultura y Ganadería quiso decir su discurso... ¡se armó la de San Quintín!... Empezaron los chiflidos y los gritos... ¡Que renuncie!... ¡Que se vaya!... ¡Muera el Peludo!... ¡Hubieras visto, Macoco: la tribuna se venía abajo!... ¿El doctor Carlés?... No, no lo vi... Debe estar por caer... ¿quién se pierde esta fiesta?"

    Toño se presentó en el cuartel y se puso el uniforme de fajina. Con la cartuchera, la pistola, los cargadores, las botas, era otra vez un hombre de combate. Se decía que el Klan radical, una patota de matones, abriría fuego sobre la tropa. Si era así, volvería a actuar como lo había hecho en la Patagonia, a las órdenes del coronel Varela. Pensó en la muerte atroz del coronel frente a su casa y en la de su vengador Pérez Millán en el Hospicio de las Mercedes.

En la estación Hipódromo se había apostado la infantería leal al gobierno. Toño se adelantó con su motocicleta y, al ver a los leales, alertó a la primera columna del Colegio

Militar, que siguió su marcha por la calle Rivera. Las tropas que se dirigían a la Casa de Gobierno llegaron a Córdoba y Callao. En ese mismo instante, Juvencio Zárate llegaba a la confitería El Molino, frente a Plaza Congreso. Subía por la escalera con otros hombres, que repetían como un sonsonete aquello de que los radicales "se rompen, pero no se doblan". Se parapetaron detrás de unas ventanas, apuntando unos en dirección a la calle Rivadavia y otros hacia Callao. Pudieron ver, en el techo del Congreso, a unos soldados leales armados de fusiles y con una ametralladora.

En un auto descapotado, Marcelo Peña venía por la avenida Alvear con sus amigos, dispuestos a entrar en acción. Unos vigilantes les cerraron el paso y Marcelo Peña se sintió molesto "con esos chinos, Toño, que de seguro nacieron en un rancho y que ahora se creen autoridad porque usan el uniforme y un sable. Yo les despaché una arenga y los puse como felpudo. Ellos, como sabés, están acostumbrados a obedecer. Te la hago corta, Toñito: me abrieron paso y hasta me hicieron la venia".

Cuando Toño pasó con su motocicleta frente a la confitería El Molino, comenzaban los disparos. La gente corría buscando refugio en los zaguanes. Se tropezaban en medio de la calle, bajo los tiros y entre las patas de los caballos desbocados. En Rivadavia y Rodríguez Peña, un teniente coronel se improvisó en artillero y disparó un cañonazo que lo arrojó al piso. "Soy un chambón, me olvidé de clavar el arado", se disculpó el teniente coronel cuando Toño lo ayudó a levantarse. Tenía el brazo derecho fracturado, pero se negó a que Toño lo llevase al hospital. "Mi asistente me espera, estacionó el auto a la vuelta", explicó. Toño montó otra vez en su máquina y se dirigió sin demora a su destino. Encontró a los generales Uriburu y Justo frente al Instituto Biológico de Rivadavia al 1700; se dirigían hacia la Casa de Gobierno.

Un mantel blanco sirvió como bandera de rendición. En la Casa de Gobierno no estaba Yrigoyen. El Viejo había partido hacia La Plata. Lo acompañaba su ministro Oyhanarte. Lo había ido a buscar a su casa de la calle Brasil, para salvarlo de una última humillación. Yrigoyen salió envuelto en su poncho. Tenía mucha fiebre. Llegó a La Plata en automóvil y conversó con el gobernador de la provincia. Ordenó que el Arsenal Esteban de Luca se transformara en centro de resistencia.

No eran alentadoras las noticias que llegaban de Buenos Aires. La situación se complicó cuando el 7° Regimiento se sublevó y el Arsenal terminó por rendirse. Al rato, Yrigoyen renunciaba a la Presidencia de la Nación frente al jefe del regimiento.

En Buenos Aires, en la Casa de Gobierno, el mantel blanco, improvisada bandera de rendición, seguía ondeando en una de las ventanas y el vicepresidente, el doctor Martínez, seguía gritando: "¡No renuncio! ¡Que me fusilen!". Toño, que había entrado con los jefes en la Casa de Gobierno, diría más tarde: "El hombre estaba histérico, con un ataque de nervios. Pero la comedia duró muy poco, ni diez minutos. A eso de las seis de la tarde, el general Uriburu ya tenía su renuncia".

Ese día, a puerta cerrada, en el café Tortoni de la avenida de Mayo, Rosendo Antúnez firmaba su primer contrato con la radio como director de una orquesta típica. Sonreía, como Gardel frente al éxito. Lo acompañaba la cancionista Margarita Falcone, que le decía "papito" a cada rato. Salieron juntos a la avenida. Parecía un corso de Carnaval. Margarita lloró de emoción al ver a los soldaditos y al tanque frente a la iluminada Casa de Gobierno. "Es el día más feliz de mi vida", exageró.

"Ni las desgracias ni las alegrías vienen solas", filosofó Rosendo Antúnez cuando la casa Odeón lo contrató para que grabara un disco con su orquesta. Fue a los pocos días del golpe. Rosendo se levantó temprano, se afeitó y se perfumó con agua de Colonia. Desde la cama, Margarita lo despidió con un beso.

"La niebla gris rasgó veloz el vuelo de un avión
y fue el triunfal amanecer de la revolución",

oyó la voz de Gardel desde el pasillo del estudio.
—¿Pero qué está cantando el hombre? —preguntó Rosendo.
—Un tango ¿qué va'ser? *Viva la Patria*.
—¡Mirá vos!
—Va en dupla con el gato *El sol del 25* —informó el técnico de la casa Odeón y no dio más explicaciones.

Pedro Orgambide

"¡Viva la patria
que quisieron mancillar!
Orgullosos de ser argentinos
al trazar nuestros nuevos destinos.
De rodillas en su altar",

siguió cantando Gardel.
    "No parece el Zorzal", pensó Rosendo Antúnez, pero se guardó la opinión. Sacó el bandoneón de la caja, lo colocó sobre sus piernas, probó el sonido del fueye, le hizo una señal a sus músicos y ahí nomás se mandó *Derecho viejo*.

La muerte del caudillo

"...Piantá de aquí, no vuelvas en tu vida
ya me tenés bien requeteamurada
No puedo más pasarla sin comida
ni oirte así, decir tantas pavadas.
¿No te das cuenta que sos un engrupido?
¿Te creés que al mundo lo vas arreglar vos?
Si aquí ni Dios rescata lo perdido...
¿Qué querés vos? ¡Hacé el favor!",

cantaba Margarita Falcone.
　–¿Y, negro? ¿Qué te parece?
　–Vos cantás bien. Pero ese Discépolo es un amargado. Mejor buscate otro tango para el repertorio...

A ella le gusta Discépolo. A él, no. Y Margarita no quiere discutir con Rosendo porque ella quiere cantar en la orquesta de su marido. "No soy de esas que quieren cortarse solas. ¿Para qué? Si todo queda en casa. Por eso hay muchas que me envidian", piensa Margarita Falcone y sueña con que algún día va a salir en *Sintonía*, con una foto grande en la tapa, como las de Mercedes Simone o Sofía Bozán. Entonces canta:

> "El día del casorio
> dijo el tipo 'e la sotana:
> 'El coso debe siempre
> mantener a la fulana',
> y vos interpretás
> las cosas al revés
> que yo te mantenga
> es lo que querés".

—¡Ojalá! ¡Dios te oiga! —se ríe Rosendo Antúnez, mientras pasa la gamuza por la caja del bandoneón.
—¿Sabés, che? A mí me da lástima Yrigoyen. ¡Pobre hombre!... ¡Tirarle los muebles a la calle!... ¿A vos te parece bien?... ¡Eso no se hace, Rosendo!
—Eran muebles viejos —se ríe Rosendo Antúnez.

—¡Se acabó el dulce de leche! —dice el Pardo Ruiz, uno de los que tiró los muebles de Yrigoyen por la ventana—. ¿Para qué le sirven ahora si está preso? ¡Tiene casa y comida gratis!... ¡Ja, ja, ja!... ¿No es cierto, Doctor?... Mejor así, mejor para todos ¿no? Lástima que todavía quedan infelices que lo defienden... ¡Así les va ir!

Al Pardo Ruiz no le gusta la gente que anda con habladurías, que dice una cosa por otra, que escribe en los periódicos y amenaza con difundir negociados, listas de nombres. No, no le gusta, no soporta a los intelectuales. Por eso le agradece al doctor Marcelo Peña *el encargo*. "Como usted diga, Doctor", dice El Pardo, se calza el Smith & Wesson calibre 38 y sale del comité. Hace años que trabaja para el doctor, muchos años y los dos están viejos. Tal vez sea éste el último *trabajo* que haga para él.

Panchito Elías, alias El Conde, cronista de los años locos, paciente del doctor José Ingenieros, periodista independiente, al ver al Pardo que lo apunta con su revólver piensa que no ha llegado su turno todavía, ajusta su monóculo y saca el estoque de su bastón. El Pardo Ruiz se sorprende por esa maniobra. Panchito Elías, alias El Conde, hubiera preferido matar o morir en un duelo. Pero el destino quiso otra cosa. Hunde el estoque en El Pardo Ruiz, que se lleva las manos al estómago y cae de rodillas frente al escritorio.

Esa noche El Pardo muere en una cama del hospital Ramos Mejía. Mientras se embarca en una isla del Tigre rumbo a la Banda Oriental, Panchito Elías, alias El Conde, sueña que es un proscripto del tiempo de Rosas.

Al día siguiente la foto del Pardo Ruiz sale en el diario, junto a las de unos mafiosos de Rosario. Se hablaba de un ajuste de cuentas. Unas páginas más adelante, en la sección Sociales, aparece una foto de la señora Eleonora Bencich de los Llanos con su marido. Buenos Aires vivía la fiebre de las fotografías. En las vidrieras se veían fotos en blanco y negro y otras coloreadas a mano, con sus respectivas ampliaciones. Fotos de bautismo, de casamiento, de bulliciosas despedidas de soltero, de egresadas de la Escuela Normal, de peritos mercantiles en el instante de recibir su diploma. En la proximidad del Carnaval: fotos de holandesitas, de campesinas rusas, de lagarteranas, de *Madame* Pompadour, de piratas y cosacos y de vascos lecheros. Fotos de comparsas lujosas. Todos estaban allí, en esas vidrieras donde los vecinos se descubrían increíblemente jóvenes, aunque hubieran envejecido o muerto y nadie se acordara de ellos en el barrio. Los retratos de familia eran los que más llamaban la atención, porque pertenecían a personas que ya no se hablaban, mujeres y hombres separados por asuntos de dinero o de política. Había retratos de parejas coloreados a mano, que estaban rodeados por flores o por el contorno de un corazón. "Yo quiero un retrato así", pedían las novias y a la semana aparecían en la vidriera, junto a una foto de Azucena Maizani vestida de gaucho y otra de Gardel que sonreía a la eternidad. Entre esas fotos, había una de Gilberto Palmer con la señorita Paulina Renzi, en el Jardín Zoológico, fechada en 1933. Están sentados en un banco, él con las piernas cruzadas y ella con un ramito de jazmines. En otra, de la misma fecha, se ve a Gilberto con Macedonio, en la cabecera de un banquete. El hombre que los observa desde la mesa vecina es el hijo de Leopoldo Lugones, encargado de la represión al comunismo y de hacer aplicar la picana eléctrica. Hay una foto de Paulina Renzi, la locutora, junto a Margarita Falcone, que en ese tiempo cantaba uno de los primeros jingles que se oían en la radio. Las dos están frente al micrófono. Parecen hermanas.

"¡Son de lo peor! ¡Estos radichetas no aprenden nunca, Toño! —se quejó Marcelo Peña a su sobrino político—. Fijate que yo salía del Jockey Club, cuando los vi llegar desde Corrientes por Florida, gritando como energúmenos: '¡Yrigoyen! ¡Yrigoyen!...'. Me reí, ¿qué otra cosa iba a hacer? ¡Me reí de tanta ignorancia, Toño!... ¡No, no aprende esta gente, no aprende!... Entonces sentí el piedrazo... ¡Casi me parten la cabeza esos brutos! Decí que soy cabeza dura, Toñito. Pero me desmayé. Mis amigos me llevaron otra vez adentro y allí me atendió el doctor Olivera, un amigazo, che. La chusma había apedreado las ventanas del club y se veían vidrios rotos por todas partes. Un espectáculo horrible. De yapa, los forajidos intentaron incendiar un tranvía. Yo creo que es hora de meterles palos, Toñito, de no andar con tantas contemplaciones..."

Pero el hombre que estaba en la cama, el viejo caudillo, ya no tenía fuerzas para pelear. Ya no era ni la sombra de aquel que en 1905 anduvo en las conspiraciones, ni del que fue presidente en 1916, ni tampoco del muchacho que ya en 1890 había estado en los entreveros de la Patria. Era otro, el despojo de aquel guapo, comisario de Balvanera, que limpió la parroquia de matones. Supo que se moría en esa casa que no era la suya sino la de sus hermanas, tan fieles, tan humildes. Pensó en su madre, manchada por la calumnia. "No voy a desmentir nada, nada tengo que decirle a mis enemigos. Tampoco necesito que venga un cura para que yo le ande contando mis tristezas. Si hay un Dios, no debe ser un dispensador de dádivas y perdones. Estoy en paz." Su hermana le trae un té de boldo para los nervios, una cruz y un rosario. No quiere que lea los periódicos y menos los libros que perturban la tranquilidad de los enfermos. Puede que tenga razón. "Quizá frente a la muerte, la ignorancia sea una forma de la inocencia", piensa el hombre.

Ha muerto Yrigoyen. Fue a las 19.20 del 3 de julio de 1933. Un día frío y desolado. Murió en la casa de sus hermanas, en Sarmiento 944. Juvencio Zárate camina hacia el centro y piensa en la ingratitud de la gente. Ve a los que profanaron la casa de Yrigoyen y que ahora lo están llorando. "Ahora que está muerto." Al otro día, ya son multitud. En la noche del 5, las calles de Buenos Aires se iluminan con una manifestación de antorchas. "Pueblo necrófilo", piensa Gilberto Palmer. El 6 al mediodía llevan el cadáver de Yrigoyen a la Recoleta. Miles de mujeres y hombres caminan detrás de ocho carrozas cubiertas de flores; veinticinco cuadras de gente detrás de un ataúd cubierto con la bandera argentina. Desde los balcones y las ventanas de Buenos Aires, miles de personas saludan al cortejo. Juvencio Zárate sigue caminando y sabe que una parte de él se muere en ese día.

Canta El Payador:

*Señores: murió Yrigoyen,
está triste la Argentina.*

Buenos Aires. La novela

*Se enlutaron las guitarras
porque se fue de la vida.*

*Lo están llorando los pobres
toda la chusma bravía:
radicales, boinas blancas,
la gente de su divisa.*

*Es cierto: estuvo muy solo
prisionero en una isla...
¿Qué habrá pensado ese hombre
entre tanta cobardía?*

*Le tiraron a la calle
la cama en la que dormía,
la mesa en la que comía
con su modesta familia.*

*Dígame, señor, si yo
debo ocultar esos días
y disfrazar la verdad
que de verdad nos lastima...*

*No todos en el cortejo
fueron dignos de ese hombre.
Yo vi llorar a los buenos
y también a los traidores.*

*Pero señores, ya está:
que duerma en paz el caudillo
La historia sigue y será
memoria contra el olvido.*

El adiós de Paulina Renzi

—Para vos siempre seré una desconocida —le dijo Paulina Renzi aquella tarde de 1934. Gilberto Palmer la miró como si en realidad no la conociera, como si todos esos años se hubieran esfumado en esa tarde, en el preciso momento en que Paulina dijo lo que dijo. Él se sintió sorprendido, desconcertado frente a una mujer con la que había convivido más de diez años.

—Estás loca —le dijo, y la palabra loca, pronunciada al azar, sonó como una ofensa, como algo irreparable.

—Sí, estoy loca —respondió ella—. Por estar mendigando un poco de atención... ¡Mirame, Gilberto!... No soy un libro ni un fantasma... ni uno de tus pacientes...

—No tengo culpa por interesarme en lo que hago –se defendió Gilberto Palmer, aunque sospechó que Paulina tenía algo de razón. Hacía tiempo que su trabajo ocupaba todas sus horas, aun las que podía dedicar al descanso... o a Paulina.

—Tenés el corazón distraído –dijo la mujer.

Paulina fue hasta la victrola y puso un disco de fox-trot. Gilberto recordó la conversación que esa mañana había sostenido en el hospital con Martín Tobler, cuando éste fue a visitar a Mirko, el yugoslavo.

—Me gustaría saber qué le dice su amigo Mirko –inquirió Palmer, con la autoridad que le daba su delantal blanco de médico.

—No entiendo su idioma, pero lo único que sé es que no quiere estar solo.

—¿Y usted cómo lo sabe?

—Porque yo siento lo mismo –respondió Martín Tobler.

—Vení a bailar, sonso –le pidió Paulina mientras tomaba las manos del hombre y las llevaba hacia su cintura. Él sintió el cuerpo de la mujer, las turgencias y la languidez y el abandono junto al tacto del vestido de seda.

—¿Adónde se van tus manos, Gilberto?

—Donde sabés.

Pero de pronto ella lo apartó, arrepentida de su propio juego, de buscar y ceder ante las urgencias del macho, del hombre que la llevaba a la cama pensando en otra cosa.

—¿Qué te pasa, Paulina?

Buenos Aires. La novela

—Siempre fue igual. A mí me calientan los tipos imposibles.

Entonces le contó que, cuando era chica, en el colegio de monjas, se encendía con la imagen de san Jorge.

—¡El santo con su lanza! —sonrió Gilberto—. ¿Acaso soy yo? ¿O soy el dragón al que hay que matar?

—¡Siempre vos! ¡No sos el único que está en el mundo! —se burló Paulina.

Se levantó para irse. No quería terminar la conversación en la cama. Además debía ir a la radio donde trabajaba como locutora y donde preparaban un programa especial dedicado al Congreso Eucarístico.

Por ese entonces, en miles de casas de Buenos Aires se veía el escudo del Congreso Eucarístico, que se iba a realizar en octubre de 1934. En algunas casas del centro y Barrio Norte, además del escudo se veía la bandera papal. Buenos Aires se preparaba para recibir al Legado Pontificio, monseñor Eugenio Pacelli. Eleonora formaba parte de una de las tantas comisiones de damas católicas. Su marido, el flamante capitán Antonio de los Llanos, comulgaba durante una misa que se efectuaba en el Colegio Militar. "Buenos Aires es católica, apostólica y romana", dijo Marcelo Peña en uno de los innumerables discursos de bienvenida.

Se descubrió llorando frente al micrófono. Paulina se preguntó qué pensaría Gilberto Palmer. "Para él, éste sería un momento de histeria", se dijo. Con los años vividos junto a Palmer, no le era difícil adivinar su pensamiento. "Como si fuéramos un matrimonio", pensó. No, no lo eran. Cada uno en su casa: él con sus libros y ella con sus padres muy viejos y católicos. También ella era creyente. Gilberto Palmer, en cambio, había trocado la religión y el dogma por el culto a la Razón y sus perplejidades. No era feliz. En vano Paulina Renzi rezaba por él en la basílica de Buenos Aires de la calle Gaona. Paulina tenía un tío cura y dos sobrinos monaguillos y su familia, muy devota, temía por su virtud.

—Tendrías que casarte con un hombre decente; católico, alguien que pueda transformarse en un buen padre de familia... —le dijo Palmer, cuando ella regresó de la radio.

—Te quiero a vos, Gilberto.

El hombre la abrazó, avergonzado de sus ironías, de su orgullo, de su precaria inteligencia de agnóstico.

El 9 de octubre de 1934 fueron a buscar mar adentro al Legado Pontificio. Buenos Aires lo vio llegar escoltado por cruceros de la Marina de Guerra. Toño y Eleonora estaban en el puerto cuando soltaron las palomas. Las sirenas de los barcos daban la bienvenida. En una de las embarcaciones del Yacht Club, el viejo Marcelo Peña agitaba una gorra marinera. Toño escuchó, complacido, los acordes de las bandas militares y vio al teniente coronel Hermida detrás del presidente Justo y sus ministros. Así comenzó esa celebración de fe en Buenos Aires. Al día siguiente, en Palermo, ante una cruz gigantesca, miles de fieles se arrodillaron. Con la cabeza cubierta con una mantilla, Margarita Falcone oyó la misa que oficiaba monseñor Copello, cardenal primado de Buenos Aires. En Pompeya, la imagen de un santito comenzó a sangrar, y las beatas decidieron que era una gracia de Dios para un barrio muy devoto. Esa noche, frente a cuatro altares levantados alrededor de la Pirámide de Mayo, miles de hombres tomaron la comunión. Como si fuera la nave de una iglesia, toda la Avenida de Mayo servía de escenario a un espectáculo majestuoso: en la calle, en los cafés, en los vestíbulos de los teatros, en las veredas, la gente se arrodillaba ante ciento sesenta sacerdotes que impartían el sacramento. Buenos Aires, se prodigaba rebosante de fe. Otros doscientos sacerdotes impartían la Eucaristía. A la mañana siguiente comulgaron las Fuerzas Armadas y Toño observó con agrado esa formación de conscriptos que recibía su primera comunión. Fueron días de gloria. La Ciudad, conmovida, oyó por los altoparlantes la bendición que impartía desde el Vaticano el Papa Pío XI.

A Paulina le molestó la sonrisa escéptica de Palmer cuando ella le contó, entusiasmada, lo que había vivido en esos días. Su mirada burlona la ofendió.
—¿Por qué sos así, tan malo?
—¡No me río de vos, Paulina, ni de la gente que cree! ¡No, de ellos no!... Sólo critico a los que se aprovechan de la buena fe de los ingenuos...
—De los tontos, querrás decir...
—No. Dije ingenuos.
—Para vos es lo mismo. No me engaño...

—Pero, ¿qué locura es ésta Paulina? Sos una mujer moderna, culta... La verdad, no entiendo tu brote de fanatismo...

—Me voy, Gilberto. Tengo que hacer —dijo ella y se llevó la revista con las notas del Congreso Eucarístico que iba a comentar en la radio.

En ese tiempo, Gilberto Palmer vivió la locura en carne propia. Fue por exceso de trabajo, quizá. Soñaba con su tatarabuelo, con aquel inglés desertor de la civilización, converso de la barbarie. El hombre se le aparecía en sueños, lo insultaba, le gritaba "¡cobarde!". Para contrarrestar esas molestias, Palmer se autorrecetó algunas medicinas. En vano. Hubo días en que tuvo miedo de perder definitivamente la razón. Sobre todo uno, aquel en que llegaron los artistas al Hospicio de las Mercedes para entretener a los enfermos.

Ese día todos sintieron la obligación de ser felices. Se oían tangos y rancheras y versos. Los enfermos deambulaban por el hospital y los extranjeros sólo hablaban en su idioma. Palmer pensó que, de proponérselo, las mujeres y los hombres del hospicio volverían a construir la Torre de Babel.

Parecían niños o animalitos, mientras esperaban la función. Los personajes principales no habían aparecido todavía. Faltaban los actores profesionales, la gente conocida del radioteatro. Se hacían esperar, como es lógico. Los famosos no llegan temprano. Pero por suerte ya cruzaban el portón los artistas del varieté: el prestidigitador, el ventrílocuo con su muñeco, la pareja de zapateo americano. Gozaban de su efímera notoriedad y repartían autógrafos entre los enfermos. La gente estaba dispuesta a divertirse y en el hospital las jerarquías parecían borrarse: algunos enfermos confraternizaban con sus enfermeras y en ciertos casos Palmer pudo observar algunos excesos de confianza. Junto al escenario, aguardaban su turno las bailarinas españolas tocando las castañuelas. Una recitadora (había muchas en ese entonces) gesticulaba frente a un enfermo. "¡Qué mujer más loca!", dijo éste antes de llevarla tras los arbustos. Un conjunto folklórico entró al compás de sus bombos legüeros y guitarras. Llegó, por fin, el Maestro de Ceremonias. Llevaba galera y bastón y tenía la cara muy blanca, como los caralisas. "Damas y caballeros, respetable público, tengo el agrado de presentar a ustedes a un selecto grupo de artistas, de lo más granado del ambiente. Ellos, como yo, se sienten muy honrados de estar en esta casa de Salud; recuerdan que son herederos de los cómicos de la legua, de los bufones, los saltimbanquis, de los artistas que fueron azotados junto a los ladrones, los leprosos, y los locos. En pocas palabras, amigos: ¡Estamos en familia!" Apareció la orquesta de Rosendo Antúnez, con su cantante: Margarita Falcone.

El glosador de la orquesta improvisó unos versos:

> Retribuyo a la afición
> estos aplausos sinceros,
> que agradece el milonguero
> con todo su corazón.
> Y aprovecho la ocasión
> de estar en este entrevero,
> que algunos llaman loquero

y que yo llamo reunión.
Sepan, señores, que el don
de versear como los buenos
no es para sabios o legos,
sino una gracia de Dios.

Sonaron los bandoneones y Juvencio Zárate (que no bailaba desde la muerte de Hipólito Yrigoyen) salió a bailar como una fiera, como si la rabia y la tristeza que sentía le hubieran dado alas a sus pies. "¡Es un dios, señores!", dijo el Maestro de Ceremonias. A Juvencio Zárate se lo veía ensimismado en la música, llevando a su compañera con una delicadeza que afinaba sus rasgos de hombre curtido y peleador. Buen bailarín, como El Cachafaz, como El Vasco Aín, como Arolas. Juvencio Zárate no bailaba para esmerarse en lujos. Serio, solemne, conducía a la mujer y uno sabía que El Porteñito estaba bailando (buscando) la felicidad en medio de la tristeza de los tangos.

Tal vez la locura era ésa: vivir en Buenos Aires, oír el ruido del mundo detrás de los muros de un hospicio. Buenos Aires amaba el Carnaval, los bailes benéficos, las murgas, las kermesses de la parroquia, las visitas de los artistas a los hospitales y los asilos donde la bondad tiene la cara de la Beneficencia.

Entonces ocurrieron ciertos hechos milagrosos, o por lo menos sorprendentes, que la crónica de aquel tiempo omitió. En el cine Tarico, de la avenida San Martín, por ejemplo, se oía la voz de Gardel durante las madrugadas. La sala estaba vacía. No había ninguna copia de sus películas, ni un solo disco. Se oía su voz, nomás:

Buenos Aires. La novela

Mi Buenos Aires querido
cuando yo te vuelva a ver,
no habrá más penas ni olvido.

Paulina lo estaba esperando en el departamento. Sentada en el sillón, con el vestido de seda floreado y el sombrerito de tul, parecía la figura del aviso de una revista de moda. A Gilberto Palmer, que venía de la locura del mundo, aquella imagen lo conmovió. Pensó que todo estaba en orden, al fin. Se acercó para besarla.

—No me beses, Gilberto.

—¿Qué?

—No quiero que me beses.

Se sentó frente a ella, como ante uno de sus pacientes, dispuesto a escuchar, a comprender. Pero no podía hacerlo, no podía engañarse. Oía los reproches de la mujer y miraba las piernas de Paulina en sus medias de seda y sentía otra vez el deseo. "Inoportuno", pensó. Aunque quizás el deseo era lo que quedaba entre los dos como un puente roto. Podía imaginar a Paulina avanzando por ese puente, cubierta con una mantilla, al frente de una procesión.

—No me escuchás, Gilberto.

—Te oigo.

—No me escuchás —insistió la mujer.

—Perdoname. Me hubiera gustado ser mejor —dijo Gilberto Palmer y vio que Paulina lloraba como una Magdalena.

—Me voy, Gilberto —anunció la mujer que dejaba las llaves en la mesa de luz.

Réquiem para Carlos Gardel

Se llora lo perdido. Y Buenos Aires lloraba a su cantor. Algunos descreían de su muerte, de esa mezquindad de la historia. Sin embargo, las noticias, las fotos, la palabra Medellín, aparecían en los diarios que, como dijo un vecino, "siempre mienten". Buenos Aires tuvo largo tiempo para el duelo, meses en que la palabra Gardel se repitió más que cualquier otra, en que la imagen del cantor reiteró su intolerable ausencia. Hay un tiempo que transcurre entre el 24 de junio de 1935, fecha del accidente atroz, y el 5 de febrero de 1936, cuando llegan los restos de Gardel a Buenos Aires. Pero hay dos días, unas horas en que el tiempo se detiene en Buenos Aires, en que toda la ciudad vive el estupor de la noticia que no puede ni quiere creer: es el tiempo que va de la tarde del 24 a la noche del 25 de junio de 1935. Inmóviles, paralizadas por lo inevitable, miles de personas oían la voz de Gardel en la radio, la voz de quien no iba a volver para cantar:

> Buenos Aires, la reina del Plata
> Buenos Aires, mi tierra querida
> escuchá mi canción
> que con ella va mi vida...

En el centro del universo (es decir, Buenos Aires) la figura de Gardel se agrandaba como los límites del tango. Del arrabal al centro, del centro a París y de París a New York.

> Peggy, Betti, July, Mary,
> rubias de New York,
> cabecitas doradas
> que mienten amor.

¿Qué hombre no se sentía Gardel cuando lo veía en la pantalla del cine de su barrio? ¿Cómo no ser él entre esas rubias, cantando el fox-trot y atrás los rascacielos de New York? ¡Qué vida! Lástima que estuviese muerto.

Eso es lo que pensó, precisamente, el músico Rosendo Antúnez, que fue al cine con su mujer, Margarita Falcone, devota del Zorzal. "Me hace cornudo con el difunto", se reía el tanguero. Y era así; porque en la penumbra del cine, al ver sus películas, ella se entregaba a Gardel.

Buenos Aires. La novela

Por suerte, Margarita Falcone no leía las críticas del diario. Ni falta que hacía. De lo contrario, se hubiera enojado mucho con el comentario que alguien ("un infeliz, seguramente", opinó Rosendo) hizo en el diario *La Nación* cuando se estrenó *Cuesta abajo*: "...su asunto no es un acierto; puede resumirse, con sus personajes, en muy pocas líneas: el joven porteño, ex estudiante o estudiante perpetuo, que sigue sumido en la bohemia estudiantil; la mujer mala que sin amarle o persiguiendo sólo un placer canalla, lo arrebata a su medio y a un puro amor; la muchachita buena que espera siempre encadenada por sentimientos puros y limpios el regreso del novio a quien ella sabe honrado a pesar de cualquier trance y por último el amigo que suministra los consejos y con ellos la escasa levadura moral". No, Margarita no leía esas cosas. En el cine, podía ser las dos: la novia buena y la atorranta y sufrir y gozar como se debe.

–¿Te gustó?
–¡Muchísimo!

Para su felicidad, Rosendo tenía la misma sonrisa de Gardel.

> Yo adivino el parpadeo
> de las luces que a lo lejos
> van marcando mi retorno.
> Son las mismas que alumbraron
> con sus pálidos reflejos
> hondas horas de dolor.
> Y aunque no quise el regreso
> siempre se vuelve al primer amor

—¿Por qué tardó tanto en volver? ¿Por qué se fue tan lejos? —se preguntaba, melodramática, Paulina Renzi.

Un día, Julio De Caro confesó lo que Gardel le había dicho en París: "Buenos Aires es una gran ciudad. Yo siempre añoro tanto esas calles, los amigos... pero, en verdad, cuando me encuentro en ella me dan ganas de volverme, de irme lejos... No te vayas, quedate aquí y volvé a Buenos Aires de cuando en cuando, como hago yo, como quien va a visitar la tumba de una novia querida que se lleva en el corazón y a quien no se puede olvidar...".

Mi Buenos Aires querido
cuando yo te vuelva a ver
no habrá más pena ni olvido.

Juvencio Zárate, alias El Porteñito, puso un disco en la victrola esa tarde de 1935. Ya era o se sentía viejo porque Buenos Aires había cambiado y la gente, la que él conocía, o había muerto o estaba en la cárcel o daba lástima mirarla. Así que se inclinó sobre la victrola, respetuoso, para escuchar a Gardel. Lo había visto muchas veces, aunque no fue su amigo. No mentiría como otros. Porque desde entonces, en Buenos Aires, el que más o el que menos, todos habían sido amigos de Gardel. Él no. Era más a la antigua, quizá; le molestaba un poco todo ese ruido acerca del "porteño elegante", como decían, todo ese aspaviento del que había muerto en Medellín. "Al menos tuvo la suerte de no envejecer", pensó Juvencio.

"El piróscafo me lleva hasta la villa donde impera Chevalier y, como criollo, hoy parto a conquistar ese país bacán y copero, con nuestro gotán porteño. Hasta luego, muchachada posta de mi Buenos Aires querido..."

Así había dicho Gardel.

Y cumplió.

"Mejor para él", pensó Juvencio, mientras oía el disco que giraba en la victrola.

Gilberto Palmer intentó descifrar los signos de esa devoción que invadía Buenos Aires. Por razones científicas y también personales, anotó los versos que decía por la radio la que hubiera sido su novia, Paulina Renzi, versos de poetas y letristas de tango que hacían suya la devoción unánime, como éstos, de Raúl González Tuñón:

> Y nadie ha superado la voz inconmovible
> en la luna del disco y en la rosa del aire.
> Quizá cuando otra vez vuelva a caer la nieve
> sobre nuestra ciudad otra voz se le iguale.

Y estos otros de Celedonio Flores:

> Se murió El Morocho y allá en mi barriada
> los puntos más bravos maldiciendo están;
> hay una tragedia en cada mirada
> hay una amenaza en cada ademán.

Y éstos, de Iván Diez:

Se acabaron las garufas en los patios orilleros
El tauraje, dolorido, no hace más que rezongar
Y las violas, enlutadas, por el frío de tu muerte
con la boca bien abierta, no se cansan de gritar.

Palmer observa cierto fatalismo melancólico en los versos de Tuñón, una tristeza similar a la que se sentía entonces en Buenos Aires por la muerte de Gardel. En cambio, los versos de Celedonio Flores e Iván Diez delatan la bronca y la frustración colectiva. A partir de estos datos (de estas intuiciones, mejor), Gilberto Palmer esbozó su teoría: "El Tango del Hijo Pródigo". Quien sale de Francia, ese chico de madre soltera, ese bastardo, regresa a su país de origen y se reivindica con el tango. Es él quien da prestigio a su país de adopción (la Argentina) y a una ciudad (Buenos Aires). Nada importa que haya nacido en Toulouse como Charles Romuald Gardes un 11 de diciembre de 1890 o que haya nacido (como quieren los uruguayos) en Tacuarembó. Él es Gardel y su ciudad es Buenos Aires. Él, el bastardo, el nadie, cumple el mito del hijo pródigo: el más pobre se transforma en príncipe. Mejor aún: en rey del tango. "Buenos Aires como patria", observa Gilberto Palmer y advierte la ausencia del *pater*, la necesidad de hacerse a sí mismo. La patria mítica (Buenos Aires) a cambio de una patria real, de un padre, de un apellido. Está la madre, claro, doña Berta, la "viejita" que sacralizan los tangos y que canta Gardel. "Edipo en Buenos Aires" es el subtítulo del trabajo que Gilberto Palmer piensa escribir acerca de Gardel.

Noche porteña
bajo tu manto
dichas y llantos
muy juntos van
Risas y besos
farra corrida...
Todo se olvida
con el gotán.

"La patria mítica –escribe Palmer–, a diferencia de la patria real, es niveladora: une el llanto y la dicha, prolonga un tiempo ilusorio (Buenos Aires = farra corrida) y es, como el gotán (el tango) una forma del olvido. Buenos Aires, ciudad-mito, es el paraíso perdido, el que añoramos, al que accedimos alguna vez y del que fuimos expulsados".

Buenos Aires... cual una querida
si estás lejos, mejor hay que amarte,
y decir toda la vida
antes morir que olvidarte...

Se decía que Natalio Botana, el director del diario *Crítica*, había hecho todo lo posible por retrasar la llegada de los restos de Gardel y que ese tiempo lo había aprovechado para publicar notas acerca del cantor, de su madrecita, de sus amores reales e imaginarios. Si fue así, hizo un buen negocio, porque cada tarde en la Quinta edición, cada noche en la Sexta, miles de personas en Buenos Aires leían ávidamente detalles de su existencia. Más aún: había expertos en el accidente en el que Gardel perdió su vida. En cada café de Buenos Aires podían oírse diferentes versiones. En el bar La Cachila, de la calle Álvarez Thomas, un pariente del guitarrista José María Aguilar, que había sobrevivido al accidente con horribles quemaduras, comentaba con lujo de detalles lo que había ocurrido ese día fatídico del 24 de junio de 1935, en el aeródromo El Techo, de Medellín. "Mi pariente estaba allí, junto a los otros guitarristas, Guillermo Barbieri y Ángel Riverol. Hacía un calor insoportable. Gardel subió al avión con los guitarristas, su amigo Alfredo Le Pera y otros colaboradores, entre ellos José Plaja, su maestro de inglés, que sobrevivió lo mismo que mi pariente. Así que yo no les cuento lo que dicen los diarios sino lo que vivió mi pariente. ¡De primera fuente, señores! El avión, conducido por Ernesto Semper Mendoza, inició el despegue. Todo fue bien hasta llegar al final de la pista, donde se encontró de pronto con otro avión, cuando ya no había tiempo para nada. Después estalló el incendio. Eso fue todo. ¿Que hubo un disparo? ¿Quién le dijo? ¿Usted estuvo allí? Dicen que el copiloto del trimotor disparó su pistola de señales para advertir del peligro. No me consta. Mi pariente no se acuerda de ese detalle. Pero de algo está seguro: adentro del avión no hubo ninguna pelea, como escribió alguien en un diario. ¡Puras macanas, señores! ¿A quién se le ocurre que Le Pera se iba a poner a discutir con el piloto y que terminaría pegándole un balazo? ¿Le Pera, justamente? ¿Ese ángel?"

En el bar La Cachila se oye el silencio, que interrumpe, poco después, el disco que pone la victrolera del palco: el tango *Melodía de arrabal*.

Barrio plateado por la luna,
rumores de milonga
es toda tu fortuna.
Hay un fueye que rezonga
en la cortada mistonga,
mientras que una pebeta
linda como una flor
espera coqueta
bajo la quieta
luz del farol...

Por fin, el 5 de febrero de 1936 llegan los restos de Gardel a Buenos Aires. En la sala del desembarcadero están, entre otros, Libertad Lamarque, Irineo Leguisamo, Armando Delfino y Francisco Canaro. Una foto registra el momento crucial: se ve la caja fúnebre que desciende del barco y atrás, el cielo gris de Buenos Aires.

En tranvías, en ómnibus, en colectivos, en camiones, a pie, la gente de Buenos Aires iba hacia el Luna Park, hasta el ring transformado en capilla ardiente. Las mujeres lloraban a su alrededor, las oficiantes del rito que Palmer no pudo o no quiso ver aquella noche, y que le hubieran servido de corolario a su trabajo. "Él se lo pierde", pensó Paulina, que se hincaba a rezar mientras la gente pasaba en un largo y solemne cortejo. El maestro Francisco Canaro se puso al frente de su orquesta. Entonces, desde el Luna Park, se oyó:

Silencio en la noche, ya todo está en calma
el músculo duerme, la ambición descansa.

Pedro Orgambide

Silencio. La gente lloraba junto a las radios. Buenos Aires lloraba al oír su voz.

Al día siguiente, la multitud ganó las calles de Buenos Aires. El cortejo avanzó por Corrientes, rumbo a la Chacarita, detrás de las carrozas con flores. Gardel entraba en la inmortalidad. Sólo le faltaba el mausoleo, la estatua, que se levantaría un año después y que, desde entonces, siempre tendría flores y cartas y fotos y mensajes de aquellos que descreen de la muerte y aseguran que Gardel canta cada día mejor.

Días como traiciones

—Buenos Aires necesitaba inventar un semidiós a su medida, por eso inventó a Gardel —opinó Palmer en el café Paulista, donde se había citado con Martín Tobler esa tarde de 1936.

—Usted es un pesimista inteligente —opinó Martín Tobler.

—Perdone, Tobler; por un momento me olvidé de que estaba frente a un defensor del optimismo histórico.

—Un iluso, ¿no es cierto?... Un idiota.

—No dije eso.

—Pero lo pensó. Los descreídos son muy vanidosos y menosprecian las razones de la pasión... ¿Quién le dijo que el pesimismo es una virtud?

—Mire, Tobler, jamás pensé en menospreciar a un hombre como usted, un hombre de acción...

—¡No sea tan elitista, Palmer! ¿Por qué separa la acción del pensamiento?

—¿Hago eso?

—Todos los burgueses hacen lo mismo. Y cuando abrazan una causa justa, sacralizan la acción.

—¿Usted lo dice? ¿Usted, que quiere alistarse para ir a pelear a España? Usted necesita la acción, Tobler, no puede vivir sin ella.

Por la calle pasaron unos legionarios dando vivas a Mussolini. Parecían muchachos bullangueros a la salida de una fiesta. Todos engominados. Unos usaban la barba en candado y otros, como una escuálida perita. Los más jóvenes lucían pantalones Oxford, acampanados, y se bamboleaban como si bailaran el fox-trot. Los mayores, de trajes oscuros, tenían un aire marcial y a la vez exótico, como los guardias del maharajá de Kapurtala, que había visitado el país diez años antes.

—Las brigadas del odio —dijo Tobler.

—Payasos —dictaminó Gilberto Palmer—. No son más que un grupito de fanáticos.

—En Austria, Hitler empezó así...

—Estamos en Buenos Aires, Tobler; no se confunda.

El cielo de Buenos Aires no era un cielo de guerra sino un límpido cielo donde un avión dibujaba el nombre de una marca de yerba que quedaba flotando en el aire como una nubecita blanca. No había por qué inquietarse, como no se inquietó Buenos Aires cuando sobrevoló sus techos el *Graf Zeppelin*, ese dirigible que parecía un enorme cigarro plateado con la cruz svástica en cada una de sus aletas. "La aviación y los tanques alemanes decidirán el destino de las guerras futuras", profetizó el teniente coronel Hermida esa noche de 1936, cuando iba en su auto con el capitán Antonio de los Llanos rumbo al Jockey Club. Esa noche se servía un banquete en honor del embajador del III Reich en Buenos Aires, Edmundo von Thermann. Fue una buena oportunidad para que el teniente coronel practicase su alemán conversando con el general Hans von Kretzchmer y el coronel Günter Nienderfür.

–El coronel es un digno representante de la Werhmacht en nuestro país –dijo, mientras se lo presentaba al capitán Antonio de los Llanos.

Hermida le sirvió de intérprete ya que el coronel estaba muy interesado por su actuación en los sucesos de la Patagonia, "una región muy bella, según me contaron, donde viven algunos de mis compatriotas".

–Así es, coronel.

–Y una región estratégica, capitán.

–Para tener en cuenta –se atrevió a decir Günter Nienderfür, con cierto tono confidencial–. Sabemos que aquí tenemos buenos amigos –concluyó.

Cuando terminó el banquete, De los Llanos y Hermida invitaron al coronel a tomar unas copas en el Tabarís. Margarita Falcone cantaba tangos acompañada por la orquesta típica de Rosendo Antúnez.

–¡Qué gran país! –decía, exultante, el enviado de la Werhmacht.

El suegro de Toño prefería a los ingleses.

—Más civilizados; verdaderos caballeros, Toño. Por algo tienen un Imperio. Y no te olvides de lo que dijo en Londres Julito Roca: "la Argentina, desde el punto de vista económico, es una parte integrante del Imperio Británico".

—¡Vendepatria! —se enojó Toño.

—No, no, mi querido yerno: realista. Nosotros vendemos y ellos compran lo que necesitan. ¿Sabés cómo se llama a esa operación tan simple? Libertad de comercio. No hay otra opción, Toño: o eso o el comunismo.

Eleonora supo de las pequeñas traiciones de Toño, de sus tonterías, de aventuras fugaces con las mujeres de la noche. Sintió que se humillaba al revisar los bolsillos de los trajes de su marido, al encontrar una tarjeta perfumada, un pañuelo con rouge. "Me porto como una cualquiera —se dijo—, como esas mujeres de los folletines que leen las sirvientas y las dactilógrafas." Se avergonzó de lo que hacía, de lo que pensaba. Se miró en el espejo. Hermosa como una pintura de Gibson. *Pas mal*, se dijo, complacida.

Para Juvencio, dejar de ser El Porteñito fue como una traición y una lenta enfermedad que él aceptó, resignado, como si fuera un castigo de la vida. Miró cómo Buenos Aires se transformaba ante sus ojos. Vio a los hombres con sus piquetas demoliendo el Tabarís por el ensanche de la calle Corrientes, que para él siempre fue angosta. A Buenos Aires, a esta parte de Buenos Aires que era suya (la de los teatros, los cabarés, la noche) la cortaban en prolijas diagonales. "Ya no es lo mismo", meditó Juvencio aquel 23 de mayo de 1936, cuando se inauguraba el Obelisco y el intendente De Vedia decía su discurso.

Ese día dejó de existir El Porteñito, que al fin de cuentas era un nombre de fantasía, y lo sobrevivió Juvencio Zárate, un porteño que solía contar sus historias en el café. Así ocurren las cosas en Buenos Aires, donde no se le niega a nadie un poco de fama.

—¿Cómo que te vas? ¿adónde te vas, Martín Tobler?

—A España... a la guerra...

—¿A la guerra? ¿Cómo a la guerra? ¿Qué tenés que hacer allí? ¿Te aburrís de mí, de tu mujer? ¿De quién huís, Martín Tobler?

—¡Soy un internacionalista, mujer! Creí que lo comprenderías...

—¡Estás loco, Martín Tobler! ¡Chiflado, *mechiguene*!

—¿Por qué gritás?

—¿Por qué grito? ¡Porque se me da la gana! Estoy en mi casa, que yo sepa.

—Sarita, no hagás teatro...

—¡El señor dice que yo hago teatro! ¡El señor se va a la guerra como Mambrú! ¡El señor es un cochino internacionalista proletario hijo de puta!...

—Sarita...

Entonces Sarita se abalanzó sobre Martín Tobler y lo

golpeó y lo rasguñó con furia y luego se echó a llorar, tirada en el suelo gimiendo y repitiendo una sola palabra: "Traidor... traidor... traidor...".

"Me voy", informó Martín Tobler varios días más tarde, en el café donde Juvencio y Evaristo Soria se encontraban para charlar de los viejos tiempos. Lo miraron escépticos: no entendían el apuro de Tobler para ir a una guerra que no era la suya. "Hay que detener al fascismo en donde esté, en cualquier parte", explicó Martín Tobler a sus amigos. Se había alistado en las Brigadas Internacionales y partía hacia España para defender la República.

Evaristo Soria orejeaba unos naipes cuando oyó la noticia.

—Cuidate, che —fue todo lo que dijo.

Pero en el tranvía de regreso a su casa, Evaristo sintió que de algún modo traicionaba a su amigo, que se quedaba aquí, "campaneando al mundo" como decía Juvencio, mientras otros morían por él. Es lo que le dijo a Gina mientras ella le cebaba un mate.

—No, Evaristo, tu lugar está aquí, peleando en tu sindicato, con tu gente. Además, a la vejez viruela, ahora que conseguí marido, no quiero quedarme viuda —se rió la mujer.

—Hay que barajar y dar de nuevo —comentó Evaristo Soria en el patio de la fábrica, donde se habían reunido los obreros para escuchar las voces de los delegados de las dos tendencias que se disputaban la CGT. Durante cinco años, Evaristo Soria había luchado por unir esas fuerzas que ahora parecían irreconciliables. "¡Juntos, pero no amontonados, Evaristo!", le recordó Facundo Morales, el joven delegado de la mayoría. "¡Desclasado!", "¡compadrito!", lo interrumpió un delegado comunista. Facundo Morales le respondió: "¡Callate, che!... Ustedes son de lo peor: ¡cuando llueve en Moscú, abren el paraguas en Buenos Aires!". Al terminar la asamblea, Evaristo Soria lamentó su fracaso como dirigente. No podía lograr la unidad. "Tiene razón Gina: soy pura contradicción. No puedo estar con unos ni con otros", pensó. Sabía que avanzaba el fascismo en el mundo, pero a la vez comprobaba que cada día era más voraz el apetito de los imperialistas, de Gran Bretaña y los Estados Unidos. Aquí, en Buenos Aires, eran los dueños del transporte, de la electricidad, de los frigoríficos.

En el Congreso alzaba su voz Lisandro de la Torre. Tal vez en ese mismo momento alguien apuntaba a su cabeza.

—¡Qué cara de velorio que tenés, *Amargo Obrero*! —se le burló Facundo Morales, el más joven de los dirigentes, al salir del sindicato.

—No me llamés Amargo Obrero. No me gusta.

—¡Era una joda, che! ¡Qué carácter!

"Ya no sirvo para nada", piensa Evaristo Soria y siente que los días se le hunden como traiciones. Gina le pregunta si no piensa salir, divertirse un poco. Él trata de explicarle que, aunque quisiera, no podría divertirse, que la vida para él es eso, trabajar de lunes a sábado y luego quedarse en la pieza fumando y leyendo esos libros que Gina tiene en el baúl. "A mí no me convencés Evaristo. ¿Quién no necesita un poco de diversión en esta vida?" Desde las otras casas llegan las voces de los vecinos. Es sábado a la noche y ella quiere ir al baile. "Pero si no querés, no importa, me puedo quedar con vos. Sin molestar." Evaristo piensa que Gina merecería estar con otro hombre "y no conmigo, que soy un amargado, *Amargo Obrero*, me dicen".

—¡Sí, tienen razón! Vos sos un buen hombre, Evaristo —le responde Gina—, pero te das manija con tu amargura.

—Perdoname, che.

—¡Estás en penitencia! —dice ella y sale contoneándose, para que la desee.

Aquel atardecer de 1938, Gilberto Palmer caminaba por la Costanera con su amiga Alfonsina Storni. Miró un barco que se alejaba por el río y se acordó de Martín Tobler, que había partido dos años antes hacia la guerra de España. De alguna manera lo envidió y pensó en Rilke y en el privilegio de elegir la propia muerte. Iba con Alfonsina hacia la fuente de Lola Mora, Las Nereidas, a la que habían desterrado a ese confín de Buenos Aires.

—Buenos Aires se traiciona a sí misma, oculta la Belleza como si fuera un pecado —se indignó Alfonsina.

—¿Le parece? Sin embargo, a veces Buenos Aires se muestra orgullosa de sus paseos, sus teatros, sus estatuas...

—Orgullosa, sí... menos de las esculturas que ofenden el pudor de los funcionarios municipales.

De pronto, Alfonsina sonrió al observar una sombra de desconcierto en el rostro de Palmer. Como casi todos los hombres –pensó–, ocultaba su fragilidad con el gesto de los que saben por qué están en el mundo. Con su traje Palm-Beach, su sombrero Panamá, Gilberto Palmer parecía el personaje de uno de sus poemas. Sólo faltaba el buque en el que debía embarcarse y, quizá, la música de un fox-trot.

–¿Usted baila el fox–trot, Gilberto?
–No, Alfonsina, hace mucho que no bailo. Ya no soy joven.
–¿Espera que lo consuele por esa fatalidad? No lo haré, querido amigo.

Continuaron caminando por la Costanera Sur, miraron la estatua de Luis Viale con el salvavidas en la mano, dispuesto a sacrificarse en medio del naufragio.

–¿Qué piensa de él, Gilberto?... De los que arriesgan todo en un instante...
–Depende, Alfonsina, depende de las circunstancias...
–No, no, querido amigo: hablo de las mujeres y los hombres que son mucho más que sus circunstancias... ¡Hablo de jugarse la vida, Gilberto!

Palmer miró el barco que se alejaba, que se perdía detrás del horizonte. Pensó, otra vez, en Martín Tobler.

–Nada se sabe de cuáles son las oscuras motivaciones que hacen a un héroe. Al menos yo no lo sé.
–En realidad, pensaba sólo en la mujer que hizo estas esculturas... –dijo Alfonsina mientras se acercaba a *Las Nereidas*–. Esta obra ofende el pudor de los que deciden qué se debe mirar o no en Buenos Aires, los que determi-

nan qué es lo decente o lo indecente frente a nuestros ojos. Para ellos, Lola Mora ha traicionado el decoro y el sentido común. ¡Dígame si no son ellos los traidores, los inmorales! ¿Cómo se atreven a exiliar a la Belleza?

Desde 1905, la fuente de Lola Mora permanecía vedada a los ojos de la mayoría de las mujeres y hombres de Buenos Aires, desplazada de los paseos y los parques públicos más concurridos, exiliada en su propia ciudad.

"Malditos", dijo Alfonsina mirando hacia Buenos Aires, de espaldas al Río de la Plata, hacia un invisible lugar donde los ignotos deciden lo que es bueno y lo que es malo. Los imaginó con mangas de lustrina, oficiosos censores, lúbricos jefes de reparticiones públicas, todos confabulados contra esa mujer que mostraba y exaltaba la desnudez de los cuerpos en un lugar del mundo llamado Buenos Aires. Es claro que Buenos Aires contaba con otras esculturas muy valiosas, como las de Rodin y Bourdelle y que, al fin (esto lo pensó Palmer, no Alfonsina) el academicismo de Lola Mora seguía siendo deudor de la Italia en la que había vivido y recibido honores como ninguna otra artista de nuestro país. Pero no se trataba de eso, ni siquiera de sus obras relegadas en los depósitos municipales, sino (esto lo pensó Alfonsina, no su amigo) de la pasión proscripta, del fruto prohibido que los censores no se atrevían a probar. Palmer, a su vez, observó el ritmo de las Nereidas y Náyades, sus acercamientos en el espacio, su alejamiento de la tiranía de los Tritones, la valva marina de la que emergía Venus, y pensó en el poder erótico de la Belleza.

—¿Está por concebir otra teoría? —preguntó, burlona, la mujer.

–De ningún modo. La contemplación me dio sed. La invito a tomar una cerveza en la Munich.

–No me puedo negar...

Se sentaron a una de las mesas de la terraza. Lola Mora había muerto pobre y olvidada. Se decía que, con la razón perdida, había deambulado por la Costanera Sur en medio de un temporal, hasta llegar a su fuente y acariciar por última vez a sus criaturas.

–¡Por Lola Mora! –dijo Alfonsina.

–¡Por usted! –brindó Gilberto Palmer.

Bailongo del 40

"Estoy como quiero", piensa Rosendo Antúnez esa tarde de 1940 en el estudio de la radio donde toca con su orquesta típica. "Estoy como quiero", se dice y oye al locutor del informativo que transmite las noticias de la guerra. Cayó París. "Es una joda la guerra. Por suerte uno vive en Buenos Aires." La guerra se oye por la radio. "Se vive bien, se come", piensa Rosendo. Cerca de allí, en un café, Toño y su suegro comparten una mesa y algunas convicciones. "Los obreros siempre se quejan, Toño, y los comunistas aprovechan la bolada... Pero decime: ¿en qué ciudad del mundo se vive como aquí?... Se trabaja ocho horas, y el sábado medio día... ¡No es para morirse, creo!... Y no sé si te fijaste que casi todos los oficinistas almuerzan en su casa... ¿En qué país del mundo viste eso?... ¡Hasta se hacen una siestita, Toño!... ¡Se quejan de vicio!... Los sábados se van al baile y los domingos a la cancha... ¿Sí o no? ¡Esto es un Viva la Pepa, Toño! ¡No da para más!"

Antonio de los Llanos lo oyó distraído. Se había citado con una joven bataclana en la confitería *Sans-Souci*. A la chica le gustaban los boleros y los tangos. Se los cantaba al oído, con voz melosa, mientras bailaban en la pista de la confitería danzante.

Gina le pidió a Evaristo que la llevase a bailar aunque sólo fuera una vez, a un club cualquiera, a un club de barrio, a un baile con grabaciones. Evaristo se defendió diciendo: "Yo soy un patadura, che; no soy El Porteñito", pero mandó su único traje a la tintorería y se compró una camisa blanca para la ocasión.

Hace un año que terminó la guerra civil en España y Sarita Gutman no sabe si Martín Tobler está vivo o muerto. Tiene noticias de él por algunos refugiados españoles que ocupan las mesas de los cafés de la Avenida de Mayo. Alguien le cuenta que lo vio durante la defensa de Madrid; otro cree recordar que un tal Tobler cruzó los Pirineos; un tercero asegura haberlo visto en París con documentos falsos. Poco a poco, Sarita Gutman se familiariza con la ausencia. Y poco a poco, también, comienza la lenta tarea del olvido.

Buenos Aires. La novela

A Le Corbusier no le gusta Buenos Aires, la encuentra monstruosa, quizá porque no entiende el encanto de sus patios, de sus casas chorizo, de los zaguanes profundos, de los balcones como colgados en el atardecer, entre un baldío y una nube.

¿Adónde irá Buenos Aires con mil seiscientos tranvías y seiscientos colectivos? A ninguna parte, seguramente.

Sin embargo, desde la ventanilla del colectivo, Sarita Gutman puede pensar que Buenos Aires tiene todo: vinerías, clínicas de muñecas, almacenes, tiendas de ultramarinos, librerías de viejo, casas de reparación y venta y alquiler de bicicletas, casas de óptica, de música, de fajas y bragueros, de dentaduras postizas, de ropa vieja; mueblerías del Once y Paternal y Villa Crespo; corralones profundos por Barracas, Almagro y Villa Urquiza.

–¿Qué estará haciendo Martín Tobler en vez de vivir en Buenos Aires? –se pregunta Sarita Gutman, en el colectivo.

El 4 de junio de 1943, el locutor de LRA, Radio del Estado, anunció: "Reina la tranquilidad en todo el país". Pero las tropas de Campo de Mayo avanzaban hacia la Capital. Había golpe de Estado. Y a bordo del rastreador *Drumond*, el presidente Ramón S. Castillo firmaba su renuncia. Se oían marchas militares como en cada golpe de Estado en la Argentina. Desde entonces uno podía saber si había un nuevo presidente con sólo mirar las vidrieras de los negocios de Buenos Aires. En ellas, en un lugar preferencial, se veía un busto de yeso con la figura del general y presidente de turno: Rawson primero; Ramírez después y más tarde Farrell. El suegro de Toño se impacientaba con esos nombres desconocidos para él, ajenos a la alta sociedad. "¡Uno no sabe a qué atenerse, Toño! Con el doctor Castillo, mucho más que con el cieguito de Ortiz, para serte franco, uno podía creer que el país no iba a cambiar de rumbo... ¿Qué había de malo en que Patrón Costas fuera el candidato presidencial? ¡Al menos, él es un doctor, un señor!... En cambio éstos, perdoname que te diga: ¡son de lo más *cache*! ¡Un bochorno, che!"

En 1944, el profesor Arístides García sintió un pequeño malestar, nada de importancia. Prudente, consultó al médico, que le recetó un calmante. En realidad, lo inquietaban sus alumnos, todos esos ateos y judíos a los que dictaba clases de Moral. Sobre todo uno: Gabriel Gutman, el sobrino de Sarita.

Gabriel vivía en casa de la pantalonera. "El hijo de mi primo Manuel es inteligente y lindo como su padre", decía la pantalonera y recordaba el día en que Miriam, la mamá de Gabriel, había llevado al taller los pantalones de un rufián. Sarita se sentía como una heroína de radioteatro al recordar que aquel día había puesto a Miriam en un tren rumbo a la colonia de Entre Ríos para salvarla de la mala vida.

No sabía si el muchacho conocía o no esa historia, que para muchos podía ser una vergüenza y para ella, el argumento de una novela de la radio, de las muchas que escuchaba mientras Gabriel estudiaba sus lecciones.

Buenos Aires. La novela

"Mi vida es una novela", solía decir Sarita Gutman. Ella creía recordar que cuando el ingrato de Martín Tobler la dejó para ir a arreglar el mundo ella estaba escuchando en la radio "Las aventuras de Rocambole", con Olga Casares Pearson y Angel Walk. Como era su costumbre, sufría voluptuosamente con la ficción. La realidad le parecía insoportable. Por suerte, tenía el día ocupado con sus radioteatros. Ahora estaba imaginando que era una de las mujeres de la historia que interpretaba Eva Duarte. Las novelas que más le gustaban eran las de la escritora Zeneida "Yaya" Suárez Corvo, novelas que llegaban al corazón y hacían llorar, como *Rapsodia* o *El caballero de las dos rosas*, sin ir más lejos. Años más tarde, Gabriel Gutman afirmó que allí había comenzado su afición a escribir, junto a Sarita, su segunda madre, tomando té y comiendo masitas de anís.

–¿No se te hace tarde?
–Sí, tía. Pero quiero saber cómo termina la novela...

–¡Llega tarde, Gutman, como siempre! Voy a hacer que le pongan cinco amonestaciones...
–Está bien, profesor.
–Escuche, Gutman: cuando hable conmigo, se pone derecho junto al pupitre. ¿Entendió? ¡Póngase firme, con los talones juntos!
–No estamos en un cuartel...
–¡Desgraciadamente! ¡Un poco de orden cerrado no le vendría mal a usted, se lo aseguro!
El profesor Arístides García, que se pavoneaba por haber terminado su servicio militar como subteniente de

reserva, comenzó con su clase, una larga divagación acerca del Bien.

—Son puntos de vista —murmuró Gabriel.

—¿Qué dice Gutman? ¿Qué dice? A ver, pase al frente y díganos su opinión sobre lo que acabo de explicar...

—Yo digo que las cosas no son tan simples, profesor, que no todo es blanco y negro...

El profesor Arístides García sintió una puntada muy fuerte en el pecho. Esa tarde el médico ordenó que le hicieran un electrocardiograma y una radiografía de tórax. El profesor García se alegró al saber que nada raro le ocurría a su cuerpo. Ese domingo comulgó. Lo que no pudo confesar, lo que no dijo, es que en sueños veía arder los argumentos de su alumno. Con buen ánimo, regresó a sus clases. El astuto de Gutman ahora optaba por la mansedumbre.

Un día, mientras bajaban las escaleras, le puso el pie para que trastabillase. Gabriel Gutman cayó del segundo al primer piso. Indignada, su tía Sarita lo sacó del colegio. Ese día, las puntadas del profesor García cesaron para siempre. Se tranquilizó con la ilusión de que Alemania aún ganaría la guerra y de que los judíos y los comunistas desaparecían de este mundo.

—Lo peor de envejecer es quedarse fuera del mundo, sin hacer nada —dice Juvencio Zárate.

—A mí me pasa con la política. Para consolarme, me digo que uno no puede ser protagonista todo el tiempo.

—¿Sabe, Evaristo? No hay peor amargura que la resignación.

—Sé lo que es eso. También yo a veces tengo ganas de largar todo.

—No se lo diga a los jóvenes, que lo pueden echar del sindicato.

—¡Claro que se los digo! Hay uno, Facundo Morales, que me dice que un dirigente no renuncia: o pelea o se va al cementerio.

—¡Qué tipo! ¿Qué edad tiene el insolente?

—Treinta años, creo.

—¡"Volver a tenerlos", como dice el tango! A veces me siento de más en esta vida...

—¡No embrome, Juvencio! ¡Tiene cuerda para rato usted!

—Se me rompió la cuerda; ya no sirvo ni para estorbo.

—¿Qué dice, Porteñito?

—Hace mucho que dejé de ser El Porteñito. Si lo fuera, les daría un escarmiento a esos infelices que manosean al tango, a los que cambian "Percanta que me amuraste" por "Señorita que me abandonaste", a los que dicen "Da vuelta, da vuelta" en vez de "Yira, yira".

—¡Me hace reír, Juvencio!

—Es para llorar.

Sentados junto a la vidriera del café, los dos hombres veían pasar la gente en esa tarde de sábado y bailongo. En la calle, un camión con altavoces anunciaba a la orquesta de Rosendo Antúnez

...con la participación especial
de Margarita Falcone...
la voz melódica del tango...

17 de octubre de 1945

Fue un 17 de octubre
yo no lo puedo olvidar
La gente salió a la calle
Había huelga general...

Patricio, el hijo de Marcelo Peña, nunca olvidaría ese día, que para él fue el comienzo de una pesadilla atroz. Miles de mujeres y hombres avanzaron sobre Buenos Aires, la invadieron, según Patricio, hasta violar la intimidad de las familias decentes. "¡Mazorqueros!", dijo Patricio Peña, sin saber que ese insulto hubiera sido elogio para su antecesor, Dionisio, el que vio la locomotora y se santiguó con espanto. Pero de él poco sabía el bisnieto, nada en realidad, porque su padre y su abuelo, los dos Marcelo, habían borrado las huellas del gaucho. "¡Mazorqueros!", volvió a decir Patricio Peña al verlos bajo su ventana, en pleno Barrio Norte, adonde había llegado la turba como un aluvión. Venían de los talleres, de las fábricas, de las oficinas, del puerto, de los barrios, del suburbio; venían mujeres con chicos en los brazos y los hombres en camisa, en overol, con pancartas y banderas; venían en camiones, en ómnibus, en los techos de los tranvías y caminando en una larga marcha hacia la Plaza de Mayo para exigir la libertad del Coronel.

Los ferroviarios pararon
los matarifes del Sur,
los albañiles del Norte,
los obreros de la luz.

Con Tolosa y con Cipriano
y también con Villaflor
ya fueron barrio por barrio
y están todos con Perón.

En su casa de Belgrano, el suegro de Antonio de los Llanos, reunido con sus amigos, gente de confianza, intentó detener a quienes invadían la ciudad. "¡Hay que hacer algo, señores! ¡Y pronto!... No, no sé donde está mi yerno. Acuartelado, me imagino. Pero hoy los civiles tenemos una responsabilidad muy grande", dijo mientras repartía las armas a un improvisado comando. Recordó que el almirante Vernengo Lima había dicho días atrás: "Yo no soy Perón".

—¿Y ahora dónde está?
—En el Hospital Militar, a unas cuadras de aquí...
—¡Qué tentación! —dijo uno.
—¡Ni se les ocurra! —los interrumpió Toño, que llegaba con el teniente coronel Hermida.

Como suele ocurrir, había cierta hermandad entre los camaradas de armas, estuvieran en un bando o en otro. El coronel Perón era uno de ellos, aunque no compartieran sus ideas. Mientras estuvo en la Secretaría de Trabajo y previsión "les dio alas a los obreros, los envalentonó, los puso contra la gente", como decía el suegro de Toño. "Y ahora tiene a esa yegua", agregaba al referirse a la actriz María Eva Duarte. Perón la había conocido en el Luna Park, durante un festival a beneficio de las víctimas del terremoto de San Juan. "¿Y ahora dónde estará esa hembra?", preguntó el suegro de Antonio de los Llanos. Él no respondió. Tocó, como al descuido, su arma reglamentaria. Se impacientó, como siempre, con las preguntas tontas de los civiles. A Perón lo habían detenido en el recreo Tres Bocas, en el Tigre. De allí lo llevaron a la isla Martín García y de allí al Hospital Militar, donde estaba internado.

Evita, mi tesoro adorado:
Sólo cuando nos alejamos de las personas queridas podemos medir el cariño. Desde el día que te dejé allá, con el dolor más grande que puedas imaginar, no he podido tranquilizar mi triste corazón. Hoy sé cuánto te quiero y que no puedo vivir sin vos. Esta inmensa soledad sólo está llena con

tu recuerdo. Hoy he escrito a Farrell pidiéndole que acelere mi retiro. En cuanto salga nos casamos y nos vamos a cualquier parte a vivir tranquilos. Si sale el retiro nos casamos al día siguiente; y si no sale, yo arreglaré las cosas de otro modo pero liquidaremos esa situación de desamparo que tú tienes ahora. Viejita de mi alma, tengo tus retratos en mi pieza y los miro todo el día con lágrimas en los ojos. Que no te vaya a pasar nada porque entonces habrá terminado mi vida. Cuídate mucho y no te preocupes por mí; pero quiéreme siempre, que hoy lo necesito más que nunca.

Muchos, muchísimos besos mi queridísima chinita.
Perón.

*¡Que suene el bombo, que suene,
no lo dejes de tocar!
¡Que está sonando de bronca,
ya no se puede parar!*

*Dicen que somos la chusma
que no sabemos pensar...
¡Yo siento que estoy pensando
que ya no aguantamos más!*

Venían los obreros de Berisso y Ensenada hacia Buenos Aires, cuando al llegar a Avellaneda, les levantaron los puentes.

*Si nos levantan los puentes
igual vamos a pasar.
Somos la chusma insolente
que se ganó su lugar.*

*Mejor lo sueltan al Hombre
lo pongan en libertad...
Si no lo sueltan, señores:
¡hoy se incendia la Ciudad!*

*No nos vamos de la Plaza
que Perón salga al balcón.
Por las buenas o las malas:
...¡lo queremos a Perón!*

—Tranquilidad, señores! ¡Todo se va arreglar! —dijo alguien desde la Casa de Gobierno.
—¡No nos vamos sin Perón! ¡No nos vamos sin Perón! —le respondieron.
Eran miles. Parecían millones.

Facundo Morales recordaba ese 17 de octubre en la Plaza de Mayo como el día más hermoso de su vida. La gente soportó el calor de la mañana a la noche y refrescó sus pies en la fuente de la plaza. Mientras esperaba, no se cansó de vivar el nombre de Perón, ni de exigir a los que estaban en la Casa de Gobierno que lo pusieran en libertad. Vio a unos muchachos trepados en los árboles y a otros encaramados en los faroles y las estatuas de la Plaza de Mayo. Pasaba una hora y otra. La tarde se hizo noche y, por fin, entre la luz de las antorchas, apareció Perón con los brazos en alto.

"La gente preguntaba y Perón respondía", contó Facundo Morales. Perón dijo que colgaba el uniforme que le había entregado la Patria "para vestir la casaca del civil y mezclarme en esa masa sufriente y sudorosa que elabora el trabajo y la grandeza de la patria". Así dijo el hombre.

—¡Es el pueblo de Perón! ¡Es el pueblo de Perón! —gritaban en la Plaza de Mayo.

No puede olvidar ese día, no lo quiere olvidar. Patricio Peña salió de su casa y se metió en las calles que creyó invadidas por la fealdad. Vio cómo miles de personas usurpaban la noche de Buenos Aires, la hacían suya y la vejaban. Caminó entre el resplandor de las antorchas y las sombras inquietantes de los invasores. Oyó la silbatina frente a los edificios de *La Prensa* y *La Nación*. Por un momento pensó que iban a entrar en sus redacciones para prenderles fuego.

Facundo Morales se sentó en un cordón de la vereda de la Avenida de Mayo. Desde una ventana del diario *La Prensa*, un periodista observó al hombre con el pecho desnudo y la vincha en la frente. Se le ocurrió un título para el artículo que debía escribir contando lo que sucedió ese día: "Los descamisados de Perón". Descamisados. Como los de la Revolución Francesa. Pero criollos. Con algo de indios. *Descamisados*. Pronunció la palabra que durante años iba a repetir con odio, con desprecio, con desagrado y, finalmente, con resignación. "¡Perón sí, otro no!", seguían gritando en la calle.

Ese 17 de octubre de 1945, Gilberto Palmer salió del hospicio y vio a la gente que desbordaba las calles de La Boca y que subía, por Barracas, hasta la colina del parque Lezama. Oyó las voces del odio y de la furia. Sonaban los bombos. Varios enfermos y uno que otro médico habían subido al muro y miraban, absortos, esa locura que no podían dominar con calmantes. "¡Es el Juicio Final, compañeros!", profetizaba un loco. Palmer, en la calle, se sumó a una columna que avanzaba vivando el nombre del Coronel de los Pobres bajo las pancartas, los estandartes y las banderas argentinas. Caminó con ellos por las calles empedradas donde naufragaban los carros en medio del aluvión. Miró, por última vez, hacia el hospicio. Desde lo alto del muro los enfermos cantaban sus canciones obscenas, vigilados por los guardianes. Se sintió libre o creyó ser libre mientras avanzaba con los otros como enloquecidos de alegría. Alguien dijo que habían perdido el decoro, los buenos modales. Los llamaron rotosos, monos, mazorqueros, chusma, basura, mientras ellos cantaban por las calles de Buenos Aires. Gilberto Palmer pensó que deliraba.

–¡Pan y circo! –exclamó con rabia Patricio Peña al ver a la gente que volvía de la Plaza de Mayo.

"¡Mañana es San Perón!" "¡Mañana es San Perón!", gritaban desde los camiones y Patricio Peña se sintió indignado, ofendido, como cada domingo de fútbol, al observar a los que iban o regresaban de las canchas. Sintió que la fealdad se había apoderado de Buenos Aires, del país entero.

–¿Cuándo se vio un circo semejante? –se preguntó–. ¡Nunca, esto no se vio nunca!

Días peronistas

Desde que llegó Lucía, Eleonora desconfió de ella, la sirvienta, esa chinita con cara de inocente. Seguramente era una espía. "Como todas. Todas las sirvientas son espías de la Eva, la hembra de Perón. Eso lo sabe todo el mundo." Pero a ella no la iba a engañar, no señor, mejor que se anduviese con cuidado. Se acostumbró a vigilar sus movimientos. Un día la encontró detrás de una puerta; otro, haciendo señales raras desde la ventana. "¡Ladina esta Lucía!" Para todo tenía una respuesta: si la encontraba detrás de la puerta era porque estaba lavando el piso, como bien podía ver la señora. No hacía señales: saludaba a su prima, que trabajaba enfrente, en casa del doctor. "¡Rápida para contestar la Lucía!... Pero a mí no me engaña. Una noche, mientras servía la mesa, la muy taimada se quedó oyendo los chistes de un amigo de Toño, chistes sobre Eva y Perón y Aloé, chistes muy divertidos pero que ella no debía oír, ¡ella menos que nadie!" A la mañana, Lucía salió sin pedir permiso. La patrona sospechó, con toda razón, que había ido con el cuento a la Unidad Básica. ¿Acaso no la vio charlando con esa gorda inmunda que se decía "jefa de manzana"? Pero la chinita negó todo. Había conversado con esa señora, sí, porque la doña era modista y ella quería hacerse un vestido. "¿Un vestido para ir al baile?" "Sí, señora." "¡Baile te voy a dar!" Está mintiendo, baja la cabeza y mira las baldosas del patio. Pero se contiene. Si le da una bofetada, ella puede ir con el cuento. No quiere pensar en lo que pasaría. Lo perjudicaría a Toño. "Él no es peronista, gracias a Dios, pero como militar tiene que obedecer al Gobierno." Una noche, Eleonora oye ruidos extraños. Se levanta. Piensa que son ladrones. Su marido no está. Tuvo que ir a la cena de los oficiales en el Círculo Militar. Alguien entró en la pieza de la chinita. "Un peronista como ella, seguramente." Pega su ojo a la cerradura. El hombre, ese negro, comienza a desvestirse. No quiere mirar, claro que no quiere. Si lo hace es para tener una prueba. "¡Eso no se hace en una casa decente, eso es una porquería! ¡Mañana te pongo de patitas en la calle, negra mugrienta!"

Lucía llegó al bar de Plaza Italia donde se citaba todos los domingos con su novio. Pero esa vez entró con su valija de fibra, como quien se va de viaje. "Me echó; la señora me echó. Por lo de anoche. Lo vio todo." A Facundo Morales le dio risa imaginar a "la señora espiando lo que no debe por el ojo de la cerradura". Lucía se molestó. "¡Yo no debí dejarte meter en mi pieza, sinvergüenza!", se enojó Lucía y a él lo calentó el recuerdo de esa noche. "Sentate, che, no te quedés parada como un arbolito", le dijo Facundo Morales, pero ella no sabía qué hacer, si pelear o reírse por culpa de ese hombre que le gustaba tanto. Se sentó, finalmente, y se quedó mirando hacia la plaza, donde se daban cita las sirvientas y los marineros y los conscriptos del cuartel de Palermo. "¿Querés que nos saquemos una foto?", preguntó Facundo Morales al observar una pareja del domingo bajo la estatua de Garibaldi, posando para el fotógrafo. "¡Como para fotos estoy yo!", protestó Lucía y entonces él le tomó las manos y le dijo que no era para tanto, que perder un empleo no era perder la vida y que si la culpa era de él ("de los dos", dijo ella), entonces él le iba a encontrar la solución. "Decime cómo", pidió Lucía. "Venite a vivir conmigo", dijo Facundo Morales.

—No sé; tengo miedo. Nunca viví con un hombre. Y no quiero que me lleves de lástima. Si no hubiera sido por lo de anoche...

—¡Van a tener que aprender a respetar esos hijos de puta! —pensó Facundo en voz alta—. Y si te pido que vengas a vivir conmigo no es por lo de anoche... es porque me gustás mucho, Lucía... es porque te quiero.

Ese domingo, Facundo Morales cambió su pieza de soltero por una habitación grande: "Sala a la calle para matrimonio", como rezaba el cartel de la pensión, y esa misma noche, para festejarlo, los dos se fueron a bailar a La Enramada.

Lucía tenía un vestido colorado y bailaba como ninguna el chamamé; bailaba como si el mundo diera vueltas a su alrededor. Facundo la seguía, la apretaba contra su pecho y su vientre. Esa noche, en el baile, la fue sintiendo más suya. Olía su melena, su perfume, el olor de la mujer entre la música y el vino y las voces y las risas de La Enramada.

Cuando volvieron a la pensión, los dos tenían apuro por buscarse las bocas, por empezar con esos besos a lo loco mientras se desnudaban en esa cama tan ancha, como de ricos. Ella lo llamó por su nombre y le ofreció los pechos, las piernas largas, la melena que estuvo oliendo como un perro mientras bailaban el chamamé.

—Vení que te extraño —dijo la mujer.

Para Gabriel Gutman, aquel fue un tiempo confuso. No pudo compartir el odio de sus parientes y amigos hacia el peronismo, ni tampoco la fiesta de los que llegaban a Buenos Aires como a la Tierra Prometida. No podía dejar de pensar en los antiperonistas vergonzantes que trabajaban en las oficinas públicas, los que se ponían en la solapa el escudito peronista al partir de sus casas y se lo sacaban al volver. Por eso tenían descosido el ojal del saco.

Gabriel llegó al diario y subió hasta la sala de corrección, que estaba junto al taller de fotograbado. El jefe de correctores le dijo que tomara un vaso de leche "por las dudas, a ver si te intoxicás y te morís y tenemos que pagarte por bueno". Se reía el hombre, pero después le prestaba unos pesos para que pudiese jugar a los dados con los muchachos de la reventa cuando cerraban la edición. En La Escalerita tomaban unas copas antes de regresar a casa. La tía Sarita se enojaba por eso, "por esa vida de atorrante que llevás, entre borrachos y putas. ¡Y lo peor es que yo tuve la culpa por sacarte del colegio! ¡Ay, mi *cheine méidele*, mi muchachito!... Vos tendrías que estar en la Universidad. ¿Qué vas a hacer de tu vida?". Gabriel la tranquilizaba diciéndole que el diario no era un antro de corrupción, como ella pensaba, aunque tampoco era una escuela de señoritas. "Estoy aprendiendo el oficio", decía. Después de trabajar un año como corrector, Gabriel había comenzado su labor de cronista. El jefe de Deportes lo mandó a cubrir las preliminares del Luna Park, y después los combates de fondo, donde se llenaba la reunión de gritos, de sudor y de sangre.

Nunca como en esa época se habló tanto de deportes, quizá porque el mismo Presidente era deportista, campeón de esgrima, buen jinete, aficionado al boxeo. Con su mujer, a quien los trabajadores llamaban Evita, asistía a las canchas de fútbol y daba el puntapié inicial. Con Eva también, solía ubicarse en *ring-side* del Luna Park donde José María Gatica, El Mono, se enfrentaba otra vez con Alfredo Prada. Desde la radio, Luis María Sojit transmitía las carreras de autos y decía que era un día de sol, un día peronista, ése en el que corría Fangio y los hermanos Gálvez. Gabriel se acostumbró a ir a las canchas, al autódromo y al Luna Park y a la vez frecuentaba los cafetines del Bajo y las pensiones pobladas de provincianos, artistas de varieté, cantores folklóricos, actores de fotonovelas y boxeadores. Todos o casi todos eran peronistas.

Entretanto, Patricio Peña reunía a sus amigos en diferentes confiterías y bares de Buenos Aires: El Águila, el Petit Café, Los Dos Chinos, porque para él (para ellos) la diversión no había comenzado todavía. Formaban uno de los primeros comandos civiles y, en su mayoría inexpertos en el manejo de las armas, hacían su aprendizaje en el Tiro Federal, en el Tiro al Segno o en las estancias de sus familiares y amigos. Todos odiaban a Perón. Todos decían *Ella* para no nombrar a Evita, para evitar el diminutivo (para ellos monstruoso) de la *Abanderada de los Humildes*. Patricio sentía que era indecoroso llamar días peronistas a los días festivos o de sol, a las reuniones de los trabajadores o a los campeonatos infantiles que llevaban el nombre de esa mujer que otros llamaban *La Señora*. "Pronto se va a acabar", pensaba mientras seguía practicando tiro al blanco, descargando su rabia en el polígono.

Al fin veían Buenos Aires. El tren atravesaba el puente, dejaba atrás el círculo de cemento de la cancha de fútbol, las chimeneas de las fábricas, los carteles enormes sobre las azoteas. Se encendían las primeras luces del anochecer y entraban en Buenos Aires bajo una bóveda de hierro y vidrio, a la estación donde millares de provincianos comenzaban el abordaje a la ciudad. Uno de ellos era Lucho González, alias El Negro, un boxeador que quería ser como Gatica. Llegó a Buenos Aires a comienzos de los cincuenta.

—Unos meses más y no lo para nadie —decía su preparador.

—Es guapo; tiene muchas agallas —opinaba el cronista Gabriel Gutman.

Esa tarde también vio el entrenamiento del cubano Roura, quien al hablar de su patria movía sus grandes manos como si fuera a tocar la Isla.

Salieron juntos del gimnasio.

En la Plaza de Mayo una multitud festejaba el triunfo peronista. Perón había sido reelecto y desde el balcón de la Casa Rosada hablaban los dirigentes de la CGT.

—¡Vamos a saludar al general! —dijo uno y todos vivaron el nombre de Perón.

Era el 17 de noviembre de 1951.

Miles de personas abandonaban la Plaza y se encaminaban hacia la casa del Presidente, en avenida Libertador y Agüero.

—¿Siempre están contentos? —preguntó Roura, para quien la Argentina seguía siendo un motivo de asombro.

Ese 25 de diciembre, Margarita Falcone se echó a llorar porque había muerto Discépolo.

—¡Dejá de llorar, che, que tenemos invitados! —le recordó su marido.

—Él quería a la gente, Rosendo...

—Era un peronacho.

—¡Callate, Rosendo! ¿Por qué lo odiás tanto? ¿Qué te hizo?

—Me enfermaba oir su vocecita por la radio...

—Ese no es motivo, Rosendo.

—Yo me quedo con la gente decente. El prefirió la chusma, che, igual que vos. Como tu Eva.

—¡No hablés de la Señora!

—¡Buena turra ésa también!

Fue en ese momento cuando Margarita Falcone, la voz melódica del tango, decidió abandonar al bandoneonista y director de orquesta típica Rosendo Antúnez. Fue ése el verdadero motivo y no los amores que le inventaron las revistas.

Lucho González, alias El Negro, no quería pelear con Vicente Roura. Todavía no estaba preparado para enfrentar al cubano, un boxeador tan experto. Se lo dijeron una semana antes. Y tuvo que aceptar. De lo contrario, no le darían los pesos para pagar la pensión. Conocía bien la fuerza del cubano. Y esa agilidad de bailarín del negro y la rapidez con que lanzaba sus golpes, antes de que uno se pudiera cubrir. No, no era justo lo que hacían con él. En ese momento los fotógrafos registraban su imagen junto a Vicente Roura. Y después fotografiaban a Perón y la Señora que estaban en el *ring-side*. Lucho se sintió como si fuera Gatica. Escuchó, nervioso, las palabras del árbitro. Cuando sonó la campana fue en busca del cubano, lo apuró con sus golpes. No debía dejar que se alejara. En la distancia el negro lo vencería, tenía más recursos, sabía más. Trabó. Tenía que pelearlo de cerca, sopapearlo como sabía hacer Kid Cachetada. Al separarse sintió un golpe neto en el estómago. El otro lo cruzó con un golpe y él retrocedió, tambaleándose. Pero no, no era justo lo que hacían con él. Y ese negro roñoso que hablaba siempre de su isla parecía reírse de cualquier cosa. "Se ríe de mí, de la Argentina, delante de Perón, carajo." Entonces golpeó. La izquierda encontró el plexo del otro y la derecha volvió a golpear el mismo sitio. Marró un golpe. Y otro. El cubano bailaba frente a él como burlándose. Iba a golpear, cuando sonó la campana. "Voy a jugarme entero. Por Perón. Por Evita." Acortó la distancia. El otro le había asestado una derecha. "Si lo alcanzo..." No importaba el dolor que ya sentía por dentro. "Tengo que alcanzarlo." Trabó. Encontró la cara del cubano. Una, dos veces. Volvió a trabar. Y su izquierda alcanzó el plexo de Roura. La réplica fue dura, sangrienta. Lucho no quería retroceder; al contrario, llevaba al cubano sobre las cuerdas y lo castigaba a pie firme. Sonó la campana. No, no volvería a su pueblo. "Tengo que ganar, mama; Perón me está mirando." Respiraba con dificultad. En el *ring-side* vio a Adolfo Senatore y a Juancito Duarte con la actriz Fanny Navarro. En el otro rincón, el cubano esperaba con tranquilidad. Estaba entero. Salió a buscarlo, pero Roura se agazapó, cerró la guardia y, a los primeros amagos, contragolpeó con fuerza. Lucho lanzó un gancho. Vio retroceder a Roura, agazapado, que de pronto reaccionó ante el estupor de Lucho y colocó su guante sobre la ceja abierta. El Negro sintió después los golpes cortos y duros en los flancos. Contestó en igual forma, adivinando, más que viendo, a su rival. Escuchaba el griterío de las tribunas cada vez más fuerte. Entonces cayó. "No me pude levantar, mama." Cuando abrió los ojos, Perón ya se había ido.

Merodeaba por los cafés cercanos al Luna Park. Después de la derrota, nadie quería ocuparse de Lucho González. Lo encontraban demasiado blando, inútil. Tal vez fuera así. De todos modos quería recuperar esa oportunidad que se le había escapado de las manos. Seguía concurriendo al estadio, se mantenía en forma y hasta conseguía una que otra pelea. Pero aquello ni alcanzaba para pagar la pensión.

–Vida de mierda –meditaba Lucho González, mientras tomaba su capuchino en la lechería de la calle Bouchard, frente al Luna–. Decime Gabriel... ¿vos no me podrías escribir un artículo en el diario?

–No, querido, vos no sos *nota*, perdoname.

En ese momento pasó el Mono Gatica con su corte de adulones.

–¡Ése sí es *nota*, como vos decís, ése tiene guita y minas y todo lo que quiere!...

–Sí, es verdad.

–Ése le puede decir a Perón "dos potencias se saludan". ¿Pero yo qué le voy a decir? ¿Que soy un negro piojoso? Acá, si no triunfás te tiran al tacho. ¡Es una turra Buenos Aires, Gabriel!... Che, haceme un favor: pagame el capuchino.

Buenos Aires festejaba el triunfo de Fangio. Campeón Mundial. ¡Grande El Chueco! Un promedio de 158 kilómetros por hora. Y El Chueco firme en el volante, apretando el fierrito. 70 vueltas del circuito en Barcelona. 442 kilómetros. ¿Se da cuenta? ¡Eso es un campeón! Claro que somos los mejores. ¡Los mejores del mundo!

El teniente coronel Antonio de los Llanos tomó su arma reglamentaria y salió hacia Campo de Mayo. Una fina garúa barría las cuadras de los cuarteles. Detuvo el auto en el portón de la Escuela de Infantería Sargento Cabral. En la ruta 8 vio un tanque que apuntaba hacia la Escuela.
–¿De dónde salió ese loco?
–De allí enfrente, mi teniente coronel.
Fue hasta el teléfono (la mejor arma de disuasión, según Hermida) y pidió hablar con el jefe del levantamiento.
–¿Cómo que no está? ¿Quién está a cargo entonces?
Supo, en pocos minutos, del desorden del grupo amotinado en los cuarteles.
A esa hora, los aviadores sublevados de la base de El Palomar y la base naval de Punta Indio sobrevolaban la Casa de Gobierno y la Plaza de Mayo.
–¡Dígale a su superior que el teniente coronel Antonio de los Llanos intima su rendición inmediata! ¡Voy para allí! –dijo Toño y salió rumbo a los cuarteles rebeldes de la Escuela de Caballería y el Regimiento de Tanques.
En la radio se oía la voz del locutor que comunicaba el estado de guerra interno y que transmitía un mensaje de la CGT llamando a los trabajadores a la Plaza de Mayo.
Facundo Morales subió al camión con los otros obreros. Le hubiera gustado que el viejo Evaristo Soria estuviese con él. "Pero es contrera *Amargo Obrero*, ¿qué va hacer?", pensó Facundo y encendió un cigarrillo mientras el camión iba hacia la Plaza. Lucho González, El Negro,

estaba en la Plaza y levantó un puño contra los aviones que pasaban sobre la Casa de Gobierno, pensando que la iban a bombardear. Como si él, Lucho, pudiera detener los aviones a puñetazos, como si estuviera en el ring del Luna. "Fíjese, mama, que perdí, que un negro me basureó", pensó que le escribía a su madre, con letra grande y faltas de ortografía, con el odio y el rencor de ser un perdedor en Buenos Aires. "Pero no me vuelvo, mama; voy a pelearla aquí."

Cuando Patricio Peña cruzó el parque Rivadavia, percibió un olor de hojas quemadas, un olor de otoño, de maníes calientes, de manos frotándose, de eucalipto; notó que aminoraba sus pasos, que se demoraba en la contemplación de los senderos y los bancos donde las parejas repetían lo que él y su novia se habían dicho veinte años atrás y vio (más gris y menos imponente) el muro y las ventanas del Liceo N°2, el colegio donde ella estudiaba. Sintió el inexplicable malestar de ser un intruso, un *contrera* en medio de los días peronistas. Había fracasado el operativo de su comando civil contra el Departamento de Policía. En un rincón del parque, el evangelista invocaba a Dios.

    Esa noche se reunió con algunos amigos, gente de la radio, tipos muy divertidos, que contaron cuentos de Perón y de Eva. Ninguno de ellos sospechó que era el jefe de un comando civil. Tal vez, cuando llegara el momento, uno de esos tipos le facilitaría la entrada a la radio, donde se leerían las proclamas de la revolución. Tomó otro whisky. Se sentía algo mareado pero tenía mucha sed y se avergonzó cuando una mujer, borracha, comenzó a cantar en francés, como si fuera Edith Piaf. Una hora después, iban juntos en su auto. Mientras manejaba, los jardines de Palermo oscilaban en el parabrisas. Quería terminar de una vez, chocar contra el camión que iba delante, romper, romperse, ahora que sabía que los suyos esperaban de él un acto único, heroico, matar al coronel Alvarado, por ejemplo, asaltar una comisaría, por ejemplo, cualquier cosa, algo de él que ya no quiere o no puede hacer, sino dormir después de tanto whisky. Dobló maquinalmente, sin pensar. Sintió la pierna de la mujer y la sombra del deseo, inoportuna. "Tuve miedo cuando saqué la Parabellum para disparar y el cana miró con ojos de vaca y se quedó quieto y yo pensé que lo mataba, pero no, fue otro el que lo desmayó de un golpe." Está cansado. Tiene ganas de dormir. Se tranquiliza al ver las calles conocidas, al entrar al garaje, a su cochera. Sube con la mujer por el ascensor del fondo, pero antes, entre las jaulas de alambre, los autos, el olor a nafta, quiere vomitar y no puede. "Estoy borracho, muerto..." En el espejo del ascensor se ve junto a la mujer, que insiste en cantar en francés, en calentarlo. Se siente patético junto a ella. "¿Cómo era ese chiste de Perón?... Perón sube al cielo y le preguntan... Se contaron demasiados chistes... estoy demasiado cansado", se dice cuando abre la puerta de su departamento, después de otro día de furia.

Buenos Aires sin Eva

Dicen que El Payador va por el suburbio con la guitarra enlutada. El que canta, el que cuenta la historia, no quiere ser ave de mal agüero. Se sienta solo en un rincón del despacho de bebidas del almacén. "Es raro el tiempo, es rara la vida", piensa El Payador. Si le parece que fue ayer cuando Agustín Magaldi, el cantor, le presentó a esa chica, a María Eva, en la estación del ferrocarril. Fue en 1935. En el bar de la estación, tomaron café con leche con ensaimadas. Allí se enteró de que la chica había nacido en Los Toldos y que venía de Junín. "Quiere ser actriz –le informó Magaldi–, recita bien la mocosa..." El Payador la perdió de vista. "Porque la gente viene y se va por el tiempo –piensa–, y uno no sabe si volverá a encontrarla." Una tarde vio la foto de la muchacha, amiga de Magaldi, en la tapa de una revista. "Echó buenas", pensó El Payador.

El Payador pide una ginebra y un mazo de cartas para hacer un solitario. Quiere matar el tiempo. Quiere matar al tiempo que está matando a Eva. Tira una carta. Una gitana (entró como un fantasma al almacén) indica: *amor*. Y tira otra: *muerte* –dice la gitana y desaparece en el tiempo, mientras Eva entra en el Luna Park una noche de 1944. El que canta, el que cuenta la historia, recuerda esa noche que cambió la vida de la muchacha de Los Toldos. Porque esa noche Eva conoció a Perón. "Y allí empezó todo, si es que algo empieza en el Tiempo que se lleva las vidas al olvido", piensa El Payador esta noche de 1952, en el despacho de bebidas de un almacén de Buenos Aires. "¿Quién iba a pensar lo que ocurrió después? ¿Cómo adivinar en esa noche de 1944, que una mujer y un hombre nos cambiaban la historia? Tampoco ellos podían saberlo." Ahora El Payador recuerda el Cabildo Abierto de agosto de 1951, cuando Eva renunció a integrar la fórmula Perón-Eva Perón, por presión de los militares y hasta de los Estados Unidos o por su propia enfermedad, aunque la Historia, como sabe El Payador, tiene razones que la razón no entiende y no siempre avanza por el lado bueno. "Pero lo cierto es que Eva renunció a los honores, no a la lucha."

Ese día Facundo Morales estaba allí, en ese acto que se realizó en la Avenida 9 de julio, justo frente al palco que habían levantado en el Ministerio de Obras Públicas. Ese día vio a Evita consumida por la pasión y la enfermedad que la llevaría a la muerte.

El Payador tira otra carta. Quiere cambiar la historia, el destino de esa noche. El Payador, el que canta, el que cuenta la historia, no quiere hablar de política ahora, sino del amor de un hombre y una mujer en Buenos Aires. Se está muriendo Eva. En los altares que se improvisan en las plazas, miles de mujeres y hombres miran la foto de Eva vestida como una reina en el Teatro Colón.

"Fue el 17 de octubre más triste de mi vida", cuenta Facundo Morales en la cocina de su casa. Ceba un mate y Gabriel Gutman sabe que no miente. Porque Facundo estuvo allí, en ese 17 de octubre de 1951, con Lucía, con su mujer, con esa compañera a la que había conocido en un baile de La Enramada. "Evita se está muriendo", dijo ella y comenzó a llorar, pero al rato estaba cantando la marcha peronista, igual que todos. Había un millón trescientas mil personas escuchando a Eva. La mitad de Buenos Aires era peronista. La otra mitad la odiaba. Alguien escribió en una pared: "¡Viva el cáncer!". Evita se moría, pero esta vez de verdad, porque había muerto muchas veces en las novelas de la radio, las que escuchaba Sarita Gutman, que lloraba cuando María Antonieta se despedía de su amor, el conde Fersen y rodaba su cabeza, cortada por la guillotina.

"Ahora es cierto, ahora ni Dios la salva", pensó Eleonora esa noche en su petit hotel, frente al retrato de su padre.

Aquel día, aquel 17 de octubre que Facundo Morales se niega a olvidar, Eva les dijo: "Yo les agradezco, compañeros, todo lo que ustedes han rogado por mi salud. Espero que Dios oiga a los humildes de mi Patria, para volver pronto a la lucha y poder seguir peleando con Perón, por ustedes, y con ustedes, por Perón hasta la muerte". Eso es lo que dijo Eva y lo que Facundo Morales repite palabra por palabra en la cocina, mientras toma mate y conversa con Gabriel. Se levanta y va a buscar un diario de esa época, de ese día, de esa hora que no quiere olvidar. Lo pone sobre la mesa. Es como si estuviera escuchando a Evita otra vez: "Yo no quise ni quiero nada para mí. Mi gloria es y será siempre el escudo de Perón y la bandera del pueblo, y aunque deje en el camino jirones de mi vida, yo sé que ustedes recogerán mi nombre y lo llevarán como bandera a la victoria".

El Payador tiene la guitarra con las cuerdas rotas. No quiere cantar, está de duelo. Porque hoy, 26 de julio de 1952, en esta noche aciaga, alguien dio la noticia por la radio: "A las 20.25 ha fallecido la señora Eva Perón, Jefa Espiritual de la Nación". Fue lo que oyeron millones de personas. Buenos Aires estaba desolada, como vacía, aunque la gente deambulaba por las calles, sonámbula. Alguien vio un ángel que sobrevolaba los techos de la ciudad. Eva estaba inmóvil, muerta para siempre. Tenía 33 años. Ya no era ella sino una muñeca embalsamada, a la que durante días iba a visitar la gente que hacía largas colas en las veredas. "No cantaré este día. Se me parte el alma", dijo El Payador esa noche. Se oía música sacra en las radios de la ciudad. Estaba triste Buenos Aires.

Dicen que El Payador sueña la Historia y que por eso a veces se confunde, cambia un tiempo por otro, como barajas de naipe. Creyó ver a Yaví, la india, y a Melisa, la negra, entre esas mujeres que lloraban frente al cadáver embalsamado de Evita. "Parece Blanca Nieves dormida", dijo Margarita Falcone. Daban ganas de llorar, piensa El Payador, que ese día no canta ni el otro ni el otro ni el otro, porque la pena es grande.

Sueña El Payador y la ve a Eva en Los Toldos, junto a su padre, que la sueña a la vez desde su muerte. "Nadie es huérfano ahora", dice El Payador.

Entonces canta:

>*Se vive para morir*
>*porque ésa es ley de la vida*
>*y sin embargo el vivir*
>*no sólo es sumar los días.*

>*Se vive para sentir*
>*el amor y la desdicha*
>*Nadie sabe con qué fin*
>*escribió Dios su cartilla.*

–Cierto –dijo un hombre.
–Pero ella no tenía que morir –agregó otro–, era demasiado joven.

—Como una reina –dijo una mujer.
—Como una santa –agregó otra.

El hombre, desde el nacer
pregunta por su destino.
Y todo quiere saber
al final de su camino.

Gabriel Gutman llegó al diario para la hora del cierre. Miró las noticias de la teletipo. La redacción estaba casi vacía. Observó a un hombre que lloraba sobre el escritorio. Era uno de los tipos de la Reventa. Un hombre gordo, ya viejo, que murmuraba para sí: "No puede ser, no puede ser, Dios mío". La muerte de Eva le parecía intolerable. En cambio, para el gordo Molina, que escribía la sección de Espectáculos, esa muerte significaba poco, o quizás, un misterioso desquite, ya que por Eva –decía– "la divina de Libertad Lamarque y Niní Marshall, tienen que trabajar en México". Gabriel Gutman pidió café. El ordenanza, un ex boxeador, miró con rabia a Molina, quien le preguntó:

—¿Qué? ¿Me vas a pegar, che?

—No, señor... yo no le pego a nadie –respondió, taciturno, Lucho González.

Se había cansado de mendigar una pelea en el Luna Park. Gabriel Gutman le había conseguido ese empleo en el diario. "Es bueno el ruso, tiene sentimientos", decía. Pero Gabriel no estaba muy seguro de su bondad. Se sentía al margen del duelo de la gente y más lejos todavía de quienes festejaban la muerte de Eva como un triunfo.

—¡Pobre chica! ¡Yo la escuché tantas veces en la radio! —decía la tía Sarita—. Vos también la escuchabas, Gabriel... ¿Te acordás?
—Sí tía, claro que me acuerdo...
—Los malvados dicen que era una puta —dijo y se arrepintió al pensar en Miriam, en la madre de Gabriel, que había trabajado para un rufián hasta que la pantalonera la puso en un tren que la llevó a una colonia de Entre Ríos, donde Miriam se casó con Manuel Gutman, el padre de Gabriel.
—¿Por qué el mundo será tan complicado? —se preguntó la pantalonera.

Cantó El Payador:

>*Tiraron la primera piedra*
>*y la segunda también*
>*y la llamaron ramera*
>*una y otra y otra vez.*

>*A nadie ofendió la Eva*
>*porque era buena mujer.*
>*Fue la mejor compañera*
>*que el pueblo pudo tener.*

>*Señores: el tiempo sigue*
>*no se puede detener*
>*Será Dios el que lo escribe*
>*la cosa es saber leer.*

Esperando el avión negro

Un año más tarde, en 1953, nació Sergio, el hijo de Lucía y Facundo Morales. Lo iban a llamar Juan Domingo, por Perón, pero al fin le pusieron Sergio; según Lucía, era "nombre de artista". Ese año, también nació Sebastián, el hijo tardío de Eleonora y el teniente coronel Antonio de los Llanos. Su padre imaginó para él un futuro castrense. Su madre, en cambio, intuyó para Sebastián el porvenir de un hombre de mundo. El destino o la historia decidieron otra cosa.

Por esa época, Gabriel Gutman dejó su puesto de cronista deportivo y pasó a la Redacción General. Recuerda que en abril de 1953 fue a un acto de la CGT en el que hablaba Perón. Él estaba anotando lo que decía cuando estallaron las bombas. Vio a un hombre con la cara ensangrentada y a una mujer que caía muerta a sus pies. Fue entonces cuando comprendió que ciertas palabras irritaban tanto que podían servir de pretexto para un crimen. Otro día de abril del mismo año, Gabriel llegó al departamento de Juan Duarte, el hermano de Evita y secretario privado del Presidente. Duarte se había pegado un tiro. "Lo mataron", se arriesgó a comentar un amigo de la noche. "¿Quién?" "No sé; no quiero que me limpien a mí", dijo el hombre del bar. Gabriel trató de reconstruir los hechos; habló con el mayordomo de Juan Duarte, Inajuro Tashiro, quien encontró muerto a Juancito –contó el hombre– cuando sirvió el desayuno, como todos los días, en ese quinto piso de la Avenida Alvear al 1900. "Estaba en calzoncillos y camiseta, arrodillado ante la cama, como si fuese a rezar. En la mesa de luz estaba el revólver y la carta para Perón." "El lo mandó matar." "Fueron los militares." "Había que blanquear los nombres de los que quedaban", oyó Gabriel Gutman en esos días. Pero no había pruebas. Solo palabras; palabras prohibidas, censuradas, enrarecidas por el miedo. Gabriel leyó la carta que el suicida le había escrito a su novia, la actriz Fanny Navarro.

Vidita:
Le ruego me perdone, me voy solo al campo. Esta semana me han pasado cosas tan terribles que le doy las gracias a Dios por estar todavía en mi sano juicio. Por eso quisiera estar solo y si pudiera me iría tan lejos como tan amargado estoy. Usted nada tiene que ver con esto, no es pena de amor, es

desencanto, es terrible desazón, es asco a casi todo. Para usted un beso grande como grande es mi deseo porque nunca tenga usted el clima que yo vivo desde hace tiempo, ni los pensamientos que me asaltan. Por momentos, pienso que ya mi cabeza no coordina más, que mis piernas aflojan porque también aflojan mis fuerzas y me quedo hasta sin alma. En una palabra: me muero, pero no termino de morirme.

Juan.

—Yo le aconsejo, joven, que se deje de investigar por su cuenta. No es asunto suyo. A veces las cosas suceden de una manera misteriosa... ¿Qué edad tiene, usted?
—Veintitrés.
—Es muy joven para morir —dijo el hombre que manejaba y que se detuvo frente a la casa de Gabriel.
—Ya ve: conocemos donde vive, Gutman. No se meta en problemas.

Eran palabras, amenazas, rumores. El general Hermida dijo que Buenos Aires se había transformado en una usina de rumores y le aconsejó al teniente coronel Antonio de los Llanos "separar la paja del trigo". "No vamos a creer todo lo que se dice, Toño, pero tampoco vamos a quedarnos con los brazos cruzados. Quiero los nombres de quienes ordenaron que se asaltara y se incendiara la Casa del Pueblo, la sede del Partido Demócrata y el Jockey Club. ¡Nombres, Toño! No conjeturas ni rumores. ¡Nombres!"

"Es el principio del fin", dijo el teniente coronel Antonio de los Llanos aquella mañana de 1955 frente a los jóvenes oficiales que pedían su opinión. El error del Presidente consistía en atacar a la Iglesia, en hacerle pagar impuestos, en derogar la enseñanza religiosa, en llamar "curas provocadores" a los sacerdotes que defendían la institución. Así se había llegado al Día de Corpus Christi, a esa procesión religiosa que se transformó en manifestación política, "por culpa de la imprudencia oficial, señores, de su intolerancia", dijo el teniente coronel Antonio de los Llanos, que hasta entonces se había mantenido neutral. Eleonora había estado allí, en la celebración del Corpus Christi. Fue ella quien le contó que un grupo de jóvenes, al salir de la Catedral, en Plaza de Mayo animó a los procesantes a seguir por la Avenida de Mayo hasta el Congreso. Cuando llegaron allí, después de apedrear el diario *La Prensa*, expropiado por Perón, izaron banderas argentinas y banderas papales "y la gente lloraba de emoción, Toño; deberías haberlo visto...", decía Eleonora.

Entonces Buenos Aires supo que otra vez estaba en guerra, que las palabras podían transformarse en bombas, en heridos, en muertos. Desde luego, todo comenzaba al nombrar las palabras prohibidas. En cada casa de Buenos Aires, durante años se entabló el duelo que hacía irreconciliables a los hermanos, a las familias divididas en peronistas y antiperonistas. Y las palabras estallaron, por fin. Hermida pensó en convocar a los sectores nacionalistas del Ejército, impedir que la Marina les ganara de mano y se apropiara de la victoria. "Si es que en una guerra como ésta alguien gana, Toñito, una guerra entre hermanos, carajo. Pero si estamos en el baile hay que bailar, aunque uno se quede con la más fea." Le tenía simpatía a Perón, aunque ahora tuviera que combatirlo. "Fue demasiado lejos", reconoció. "Pudo ser un nuevo Mussolini", comentó con tímida admiración, para no ofender a otros camaradas.

–Mussolini terminó colgado patas arriba –le recordó un viejo oficial.

–Mejor es morir así que de un resfrío en la cama –sentenció Hermida.

A las 12.40 del 16 de junio de 1955, un Douglas DC3 de la Marina se lanzó en picada sobre la Casa de Gobierno y arrojó dos bombas. Una cayó en el Ministerio de Hacienda y otra cerca del subte. La gente salía de las oficinas. Una mujer miraba sin creer lo que estaba viendo. Señalaba hacia arriba cuando sonó la metralla y la mujer cayó muerta en la vereda. Dos Gloster Meteor de propulsión a chorro disparaban sobre la Plaza de Mayo. Cayó una bomba sobre un trolebús en la Avenida Colón y otra cerca del edificio de la CGT. Diez aviones surcaban el cielo de Buenos aires. Y seguían llegando los camiones con la gente que vivaba a Perón. De uno de ellos saltó Facundo Morales, a las puteadas, con la camisa abierta, llorando de furia e impotencia porque no le querían dar armas a los obreros para defenderse. Hubo más de mil heridos. Se calcularon en trescientos los muertos. Facundo estuvo ayudando a cargar a los heridos en las ambulancias. Llevó a un chico en sus brazos que se le murió en el trayecto y él pensó en su propio hijo, en Sergio, que se había quedado con Lucía. Le lloraban los ojos por el humo del trole incendiado. Se secó la cara y siguió caminando entre los sobrevivientes.

Así llegó la noche. Él no pensó jamás que Buenos Aires iba vivir un infierno como ése. Desde la oscuridad, desde las sombras, surgieron las figuras de los incendiarios que asaltaron la Catedral con sus antorchas y prendieron fuego a la Curia. Facundo los vio correr, iluminados por el fuego, como siluetas feroces que danzaban sin música. Se oía el crepitar de las maderas incendiadas, de los altares quemados. Caían las imágenes sagradas y Facundo vio a los hombres que entraban a los gritos en la capilla San Roque, en las iglesias San Francisco, Santo Domingo, La Merced. Entre las llamas y el saqueo, se oían las palabras soeces, las injurias. Tal vez no fue esa noche, tal vez fueron varias las que se sucedieron en ese mes de junio de 1955, como vísperas de un fin inevitable.

Tres meses más tarde, caía Perón. Y con él caían los bustos con su efigie y las fotos de Evita, que se quemaban en las plazas o se retiraban, presurosas, de las oficinas públicas.

Buenos Aires necesitaba un acto de contricción, una expiación pública por sus pecados, por el jolgorio de sus días peronistas. Por eso se borraban los nombres de los que ahora eran su vergüenza. En el diario, Gabriel leyó el nuevo decreto que debían acatar:

Decreto Ley 4161. "Artículo 1°– Queda prohibido en todo el territorio de la Nación: a) La utilización con fines de afirmación ideológica peronista efectuada públicamente o de propaganda peronista, por cualquier persona... de imágenes, símbolos, signos, expresiones significativas, doctrinas, artículos y obras artísticas que tuviesen tal carácter o pudieran ser tomadas por alguien como tales, pertenecientes o empleados por los individuos representativos u organismos del peronismo. Se considera especialmente violatorio de estas disposiciones la utilización de la fotografía, el escudo y la bandera peronista, el nombre propio del presidente depuesto, el de sus parientes, las expresiones peronismo, peronista, justicialismo, justicialista, tercera posición, la abreviatura P. P., las fechas exaltadas por el régimen depuesto, las composiciones musicales 'Marcha de los muchachos peronistas' y 'Evita capitana', fragmentos de las mismas y los discuros del presidente depuesto y de su esposa o fragmentos de los mismos..." *Boletín Oficial*, 5/3/1956.

Entraron en la villa a golpes, puntapiés, trompadas y bastonazos. Subieron a la gente en los camiones celulares y a otros los dispersaron con bombas lacrimógenas. Derribaron la puerta de la capilla. Uno de los últimos González, descendiente del que llegó por primera vez al Río de la Plata cinco siglos atrás, era el padre Fermín. Como su lejano antecesor, era un converso de la barbarie, que compartía el pan con las mujeres y los hombres oscuros de esta tierra. Salió de la capilla con su cruz en la mano, como si pudiese conjurar la adversidad. Pidió en nombre de Dios que cesaran la inútil persecución en la villa. Los chicos salían espantados de las casillas de lata y de madera, seguidos por los perros que no dejaban de ladrar y correr entre las luces de los reflectores. Lo empujaron hasta la calle de tierra. Lo golpearon y lo tiraron en un zanjón cercano. Malherido, Fermín se incorporó penosamente. Caminó entre las casillas destruidas, las chozas incendiadas, en medio del humo y de los llantos. Levantó los ojos hacia el cielo. Lo reconfortó ver brillando como nunca la Cruz del Sur.

El Payador, el que anda sin tiempo por el tiempo, cantó en esa ocasión:

> *Nadie olvide lo perdido*
> *ni tenga resignación:*
> *memoria contra el olvido*
> *yo les traigo en mi canción.*
>
> *El que hoy está vencido*
> *no tema a su vencedor:*
> *el peor de los castigos,*
> *es perder el valor.*
>
> *Ya volverá el que se ha ido*
> *para cumplir su misión:*
> *que nadie tuerce el destino*
> *que en el cielo escribe Dios.*

Lucía lo vio; vio al avión negro volando sobre Buenos Aires en 1956, cuando su marido, Facundo Morales, se escapó entre los muertos, los fusilados de José León Suárez. También lo vio un día de 1959, después de soportar la burla de los incrédulos, de quienes se reían con el cuento del avión negro en el que volvería Perón. Pero Lucía sabía que era cierto: había escuchado el disco con la voz de Perón diciendo que volvía. Durante dieciocho años, miles de mujeres y de hombres en Buenos Aires levantaron los ojos hacia el cielo. Como en 1934, cuando pasó el *Graf Zeppelin*. Nunca dejaron de creer. Ni cuando los diarios publicaron que se escapó en una cañonera, ni cuando lo llamaron "el tirano prófugo", ni cuando Perón se fue a Madrid con sus perritos. Nunca. Ni cuando otro general dijo que no le daba el cuero para volver. Por eso esa mañana, desde el colectivo, Lucía creyó ver allá arriba al avión pintado en el cartel de una película de guerra. "Los años no vienen solos –pensó–, voy a tener que ir al oculista."

Fue por aquella época, a comienzos de los años sesenta, cuando Marga Ballesteros realizó su obra *Homenaje al avión negro*, que se exhibió en el Instituto Di Tella. A Gabriel Gutman le interesó ese trabajo que tenía algo de desafío. Se destacaba entre las obras del Instituto, aunque todas gozaban de saludable insolencia. A Gabriel le gustó la obra y también la artista, esa muchacha de pelo largo, que vestía como los hippies y se reía en voz alta. "¿Quién es ese tipo?", preguntó Marga señalando a Gabriel. "Un periodista." "Me gusta; tiene cara de atorrante –dijo Marga–, presentámelo ¿querés?" Su amigo fue a buscarlo, Gabriel se detuvo a contemplar el cuerpo de Marga, que calificó de "majestuoso". En ese momento, Marga se probaba los zapatos que exhibía Dalila Puzzovio, varias filas de zapatos con plataforma, como los que se usaban en 1945. "La moda es política", dijo Gabriel. "¿Sí?", preguntó, incrédula, Marga. Había cambiado a Cocó Chanel por los vestidos informales de Mesejan-Cancela. "Con ese cuerpo, vos tendrías que vestirte como Mae West", opinó el artista pop Edgardo Giménez. Gabriel compartió esa opinión y Marga le dijo que avanzaba demasiado rápido, que no debía opinar de esa manera, no debía mirarla así, como si quisiera llevarla a la cama en ese mismo instante. "¿Por qué no?", preguntó Gabriel con la cara más inocente del mundo. "¡Porque no!", dijo Marga mientras se acercaba, provocándolo, para alejarse después enrtre los objetos cinéticos de Le Parc.

—No sabía que fueras peronista... —se burló uno de sus parientes frente al avión negro de Marga.

—Sabés que no lo soy, Eduardo.

—¡No; vos sos loquita nomás! Lo único que falta es que admires al Che Guevara.

—¿Y qué hay si lo admiro?

—¡Por favor! ¡Ese comunista es el Boy Scout N°1 de América latina!

—Y usted un hombre muy sonso —intervino en ese momento Gabriel Gutman.

El otro intentó golpearlo pero Gabriel lo madrugó con una trompada que lo hizo caer entre los aspavientos y gritos de la concurrencia.

"Te portaste como un *cow-boy* progresista", se rió Marga aquella noche, en el estudio de la calle Seaver.

Ellos pudieron creer que aquella era una fiesta interminable. Graciela Martínez bailaba en una bañadera, sonaba la batería de Astarita, la Minujín hacía *La Melesunda*, mucho rock y Bob Dylan. Pero la fiesta tuvo un fin. En 1966 llegó Onganía y sus cursillistas. Al pintor Ernesto Deira (uno de los muchachos de la Nueva Figuración junto con Noé y De la Vega) la policía lo agarró en la calle por llevar el pelo largo y lo raparon en la comisaría. Se terminó la fiesta del Di Tella. Y Marga Ballesteros desarmó su avión negro.

Facundo Morales no cree en el avión negro pero pinta en el muro de una fábrica la P de Perón con una v chiquita debajo; escribe "Perón vuelve" y se escabulle en el caserío de una villa, igual que cuando escapó entre los muertos para seguir peleando. Llega al aguantadero y revisa los materiales de propaganda de la Resistencia. Un muchacho que hace copias en el mimeógrafo le cuenta que su madre vio al avión negro.
 –Lo vio en el cielo de Barracas. Venía rodeado de ángeles y lo manejaba el santito Ceferino Namuncurá. Lo vio en un sueño –aclara, como disculpándose.

–¡Estos negros viven de espejismos! –se rió el general Hermida, a quien sus camaradas llamaban con cariño El Viejo Vizcacha, por todo lo que había vivido y por sus comentarios llenos de malicia. "La última vez que sacamos los aviones fue cuando anduvimos peleándonos como perros y gatos, en la época de los azules y los colorados. Nosotros le apostamos al general Onganía. Hicimos bien, creo..."
 –¿No está seguro, general? –le preguntó un oficial joven, que festejaba las ocurrencias de Hermida.

—¡A Seguro lo llevaron preso! —se rió el viejo Hermida, que años antes le había indicado al general Perón el camino hacia la cañonera paraguaya que lo llevaría al exilio.

"Pero yo lo vi, lo vi como lo estoy viendo a usted. Fue el día de San Cayetano. Estábamos en la cola con otras mujeres cuando apareció de pronto, encima del pararrayos de la iglesia. Todos los que estaban allí lo vieron: los pobres, los enfermos, los viejos, los que buscan trabajo. Todos. El avión era como un Ovni. No era cualquier avión. Como un platillo, como una hostia, pero negro. Entonces la gente se arrodilló y comenzó a rezar. Yo soy muy vieja, señor; yo vi caer la nieve en Buenos Aires; pero un milagro así no vi nunca en mi vida. Porque una luz de oro salió del avión negro y envolvió a la gente que rezaba. Y a todos los curó de la enfermedad y la tristeza."

Perón no llegó en un avión negro, sino en otro, un 20 de junio de 1973. Gabriel fue al aeropuerto con un fotógrafo del diario, se instaló cerca del palco, donde ensayaban los músicos del teatro Colón. Desde la noche del 19, miles de mujeres y hombres habían llegado al aeropuerto de Ezeiza: viejos peronistas como Facundo Morales y muchachos que llevaban el brazalete de la Juventud Peronista, como su hijo Sergio. Con banderas, con carteles, la gente seguía llegando al aeropuerto. Ya no hacía falta esperar al avión negro. Era Perón el que llegaba, el hombre, El Viejo, porque era viejo ahora. Desde la noche del 19 a la mañana del 20 se habló de él como de un padre, un maestro, un jefe indiscutido. Se repartieron mantas, pero eran pocos los que dormían. Y ya no eran miles, ni cientos de miles, sino un millón o dos o tres. Facundo Morales recordó el primer 17 de octubre. Lucía cebó mate a quienes escuchaban. Sergio estaba atento, porque había llegado un rumor, una mala noticia difícil de creer. El actor Edgardo Suárez, desde el micrófono, anunció que el General estaba por llegar, que faltaba muy poco. Lucía vio a Leonardo Favio y pensó que era una suerte que hubiera tantos actores peronistas. Gabriel miró hacia el palco donde varios hombres levantaban sus metralletas. Se oyeron disparos, ráfagas de ametralladora, y Gabriel vio correr a la gente entre los árboles de Ezeiza. Los músicos del Colón se arrojaron al suelo.

Era un día de sol, un día peronista. Sergio vio cómo su padre corría con las manos levantadas, como si quisiera detener los proyectiles, esa matanza entre dos bandos que decían defender a Perón. Alguien dijo que Leonardo Favio lloraba por lo mismo. Sergio se echó cuerpo a tierra, perdió de vista a su padre que en ese momento auxiliaba a los heridos, igual que en aquella tarde de junio de 1955. "Igual –pensó Facundo–. siempre igual." Sintió un golpe y un ardor en el pecho y trastabilló entre los cuerpos caídos, sin saber bien dónde estaba. Se le nubló la visión de unos escuálidos árboles de Ezeiza y dijo el nombre de su mujer mientras caía en el barro. El tiempo se fue achicando en un solo instante, en un puro presente. Ya no sentía su cuerpo ni el dolor ni la bronca; ya era nadie entre todos. Supo que iba morir, que se estaba muriendo en esa tarde tan linda de sol, que para él sería la última.

La ciudad del miedo

El 1° de mayo de 1974, Sergio Morales, junto con otros compañeros, abandonó la Plaza de Mayo mientras hablaba Perón, que los había llamado imberbes e infiltrados. Se iba con bronca, con tristeza, enlutado todavía por la muerte de su padre que creyó toda su vida en Perón y que había muerto por él en la tarde del 20 de junio de 1973. "¡Gran puta, él creía en usted como en un padre!", pensó Sergio como si hablara con el hombre que estaba en el balcón de la Casa de Gobierno y del que ahora se alejaba. Iba caminando como en una procesión, cabizbajo, taciturno, junto a los otros compañeros tan decepcionados como él. "Estamos jodidos", oyó que alguien decía a sus espaldas. Nadie lo contradijo. Nadie gritó una consigna. "Huérfano, ahora sí que estoy huérfano", pensó Sergio Morales mientras caminaba en la columna que se iba diezmando poco a poco. No quiso volver los ojos atrás, no quiso pensar más en el Viejo, aunque dos meses más tarde, cuando Perón murió y vio a su madre que lloraba, sintió que algo suyo había muerto con él. Una ilusión, quizá.

Por eso la lluvia cayó como bálsamo en la cara de Sergio Morales, cuando salió de la reunión, abrumado de tanta charla y cigarrillo. Había discutido hasta el cansancio con algunos compañeros si se debía o no pasar a la clandestinidad. Él pensaba que había que permanecer en los puestos de trabajo, "que son, al fin, nuestros lugares de lucha, compañeros". Salió a la calle y caminó bajo la lluvia hacia su casa, por el mismo camino que hacía con su padre cada vez que iban o volvían del trabajo. Él le había enseñado a manejar el balancín, el torno, la fresadora. También le había enseñado a querer al peronismo, que era más que un partido, "que era más que Perón", pensó Facundo Morales de regreso a su casa.

A esa hora, Antonio de los Llanos regresaba de otra reunión que se había realizado en el Círculo Militar, donde habían analizado el accionar de los grupos que ellos consideraban subversivos. Antonio de los Llanos, retirado del servicio activo del Ejército, había estudiado en profundidad esos grupos como un estratega. Lo único que Toño no había podido averiguar era que su hijo Sebastián estaba en uno de ellos. No podía sospechar que ese estudiante tan sano, tan buen jugador de rugby, tan decente, fuera un sedicioso. Sebastián, su hijo, era lo único en común que tenía con su mujer, con Eleonora. Su matrimonio había naufragado en el tedio, las traiciones y los reproches de la convivencia. De todos modos, tuvieron la delicadeza de evitar el escándalo, sobre todo al pensar en el hijo. Aunque dormían en habitaciones separadas, se reunían en el comedor y jamás se había hablado de divorcio. Los domingos iban juntos a misa. Por una razón u otra, Sebastián no los acompañaba.

Fue entonces cuando Antonio de los Llanos comenzó a sospechar que había algo raro en el comportamiento de su hijo. No pudo dejar de advertir el rictus de fastidio de Sebastián cuando él hablaba de política, sus largos silencios en los que no era raro adivinar un reproche.

Prudente, Antonio de los Llanos no comentó en su casa los detalles de la conjura que estallaría poco después.

Aunque era un veterano de los golpes militares, esta vez Antonio de los Llanos se sintió al margen de lo que ocurría. Quizá por culpa de la edad, de ese cansancio que lo abrumaba últimamente. O por la actitud de su hijo, que un día se permitió criticar abiertamente a los militares "frente a mí, frente a su propio padre, desafiándome, haciéndose el gallito". Lástima. No quiso discutir con Sebastián ese día ni el otro, cuando se levantó de la mesa, ofuscado. "Peor para él", pensó Toño, aunque sintió que también él había perdido. Encendió el televisor. Vio en la pantalla la bandera argentina y oyó la voz del locutor que anunciaba la formación del gobierno de la Junta Militar.

Para Gabriel Gutman aquel fue un tiempo sin tiempo en Buenos Aires. A partir del 24 de marzo de 1976, el miedo se hizo costumbre. La gente se acostumbró a callar. Se acostumbró a no mirar. Buenos Aires estaba dividida en zonas, en áreas, en cuadrículas de miedo. En cualquier calle había un sospechoso. Gabriel Gutman se negó a dar vuelta la cara cuando secuestraron a un hombre en la calle y lo metieron en un coche ante el silencio de los demás. Durante meses trató de averiguar el paradero de un periodista que acudió a una cita falsa y desapareció. El miedo no tenía nombre. Ni la delación. Ni la vergüenza por la propia cobardía. Pero Gabriel se negó a cerrar los ojos frente a lo que ocurría cerca de él. Tuvo miedo, es verdad, pero ese miedo no lo paralizó. Se negó a quemar los libros de su biblioteca, como hicieron muchos conocidos. Gabriel sintió la desazón de no pertenecer a un bando, a una divisa, una organización, un partido. No era un cuadro político, un "intelectual orgánico", como decía Gramsci, pero tampoco pertenecía a la nueva legión de los indiferentes. No tuvo ningún reparo en guardar en su departamento algunos libros y folletos que se consideraban peligrosos. Hacía tiempo que ya no vivía con la tía Sarita. Ella le preguntaba si en la Argentina iba a ocurrir lo mismo que en la Alemania de Hitler, donde quemaron primero los libros y después a la gente. "No lo sé, tía, esperemos que no", le respondía Gabriel Gutman mientras tomaba con ella una taza de té.

Al regresar a su departamento, se sintió inquieto y algo ridículo entre los objetos familiares, ante el afiche pacifista "Give peace a chance", con los rostros de John Lennon y su mujer, o ese otro con la foto de Lumumba en el África, en el camión que lo llevaba hacia la muerte. Entonces –pensó– la guerra estaba en otro lado, se leía en el periódico o se veía en el cine, y uno se podía reír de los pequeños dictadores que imitaban los cómicos del café-concert donde iba con Marga, la del cuerpo majestuoso y la risa estridente. Hacía tiempo que no la veía. Hacía tiempo que no se reía con Marga ni con otra mujer. "Mi cura de abstinencia", pensó. Miró, desde la ventana, la calle vacía por la que pasaba un Falcon verde.

"Muchacha ojos de papel…", recordó que cantaba Marga imitando al flaco Spinetta.

Era como si todo el tiempo vivido con Marga se concentrara en un solo verso, como un millón de ángeles en la cabeza de un alfiler.

"Marga entre guitarras eléctricas y con una rosa de papel en el ombligo", pensó. No había pasado tanto tiempo. ¿O sí? Marga oyendo a los Beatles y a los músicos del festival de Woodstock, tomando *jugo de tomate frío*, como cantaban los chicos del Trío Manal.

> "No hay que viajar a Europa
> ni estudiar en la Universidad",

cantaban los de Manal desde el tocadiscos.

—¡Qué atorrantes! —decía Gabriel.
—Son como vos, querido. Por eso te gustan.

Hacía tiempo que la fiesta había terminado. Se acordó de la noche en que venía caminando con Marga por la calle Perú, después de asistir a una función de teatro independiente. Venían caminando por las calles de San Telmo hacia la Avenida de Mayo, cuando vieron bajar de un camión policial a los hombres con cascos y bastones largos. Entraban en la Facultad. Se oían golpes, corridas. "Tengo miedo, Gabriel", dijo Marga y cerró los ojos como hacen los chicos cuando quieren negar aquello que están viendo. "Decime que no es verdad, decime que estoy soñando", murmuró Marga. Cuando abrió los ojos vio la cara de un hombre ensangrentado y a los estudiantes a los que llevaban presos en el camión celular.

Desde esa noche, Marga prefirió no hablar de política. Se molestó con la manía de Gabriel de estar comentando las tragedias del mundo.

—No necesito que me des lecciones, Gabriel. Vos te la pasás hablando sin hacer nada —le dijo Marga aquella noche de 1969, la última de su relación, en vísperas del Cordobazo que el periodista Gabriel Gutman iba a relatar en varias crónicas memorables que Marga, como era previsible, no leyó.

No recordaba con precisión cuándo tuvo el primer contacto con ese grupo, en el Florida Garden, de Florida y

Paraguay. Recordaba, sí, que uno de los jóvenes era Sebastián de los Llanos, a quien entonces llamaban El Rulo. "Necesito que me guardes unos días", le pidió. Él lo llevó a su departamento. Esa noche, Gabriel Gutman tuvo un sueño atroz: en la ciudad sitiada por el miedo, él caminaba por un largo pasillo, por un túnel que lo alejaba de Buenos Aires, invadida por los enemigos. No quería mirar hacia atrás. Podía oír los pasos de sus perseguidores pero temía que, al volverse, ellos dispararan contra él. No miraba a los costados. Sabía que no había ninguna puerta. Sólo podía caminar hacia adelante, pero no correr. De hacerlo, le aplicarían la ley de fuga y lo fusilarían por la espalda. Se despertó sobresaltado.

En el diario obtuvo ciertas informaciones confidenciales, que trató de confirmar antes de pasárselas al Rulo. Temía, con razón, que algunas fueran falsas y terminaran siendo "cazabobos" para pescar inexpertos. Pero El Rulo era un tipo cuidadoso. Sólo una vez usó el teléfono de la casa, y antes le pidió permiso a Gabriel.

—Quiero hablar con mi madre. Hace mucho que falto de casa —explicó.

—¿Con quién hablabas? —preguntó Toño, al ver que su mujer se apresuraba a colgar el tubo del teléfono.

—No te importa...

—Sí que me importa. Quiero saber quién llama a mi casa, Eleonora. Creo que tengo derecho...

—No seas cínico, Toño, sabés quién habla...

—¿Quién llamó?

—Sebastián.

—¿Y para qué carajo habla el idiota ese?

—Para saber cómo estamos. También preguntó por vos, Toño.

—¡Él sabe dónde me puede encontrar! Claro que no va a venir.

Sebastián se murió para mí, Eleonora. El Sebastián que yo quería, se murió –dijo el general retirado Antonio de los Llanos.

El padre Fermín sintió, por un momento, que la furia le encendía la cara. Tuvo miedo de caer en la tentación de responder a la violencia con más violencia para defender a su rebaño, a los más humildes, los indefensos, los que parecían dejados de la mano de Dios. Esa madrugada del 4 de julio de 1976 habían sido asesinados los padres palotinos de la parroquia de San Patricio. "Los mansos, los buenos", murmuró Fermín, quien no se podía permitir la venganza. Sólo rezar. Sólo quedarse con los suyos. Aunque Cristo había arrojado a los mercaderes del templo. En las paredes de la parroquia de los padres asesinados habían escrito una leyenda: "Esto pasa por envenenar la mente de la juventud".

Sergio caminaba con el paquete bajo el brazo. Atrás iba otro de los delegados de la fábrica; más lejos, una compañera y más atrás, a unos treinta metros, dos muchachos a los que apenas conocía. Iban cruzando los potreros entre una niebla suave, que a él se le antojó limpia y luminosa, sobre todo en el momento en que descorrió un pobre paisaje de arcos abandonados y ranchos de lata que unos años antes habían recorrido con su padre, con Facundo Morales. Otra vez sintió que algo suyo se quedaba allí. Estaban cerca de la fábrica. La compañera se adelantó, cruzó la calle de tierra y luego la otra de adoquines lustrosos, por la que venían los obreros en bicicleta y a pie. Ella comenzó a repartir los volantes. Sergio observó si había "tiras". Caminó sin apuro hasta la puerta. Los dos muchachos estaban cerca, cuidándole la espalda. Sergio se trepó a las verjas de la puerta y gritó las consignas contra el gobierno militar. Dos tipos del personal de vigilancia trataron de sacarlo de allí, pero él se les escabulló. Uno de los vigilantes quiso hacer sonar el silbato, pero Sergio se lo arrebató de un golpe. Miró hacia la esquina: la compañera cruzaba la calle y se mezclaba con las mujeres madrugadoras. Repartió los últimos volantes y se alejó despacio, en el instante en que llegaba el móvil policial. No volvió la cabeza. Sergio percibió la calma que sigue a la acción. Subió a un colectivo y se metió en la costumbre, mimetizado con la gente.

"Podría ser mi hijo", pensó Gabriel Gutman cuando El Rulo dejó el departamento para ir a otra casa y seguir su peregrinaje por la ciudad. Sonó el teléfono. Era Marga. Le pidió que fuera a su estudio porque estaba muy preocupada, muy angustiada por todo lo que ocurría.

—¿Qué pasa, Gabriel? ¿Están todos locos? —le dijo

apenas entró–. Hace días que recibo toda clase de amenazas: anónimos, llamadas por teléfono, hasta un tipo que me paró en la calle para decirme que era una zurda de mierda y que mejor me fuera del país porque me iban a matar. Yo soy una artista, Gabriel, no soy política.

–Todo es política.

–¡No, todo no, Gabriel!

–Hiciste el *Homenaje al avión negro* –le recordó su amigo.

–¿Y eso qué tiene que ver? Eso es arte. Arte efímero –precisó.

–¿Qué pensás hacer, Marga?

–Irme. A Nueva York. Cambiar de aire.

El estudio de Marga era un muestrario de los buenos tiempos, de un ayer demasiado cercano. Además de sus obras, Marga coleccionaba las de sus amigos. Gabriel se quedó mirando los dibujos de Jorge de la Vega.

–No puedo creer que esté muerto. No puedo creer que voy a morir algún día –dijo Marga, mientras le traía un vaso de whisky, igual que diez años antes, cuando eran jóvenes y se acostaban juntos.

Varias horas después, en el diario, Gabriel leyó los cables de la teletipo y un mensaje local que enviaba la gente del gobierno: "El terrorista no sólo es considerado tal por matar con un arma o colocar una bomba, sino también por activar, a través de ideas contrarias a nuestra civilización, a otras personas...". Tuvo vergüenza ajena. Hacía rato que la atmósfera del diario se le hacía irrespirable. De todos modos, él no era un luchador ni un periodista político, como otros a los que habían encarcelado o enviado a la muerte. Él no era un combatiente ni un militante; apenas, uno de aquellos a quienes llamaban "compañeros de ruta". Esa noche iba a comer con un corresponsal extranjero en La Mosca Blanca, en Retiro; intercambiarían sus informes sobre lo que ocurría en la Argentina y que no podía publicarse aquí.

La ciudad, por entonces, parecía vendada y amordazada por el terror. Sin embargo, las vidrieras estaban colmadas de regalos y adornos navideños. Durante la Nochebuena de 1977, se difundió por radio y televisión el mensaje del presidente de la Junta: "Para nosotros la paz que queremos y deseamos vivir tampoco es la tregua con aquellos que aún hoy pretenden perturbarla a través de la destrucción e incluso de la muerte. Porque justamente la paz es lo contrario, es un canto de armonía, es un canto a la vida, por eso decimos que queremos una paz que merezca ser vivida...".

Llegaron de noche, cuando todos dormían. Derribaron la puerta. Entraron con sus escopetas Itaka y sus metralletas y sus gritos. Sergio Morales se levantó de un salto, en calzoncillos, y levantó los brazos. No les pudo ver la cara. Le pusieron una capucha y lo obligaron a meterse en el baúl de un auto. Cuando llegaron a La Mansión, lo sacaron del baúl a los golpes. Alguien le pateó los tobillos.

–¡Perdiste, Morales! –le dijeron.

A empujones, lo metieron en un garaje. Después, en un cuarto donde creyó advertir la presencia de otros encapuchados. Más lejos, el ruido de una puerta de fierro que se cerraba y más lejos aún, el aullido de un hombre.

Trató de acostumbrarse a la oscuridad, de ver algo a través de la capucha. Tenía las manos atadas. Intentó aflojar la capucha con los dientes. Fue inútil. Comprendió que debía esperar sin desgastar sus nervios en maniobras estériles que aumentaban la ansiedad por lo que podía ocurrir. Alguien lo golpeó y cayó, doblado, sobre el piso.

No supo cuánto tiempo estuvo desmayado o dormido, sin sentir nada. Sólo el frío del suelo. Dos hombres lo levantaron, lo hicieron caminar por un pasillo, bajar una escalera. Se oían voces y la música de la radio. Ahora caminaba por un piso de baldosas. Se abrió una puerta. "Vamos a hablar un rato, Morales", le dijo el hombre de bigotes mientras le sacaba la capucha. Otros dos le amarraron las manos y los tobillos a una mesa de metal. Él esperaba un insulto, un golpe, no esos movimientos de personas que cumplen con su trabajo, como los médicos en el quirófano. "Te vamos a pasar la máquina", le informó el tipo de bigotes en el momento en que entró un hombre delgado, de aspecto bondadoso, a quien le decían El Doctor. Un instante después recibió la primera descarga. Sintió que su lengua se doblaba y tuvo miedo de morderla, de ahogarse, de morir ahogado en un vómito. El Doctor le tomó el pulso. "Un poco más", recetó.

Entonces comenzaron las preguntas, un interrogatorio minucioso, sin gritos. Sólo querían varios nombres, algunas direcciones. Pero él insistía en callar, en morderse los labios. "Vas a joderte por nada –le dijo El Doctor–, pensalo." Abrió la puerta y salió. Sintió, otra vez, la descarga. Y entonces sí, escuchó los gritos del hombre de bigotes, con la cara pegada a la suya, casi obsceno mientras le decía: "Sos un gil, Morales, un perejil cualquiera. Tus jefes ya se rajaron. Quedaron ustedes, los boludos ¡Cantá!... ¿Dónde está Molina?... ¿Dónde se esconde?... ¿Duele?... ¿Sí?... ¿Viste?... ¡Eso te pasa porque no querés hablar! No colaborás. Te jodés solo... Por última vez: ¿quién es tu responsable? Sólo quiero un nombre, Sergio. No te regalés como un idiota. Ellos no te van a salvar. Ellos se dan la buena vida con la guita que se llevaron". Le pasaron la máquina otra vez. Su cuerpo se arqueó y volvió a sentir ese dolor insoportable. Pero supo que estaba vivo y que no se había quebrado aún. Tenía que aguantar sin hablar. Cuarenta y ocho horas, por lo menos. Para entonces, los compañeros estarían fuera de peligro. Antes no. Antes, era preferible morirse. "Todavía no me quebraron", se dijo, y trató de olvidar, de borrar los nombres, las direcciones.

Lo hicieron subir, encapuchado, por la escalera. Contó los escalones como si eso le aliviara el sufrimiento de pensar. Lo tiraron en el piso. "La sacaste liviana, turrito, no te quejés." Sergio no respondió. Tan difícil como soportar la picana era aguantar las burlas de esos tipos, a los que ni siquiera podía odiar. Se atrincheró en la convicción de que no iba a delatar a nadie. En todo caso, iba a mentir, a bolacear, hasta que se dieran cuenta y lo reventaran de una vez.

Esa misma tarde entró otro prisionero en La Mansión: Sebastián de los Llanos, alias El Rulo. Sebastián iba a tomar el subte cuando una patota lo secuestró en la calle Medrano. Sintió un golpe en la cara y luego, el culatazo en la nuca. Despertó, encapuchado, en el piso de una camioneta. Se sorprendió al comprobar que no tenía miedo sino una extraña sensación de ausencia, como si eso no le ocurriese a él y estuviera viendo una película. El olor del linóleo del piso (alguien apretaba su nuca con un zapato o un borceguí militar) le produjo náusea, ganas de vomitar. Temió hacerlo en ese instante. "Tengo miedo; ése es el miedo", pensó.

Esos que lo interrogan se parecen a su padre. Su padre joven. Su padre con el pelo corto de teniente primero o capitán; aunque hay otros, los aprendices, tan jóvenes como él, o más jóvenes aún. Se turnan para interrogar, para graduar el tiempo de las descargas eléctricas que recorren su cuerpo, que se ensañan en las encías o los testículos. Alguien enciende la radio. La música de la cumbia lo ensordece. El aullido brota de pronto, incontenible. Siente el temblor y la sed. No puede tomar agua. No debe. "Si fueras razonable (le explica el hombre parecido a su padre, un Toño joven y pulcro, de uñas cuidadas), si no fueras un hijo de puta, sabrías que lo mejor es decir todo lo que sabés. Vos aquí hablás o salís muerto. Elegí." Entonces Sebastián respira hondo, como cuando estaba en el club, como cuando era un jugador de rugby que entraba a la cancha en un día de sol, en San Isidro.

Buenos Aires. La novela

El 2 de junio de 1978 comenzó el Mundial de Fútbol en la cancha de River. Los miembros de la Junta ocuparon el palco oficial, vestidos de civil. "La ciudad aparece distinta, más limpia, más bonita", escribieron en *El Gráfico*. El arzobispo y cardenal primado de Buenos Aires invitó a rezar el Padrenuestro. "¡Argentina! ¡Argentina!", gritaba la gente agitando miles de banderitas. "Es la fiesta de todos", dijo alguien. La fiesta jubilosa e indiscriminada de la multitud. Que nadie se atreva a discutir esa pasión. "Pasión de multitudes." Fútbol como Patria, como Todo, como un solo Yo. Todos juntos y en confianza. Cada cual con su apodo, como en el barrio, como en casa: "El Matador" Kempes, "El Conejo" Tarantini, "El Pato" Fillol, jugando por todos los argentinos, mirá cómo corremos, cómo le pegamos a la pelota, cómo somos los mejores del mundo, che. "¡Ar-gen-tina! ¡Ar-gen-tina!" "¿Ves? ¿Oís la gente? ¿Por qué sos tan amargado? ¿Por unos cuantos locos? Pero si hasta ellos escuchan el partido (si se portan bien, claro, si no joden) y pueden gritar el gol con sus guardianes. ¿Qué más quieren?" "Somos derechos y humanos", proclamaba al mundo José María Muñoz.

Lucho González, el Negro, el ex boxeador, salió de la comisaría donde lo habían llevado por vagancia y ebriedad. "Das mala impresión a los turistas", le dijeron. La luz del sol le pegó en los ojos y él caminó como sonámbulo, sin saber adónde ir. Esa noche, en el calabozo, había soñado con su pueblo y con su madre muerta. Lucho volvía, por fin, y era joven otra vez; regresaba al pueblo después de vencer en el ring del

Luna Park. El agente le indicó la salida. "No te caigas, che", le dijo. A Lucho González el sol le hizo arder los ojos. No, no estaba llorando. Los ojos ardían solos. Por el sol. "Por esta puta vida", pensó Lucho González. No debió pelear esa noche, no debió dejar que lo basurearan frente a Juancito Duarte y Fanny Navarro. "Te mandaron al muere", le dijo Kid Kachetada en el vestuario. Lucho ya no quiere pensar. Sólo llegar a alguna parte donde caerse muerto.

En el diario, el jefe de redacción llamó a Gabriel Gutman y le dijo que lo sentía mucho, que tenía que prescindir de sus servicios. "No es por mi voluntad, Gabriel. La orden viene de arriba." Gabriel pensó que tal vez había llegado la hora de elegir. A lo mejor era un poco viejo para la acción o a lo mejor no servía, o a lo mejor era un temeroso que no confesaba su propio miedo. De una manera u otra, debía decidirse, antes de que los otros decidieran por él. "Tu nombre está en una lista. Gutman. Mejor rajá antes de que te hagan boleta", le dijeron en la agencia de noticias oficial, donde tenía algunos amigos. Sentía vergüenza de irse, de ser un turista como la tía Sarita que se había ido a Israel "porque en algún lado hay que morirse y prefiero morir en mi cama antes de que me maten". Era gracioso que pensara eso al viajar a un país en guerra. Él no iría allí, seguramente, sino a otro país en donde pudiera vivir y trabajar en su idioma. Era extraño irse justo cuando Buenos Aires vivía la fiesta del Mundial.

Cuando tomó el taxi para abandonar la ciudad, Ga-

Buenos Aires. La novela

briel Gutman sintió la oscura culpa de alejarse de su propia muerte, de dejar a los suyos. Miró, entre la bruma de la autopista, las casas donde la vida continuaba ajena al drama que parecía no existir en Buenos Aires. Gabriel Gutman bajó del auto y entró en el aeropuerto.

Los sobrevivientes

Para Lucía, Buenos Aires es una inmensa cárcel donde la gente vive como si nada pasara. Ella puede imaginar que detrás de ese muro, de las rejas de ese cuartel, quizás esté su hijo. Pregunta por él en una comisaría, en un destacamento, en una oficina del Ministerio del Interior. Le contestan que su nombre no figura en ninguna lista. Como si Sergio no existiera. Como si no hubiera existido jamás. Alguien le dice que hay otras mujeres que están buscando a sus hijos, que vaya a la iglesia y pregunte por el padre Fermín. Es un cura de la villa que se ocupa de esas cosas. "Vaya, doña, es un buen hombre el cura", le dicen y ella va a la iglesia porque necesita creer en algo, en Dios y también en ese padre Fermín, ahora que todos le cierran las puertas, hasta esa vecina, la señora del doctor que cuando la ve se cruza de vereda. Otros no. La visitan algunos compañeros de Facundo, que le dejan con discreción unos pesos. Toman unos mates y se van. En cambio, los compañeros de Sergio andan escondidos vaya a saber dónde. O están presos. O los mataron. "Lo terrible es no saber dónde están, si están vivos o muertos, si tienen frío...", le dice Lucía al padre Fermín. El hombre la escucha y después le habla de las otras madres que buscan a sus hijos, las que se reúnen allí, en la iglesia, y que después van a la Plaza de Mayo.

—¿Ellas sabrán algo, padre?
—Todos sabemos algo que puede ser útil a los demás. Podemos buscar juntos, Lucía...

Dicen que están bailando solas en la plaza
que giran y dan vuelta y vuelven este jueves
gastando las baldosas del olvido.
Será por eso que les dicen locas.

Dicen que están bailando solas en la plaza
que giran y dan vueltas y vuelven
en la humareda inútil de las hojas de otoño.

Dicen que están bailando solas en la plaza
con las sombras de nadie, que giran y dan vueltas
como un tango oscuro sin pareja ni luna.

A ella le dio vergüenza estar soñando con Facundo, soñando que bailaba con él en La Enramada, que olía su perfume y su sudor y él le apoyaba su cosa de hombre. "¡Dios mío, lo que sueña una, padre!", dice Lucía cuando se confiesa. Pero no está para bailes ahora. Sale de recorrida con otras madres en busca de los que no están.

"Los desaparecidos son una entelequia... son aire... ¡nada!", opina el general Hermida, ya retirado, repitiendo las palabras del presidente de la Junta.

Al principio, Antonio de los Llanos sintió un leve malestar, la sensación de estar en otra parte y no poder reconocer las calles y los nombres que le eran familiares. O de olvidar el presente para retroceder al día en que mataron al coronel Varela en la puerta de su casa, en la calle Fitz Roy. Antonio de los Llanos tuvo algunas alucinaciones, como aquella lejana vez en el Instituto Geográfico Militar. Al desplegar un mapa de la Patagonia creyó ver los rostros de los huelguistas fusilados en 1922. Eran pequeños errores, superposiciones de la memoria: por ejemplo, veía a su hijo Sebastián con un revólver de juguete a los cinco años; apuntaba al general Hermida y lo mataba, "como el anarquista que mató a Pérez Millán Temperley", dijo en una reunión del Círculo Militar. Toño supo que libraba una batalla desigual con sus fantasmas, que no lo dejarían en paz. Por esos días escribió su Plan Estratégico para aniquilar la subversión. Todos sus conocimientos, toda su experiencia como oficial, se volcaron en ese texto de perfecto estilo castrense (1.1; 1.2; 1.3;...) con diagramas y mapas en escala. Pero las alucinaciones continuaban. Un médico psiquiatra lo revisó, le recetó unos calmantes y reposo.

–Deje descansar a sus muertos en paz –le aconsejó.

En el fondo del jardín de su casa, en el barrio de Belgrano, Toño tenía un imaginario cementerio de pájaros. Allí, cada atardecer, creía conversar con su hijo mientras removía la tierra con una cuchara y hacía un pequeño túmulo sobre la tumba de un pecho colorado. Más allá estaba la del cardenal, allá la del jilguero y más atrás la del canario. Todos tenían su sitio, su número. "¡Pájaros, pajaritos... se negaban a cantar!", confesó Toño. "¡Vos los mataste!", creyó que le decía su hijo. "¡No querían abrir el pico!... ¿Qué iba a hacer?", le explicó Toño. Pero no quería recordar aquellos interrogatorios, toda esa basura de la realidad. No lo soportaba. Lo miró muy sorprendido, ya que había olvidado el rostro de Sebastián. "¡Ah, sí!... ¡ya me acuerdo!... ¿No te habían agarrado a vos? ¿No debías estar preso?" "No es verdad que yo haya enterrado a tus amigos en este jardín. No estoy loco. Lo que hice, lo hice cumpliendo con mi deber. Obediencia debida. Pero ahora estoy retirado, fuera de servicio." Estaba en paz, decía; iba todos los domingos a misa con Eleonora. "Lo que pasó... pasó. ¡Yo cuido a mis pájaros, cuido a todos los pájaros de cuenta que hay en la Argentina! ¡Me acuerdo, me acuerdo de vos, Rulo! ¡Qué mal que te portaste! Como un hijo de puta. Me dijiste que yo era un asesino. Y eso no es verdad: yo cuido a mis pájaros, y cuando mueren, los llevo hasta el fondo del jardín y los entierro. Como a este pajarito que tiene el cuerpo todavía caliente... ¡tocalo! Yo tuve que matarlo porque se negaba a cantar. Es mi oficio, Sebastián. No soporto que los pájaros no canten como si fueran inocentes. Algo habrán hecho, digo yo..."

"¡Gol! ¡Gol de Argentina!", gritaron los tipos de La Mansión. Por un momento se olvidaron de los prisioneros que estaban en el piso de arriba. "¡Gol de Argentina, carajo!" Desde la calle llegó el sonido de las bocinas de los automóviles que se sumaban al festejo.

Sergio miró a Sebastián, tirado en el camastro. Miró después un pequeño agujero en la persiana, una rajadura que podía profundizarse.

—Si pudiéramos abrirla... —dijo y comenzó a escarbar en el elástico.

—¿Qué hacés?

—Un anzuelo —dijo Sergio.

Desde abajo se oían las voces de los tipos que comentaban el partido.

Mientras Sergio maniobraba en la persiana, los otros tres parecían inmovilizados por el miedo y el cansancio.

—Vamos a poder salir —los animó Sebastián.

—Si ven que queremos escapar, nos liquidan... —dijo uno.

—Nos van a matar de todos modos —le respondió Sergio mientras abría la ventana.

—¡Hay que saltar!

—Estamos sin ropa...

—Vamos a rajar desnudos. Esperamos la noche y nos vamos...

Esa noche se arrojaron por la ventana del piso alto de La Mansión y corrieron desnudos por el baldío hasta llegar a la avenida. Sebastián miró hacia atrás, vio las ventanas iluminadas de La Mansión, donde los tipos continuaban viendo el partido de fútbol. Se acercaron al primer auto estacionado y trataron de abrirlo. Entonces se dieron cuenta de que no tenían fuerza en las manos. Por la vereda venía un grupo de hinchas con banderas argentinas, gritando "¡Argentina campeón!". Vieron, entreabierta, la puerta de un garaje y se metieron allí. Un viejito, el sereno, primero los confundió con los peones que poco antes habían estado festejando con él. Después creyó que eran unos bromistas que regresaban de una despedida de soltero.

—Necesitamos ropa, abuelo.

—¿De dónde la voy a sacar?

Sergio no dijo nada; cruzó, desnudo, hasta la vereda de enfrente.

Tocó el timbre de una casa. Una mujer apareció y ellos vieron a Sergio gesticulando, señalando hacia el garaje.

—Perdimos —dijo uno.

La mujer volvió a entrar en la casa y al rato regresó con un bulto de ropa.

—¿Adónde se van, muchachos? —preguntó el sereno del garaje.

—A la libertad, abuelo —le dijo Sebastián.

Buenos Aires. La novela

De los arrabales de la luz
de las fronteras donde el barro es el barrio
y los faroles las mentidas estrellas
de los tangos furiosos que rezongan
su impotencia banderas bandoneones
que se pudren a orillas del Riachuelo
de allí de donde soy
vengo con la guitarra de los payadores
antiguo huésped de los almacenes
jugador de truco con su baraja muerta
una guitarra un naipe que me cambie la suerte
porque voy a limpiar la boca de la injuria
antes que sea tarde y no quede memoria
en estos arrabales que otros llaman la patria.

Así dijo El Payador.

Aquella noche, Sebastián no hubiera podido imaginar que contaría esa historia, pocos años después, en 1984, al regresar del exilio. Debía declarar como testigo contra la Junta. "Si uno quiere volver –pensaba–, si uno quiere estar otra vez en Buenos Aires, entonces uno debe olvidarse de los apodos, de la jerga de la militancia, porque uno necesita verse y oírse como los otros, subir a un colectivo, tomar un subte, acostumbrarse nuevamente a la entonación porteña, la voz de aquí, de aquí nomás", pensó mientras el avión carreteaba por la pista.

"Ya estoy aquí." Ahora debía contar qué le había pasado, revivir los días de La Mansión y después la fuga que lo había llevado lejos de Buenos Aires, cuando Buenos Aires era el miedo, su miedo. Al salir del aeropuerto, al presentir la ciudad desde la autopista, sintió que debía dejar de ser un extraño y acostumbrarse otra vez al color y al olor de Buenos Aires. El río, el río como el mar. El río "de sueñera y de barro". Lo había extrañado al mirar otros ríos, otros mares que no eran los suyos. Como en el tango que cantaba Gardel: "antes morir que olvidarte", pensó mientras el auto entraba en la avenida. "No, no me olvidé de nada".

No podía creer que quien estaba allí fuera su hijo. Sintió que el piso oscilaba bajo sus pies, que estaba a punto de desmayarse. Sergio la sostuvo en sus brazos y Lucía se echó a llorar como una chica. Hacía años que no lloraba así. Se secó las lágrimas con el pañuelo que siempre llevaba en un bolsillo de su batón. Y solo entonces pudo sonreír y besarlo. Le parecía mentira que fuera el mismo; lo veía más alto, más fuerte, como Facundo cuando murió en Ezeiza. "Pero él está vivo, Dios mío", pensó Lucía mientras acariciaba la cara de su hijo. Lo besó otra vez. Y otra. Estaban en el patio y Sergio observó que ya no había jaulas en la pared. "¡Qué raro! –pensó–. A ella le gustaban sus pájaros, el zorzal, los canarios…"

–¿Viste? Ya no están… un día abrí las puertas de las jaulas para que volaran lejos… como vos.

Entonces él miró la cara de su madre: había envejecido.

–Tenés el pelo blanco –observó.

—No me lo quiero teñir, me da no sé qué... Ya soy una vieja... ¡No me mirés así que me pongo a llorar de nuevo!... Vení, Sergio, vamos a tomar unos mates...

Entraron en la cocina. Todo estaba igual. Como si el tiempo se hubiera detenido y los olores permanecieran —olor de yerba, de menta, de albahaca— en los frascos alineados sobre los estantes. En la pared, como siempre, estaba la foto de Eva junto a la estampita de Ceferino Namuncurá.

—Sigo muy creyente, aunque en un momento pensé que Dios nos había abandonado —contó Lucía.

Desde la calle llegaron las voces de los chicos que salían de la escuela.

—Habrá que empezar todo de nuevo —pensó Sergio en voz alta.

—¿Qué pensás hacer?

—Trabajar... vivir como la gente.

—Hablás como tu padre. El también decía que había que vivir como la gente y no como bestias de carga.

—Y tenía razón.

—Para mí es como si estuviera vivo. Cuando voy al cementerio, le hablo como si pudiera escucharme. Todos estos años le hablé de vos. No quería que te mataran como lo mataron a él.

—No me mataron, vieja.

—¡No, no! ¡Estás aquí, Dios mío! ¡Gracias, Señor! —dijo Lucía y levantó los ojos hacia el cielo donde Eva vivía para siempre.

Cuando Gabriel regresó a Buenos Aires alguien le comunicó que pesaba sobre él una orden de captura. Al principio no lo pudo creer, pero luego, a través de algunos amigos, supo que esa orden se haría efectiva de un momento a otro. En realidad, lo único que quería era volver a caminar por la Ciudad. Se sorprendió cuando algunos conocidos le negaron el saludo o se hicieron los distraídos y cambiaron de vereda. Se enteró entonces de que en su ausencia su nombre había aparecido en el diario junto al de otras personas consideradas peligrosas por la dictadura y también por la incipiente democracia. Era parte de uno de esos dos demonios (los militares y la guerrilla) con los que la sociedad identificaba la tragedia de los últimos años. Desafecto a las declaraciones y menos aún al papel de víctima, Gabriel Gutman decidió retomar su vida normal, ejercer su oficio. No era fácil. Tuvo que comparecer en Tribunales como procesado, soportar largos interrogatorios que lo fatigaban y lo hacían aparecer como sospechoso ante los ojos de sus posibles empleadores. Además, comprobó que la mayor parte de los periodistas tenía la mitad de sus años. En cuanto a sus contemporáneos, dueños o directores de periódicos y revistas, preferían evitar su compañía "hasta que las cosas se aclaren ¿entendés?". Por eso fue difícil publicar sus artículos, que desmentían la versión oficial de la historia reciente. Podía y quería demostrar que la lucha no se había entablado entre dos facciones armadas, que había sido parte de un plan elaborado años antes por los estrategas norteamericanos que preparaban a los futuros dictadores del Cono Sur en la Escuela de las Américas de Panamá. No era sólo contra los focos guerrilleros que ellos habían actuado, sino contra los pueblos de América latina que por aquel entonces se oponían a la política económica de los Estados Unidos en el continente. Ésa era su opinión, y no iba a callársela.

–¡No podemos publicar esto, Gabriel! Y te aconsejo que no insistas. Ahora queremos mirar para adelante y no andar revolviendo las heridas.

Sebastián miró a los jueces del Tribunal y a los miembros de la Junta. Para él –pensó–, la pesadilla no había terminado. De todos modos, el horror salía a la luz; Buenos Aires ya no podía cerrar los ojos. "¡Nosotros les ganamos la guerra!", le gritó en el pasillo de Tribunales uno de sus primos, un joven oficial que había regresado de Malvinas, donde otros muchachos como él habían muerto, enterrados en la nieve, lejos del mundo. Pensó que de esa guerra también debían hacerse cargo los dictadores, los que habían mandado a la muerte a tantos inocentes. ¿De qué guerra hablaba su primo? ¿De qué maldita guerra? ¿De ésa o de la guerra imaginaria y desigual que libraron contra la gente, la que no pensaba como ellos?

Bajá el peldaño, mar,
la escalera de musgo en Las Malvinas
y dejá que las madres desciendan al abismo
para reconocer las manos de sus náufragos.

Pedro Orgambide

Bajá tus olas, mar,
el caracol profundo
donde se oyen las voces de mis hijos.

Olvidá tu arrogancia.

No cantaré, no puedo reverenciar la espuma
cuando toco una mano que se pudre en la nieve,
la gangrena y el pánico
de los soldados niños en las tierras del Sur.

No cantaré, no puedo
ser cómplice del mar.

Ese día Sebastián responde las preguntas de los jueces. Por momentos no sabe muy bien por qué debe responder tantas preguntas a esos señores tan bien vestidos, tan correctos, que estaban en sus casas mientras a él lo torturaban en La Mansión. Se oye responder con tranquilidad. Contesta las preguntas, amplía su declaración cuando se lo piden, recuerda a los hombres que lo picaneaban mientras escuchaban música tropical.

Después le toca el turno a Sergio. "Mi hermano de sangre", se dice y recuerda que debe visitar a su madre.

Sebastián la encontró bajo la luz mortecina de la sala, en una silla de ruedas. Como un retrato de Gibson deteriorado por los años, pero que conservara aún algo de su antigua belleza. Ella extendió sus manos para que se las besara, con un gesto aristocrático y distante, demasiado teatral. También ella parecía contagiada de la locura de su marido, que había muerto un año antes. Su presencia aún podía sentirse en la casa. Sebastián miró en las paredes las fotos y los diplomas del general Antonio de los Llanos. "Lo mató el disgusto", dijo ella. Había elegido esa palabra inapropiada, la había pronunciado con delicadeza, casi en un murmullo. Omitió los detalles: el duelo feroz de un padre y un hijo, de una generación y otra, de un país enfrentado a otro país. "A los amigos de tu padre no les agradaría verte aquí", comentó, como al descuido, mientras su dama de compañía servía el té. "Me dijeron que estás contra ellos, contra nosotros", subrayó. Entonces Sebastián vio un rictus de odio en los labios de su madre. "Él tenía su cementerio allí, en el jardín. Un cementerio de pájaros, ¿sabés? Y allí estabas vos, muerto, con otros pajaritos." Fue entonces cuando su dama de compañía llegó con un vaso de agua y el frasco de remedios.

–La señora necesita descansar, joven –explicó con tono autoritario, mientras le señalaba la puerta de calle.

Gabriel Gutman lo recibió con una sonrisa triste, rodeado de papeles, de libros, de citaciones judiciales. Sobrevivía a las miserias de su cuerpo. Sebastián se sentó junto a él. Su amigo le confesó su temor a no poder escribir el testimonio de los años recientes. "Me faltan las fuerzas, Sebastián. Yo no sé si en el momento de morir uno se ve a sí mismo. Pero yo me veo así ahora." Sebastián le pidió que no se dejara vencer, que resistiera un poco más. Atardecía en Buenos Aires. Desde el balcón se veía un trozo de la ciudad, los árboles de un parque y, a lo lejos, las aguas del río que se confundían con la grandeza del mar.

Sebastián siguió caminando por Buenos Aires como si recién la descubriera. Llegó a la Plaza de Mayo. Aquel día, como todos los jueves, se reunían las Madres. Marchaban con sus pañuelos blancos y prendían en sus pechos las fotos de sus hijos. Marchó con ellas alrededor de la Pirámide. Pensó que ellas habían cumplido ese ritual durante interminables jueves, durante todas las semanas de los últimos años. En los rostros de las Madres de Plaza de Mayo, envejecidos por el sufrimiento, adivinó las súplicas y las broncas. Y también las mentiras y el desprecio de los que habían gobernado hasta entonces. En Buenos Aires, otros festejaban el fin de la dictadura. Pero ellas seguían dando vueltas, exigiendo la verdad y *cárcel y castigo a los culpables*. Molestaban, inquietaban a los que querían olvidar. *Locas*. Les habían dicho *locas* durante todos estos años. Las locas de Plaza de Mayo. Algunos periodistas extranjeros, algunos turistas, les tomaban fotos mientras ellas caminaban alrededor de la pirámide.

Caminan en círculos
los jueves.
Caminan dando vueltas,
los jueves.
Siempre están allí,
los jueves.

Buenos Aires. La novela

*Nunca se sientan
porque es jueves.
No decansan, no duermen
porque es jueves.
Huelen la tempestad.
No olvidan,
porque es jueves.
En la Argentina
la eternidad es jueves para siempre.*

Él sintió la oscura culpa de ser un sobreviviente. Esa noche se encontraría con Sergio y con otros "huéspedes" de La Mansión. "Náufragos, somos náufragos todavía", pensó Sebastián, mientras caminaba por las calles del centro.

Se encontró con sus amigos en la plaza de la República, frente al obelisco. En la rotonda de la plaza había un telescopio.

—Pueden mirar la Luna, señores.

Pero Sebastián quería mirar a Buenos Aires e intentó rectificar la posición del telescopio.

—¡No se puede, señor! Es para mirar la Luna solamente.

—Dejalo. Acordate de que acá fueron demasiados los que miraban la Luna cuando nos reventaban —dijo Sergio.

—Tenés razón. Mejor seguimos caminando...

Epílogo

El Payador, el que anda sin tiempo por el tiempo, continúa su marcha por la Ciudad, la misma que un día vio nacer a orillas del Río de la Plata. Fue cuando llegó el Adelantado y con él un cronista que tocaba la vihuela junto al río. Siente el aire que llega de la costa, la voz de Yaví, la mujer cobriza, y la de Arpegio González, que toma la guitarra e inicia una dinastía de gauderios. Sigue andando El Payador por la costa, va merodeando como el puma por los arrabales, entre indios y negros cimarrones. Es él, es el mismo, un González, aunque ahora ya no lleve apellido, porque es uno y es todos. No se asombra de ver a una bruja que vuela en el aire de la Ciudad, ni al mismo

Diablo al que supo vencer en la payada. Ve a su pariente, a Bartolomé González de Souza, rodeado de malévolos, vagamundos y desertores. Ve a la negra Melisa llegar a Buenos Aires con un séquito de sirvientes, caminando, majestuosa, bajo su sombrilla de plumas de avestruz. Y ve a su hijo, Silvestre, cuando arde el teatro de la Ranchería, con los cortinados, los trajes y las pelucas de los cómicos, con la mujer que ama. Habla El Payador de otras desdichas, de cuando estuvo peleando contra los ingleses. Cuenta que supo conocer a un desertor, un tal Palmer, que se aquerenció en la Ciudad y que se perdió, como tantos, en la Tierra Adentro. Habla de Natividad, su hija, una mujer de mucha educación, que escribió un Diario. Pero El Payador no lo leyó, porque es hombre de cantar las palabras. Ése es su oficio, aunque no desprecia otros, como el del otro Palmer, el médico que le estuvo peleando a la muerte en los años del vómito negro, de la fiebre amarilla. También aprecia el arte del carretero Dionisio Peña y el de su hijo Marcelo, que supo manejar locomotoras sin olvidar las carreras cuadreras en la Calle Larga de Barracas. Habla de mujeres El Payador, de criollas como Lucía y también de Gina, la gringa que peleó su lugar en Buenos Aires. La Ciudad será Babel o el conventillo. Hay lugar para todos: para Evaristo Soria y para Juvencio Zárate, alias El Porteñito, una luz para el tango. Para todos, sin despreciar a los presentes: para Sarita la pantalonera y para Martín Tobler, que vaya a saber dónde está, si es que está en alguna parte del tiempo, tratando de cambiar el mundo. El Payador no nombra a todos aunque todos son él y todos la memoria de la Ciudad. No dice una fecha u otra. Ya no precisa de esos artilugios de los almanaques. Canta a la Ciudad junto al mar ilusorio. No puede imaginar que él también es historia. Para él Buenos Aires es como una película nacional en la que se ve la calle Corrientes, los carteles luminosos, los cabarés en los que bailó El Porteñito y en los que cantó Gardel. Es la Buenos Aires de los tangos que tocó Rosendo Antúnez con la voz melódica de Margarita Falcone. Es la Buenos Aires de Gatica y de Lucho González, alias El Negro, en el Luna Park, donde están el General y la Señora, antes que todo se venga abajo con los bombardeos y los altares incendiados. Piensa en unos y en otros: en Antonio de los Llanos y en Patricio Peña; en Sebastián, en Sergio, en Gabriel Gutman. "Mejor me hubiera muerto", piensa El Payador, porque a veces se olvida de que la payada continua hasta que Dios mande. Sigue caminando. Vaya uno a saber si no es Dios quien le indica que siga hasta Retiro y entre en la villa donde está dando misa el padre Fermín. El padre dice que los pobres son la sal de la Tierra y que Cristo vendrá para repartir los panes. A lo mejor está soñando. A lo mejor no es él sino otro el que levanta los ojos hacia la Cruz del Sur y comienza a tocar en su guitarra una música suave para acompañar la historia de Santa María del Buen Aire. Para no sentirse tan lejos ni tan solo en el mundo.

Este libro se terminó de imprimir
en el mes de abril de 2001
en Impresiones Sud América S. A.,
Andrés Ferreyra 3767/69, (1437)
Buenos Aires, República Argentina.